Die lange Tote vom Münsterplatz

Mordgeschichten aus Freiburg und der Regio

Herausgeberin
Anne Grießer

wellhöfer VERLAG

Wellhöfer Verlag
Ulrich Wellhöfer
Weinbergstraße 26
68259 Mannheim
Tel. 0621/7188167
www.wellhoefer-verlag.de

Titelgestaltung: Uwe Schnieders, Fa. Pixelhall, Mühlhausen

ISBN 978-3-939540-60-1

Inhalt

THOMAS NOMMENSEN

Luisas Traum

Luisa tanzt. Sie dreht sich vor dem Spiegel. Immer schneller und schneller um die eigene Achse. Das Blau des Fensters fliegt vorbei, die Konturen von Schrank und Regal verwischen zu einem dunklen Holzmonster, das in der Zimmerecke haust, und aus den Tuschebildern, die an die Tapete geklebt sind, werden lange, bunte Papierschlangen. Luisa hat den Spiegel ganz schräg an die Wand gelehnt. Im Vorbeifliegen sieht sie ihre Beine, die jetzt lang und dünn aussehen. Ganz so wie bei der Blonden aus dem Vorabendkrimi. Die Kollegen mögen die junge Frau, sie geben ihr heimlich Kosenamen, Schnalle oder Schnalle mit Knackarsch. Wenn sie mit der Blonden im selben Raum sind, nennen sie sie allerdings Frau Krieger. Luisa findet alle Namen blöd. So einen Knackarsch wie Frau Krieger, den hätte sie aber auch gerne.

Mit ausgebreiteten Armen holt Luisa noch einmal Schwung. Eine letzte Drehung, dann stoppt sie abrupt, schaut sofort in den Spiegel. Verdammt – das war wieder zu langsam. Aber sie wird weiter üben. Eines Tages wird sie es schaffen. Dann wird das Bild im Spiegel noch ihren Po zeigen, wenn sie nach der Drehung hineinschaut.

Bruno Tauber ist nervös. Die Skimaske kratzt auf seiner Kopfhaut, obwohl er sie erst vor wenigen Sekunden übergezogen hat. Auf seiner Stirn hat sich ein dünner Film aus Schweiß gebildet.

Vor der Nische, in deren Schatten er steht, schlendert eine japanische Reisegruppe vorbei.

Tauber drückt sich flach gegen die Wand. Warum nur hat er ausgerechnet die Bank am Münsterplatz ausgewählt? Draußen auf dem Land hätte es zahlreiche, ruhige Filialen gegeben. Ohne Markttreiben und ohne Touristen mit Fotoapparaten.

Er atmet mehrmals tief durch. Bruno, bleib ruhig, sagt er sich. Zwischen all diesen Menschen bist du praktisch unsichtbar. Anschließend kannst du in der Menge untertauchen. Du hast dir die Filiale bewusst ausgesucht – jetzt ziehst du es auch durch.

Er kontrolliert den Sitz der Wollmaske, tastet unter dem Hemd nach der kleinkalibrigen Waffe im Hosenbund. Die Glastür öffnet sich automatisch, Tauber betritt die Schalterhalle.

Luisa lehnt am Fenster. Fast jeden Tag schaut sie zu, wie sich die Menschen durch die Gassen hindurch auf den Münsterplatz drängen. Ameisen mit bunten Hüten oder falschen Haaren, große Ameisen, die bei Regen Schirme über sich halten und schöne Ameisen in geblümten Röcken, die winzige Babyameisen in einem Wagen mit Verdeck vor sich her über das Kopfsteinpflaster schieben.

Manchmal stellt Luisa sich vor, dass sie auch ein Baby hat. Sie legt das Kind in ihren linken Arm. Ganz vorsichtig legt sie es, denn Kinder können leicht zerbrechen, das weiß sie. Mit der rechten Hand stützt sie das Kind und schaukelt es unter ihrem großen Busen. Einmal spürte sie, dass das Baby Hunger hatte und gesäugt werden wollte. Sie zog ihren Pulli aus, öffnete den Büstenhalter. Das Kind nuckelte gierig an ihren Brustwarzen, schmatzte zufrieden und strahlte Luisa aus himmelblauen Augen an. Alles gleichzeitig. Luisa wurde ganz heiß, und sie vergaß die Welt um sich herum.

Plötzlich stand die Mutter im Zimmer. Sie starrte Luisa entsetzt an. Kurz sah es so aus, als würde sie einen Wutanfall bekommen, doch dann wurden ihre Gesichtszüge weich. Sie lächelte traurig und nahm Luisa in den Arm.

„Ach, mein Mädchen, was soll nur aus dir werden", flüsterte sie.

„Mein Baby", sagte Luisa, und ihre fleischige Zunge, die für den kleinen Mund viel zu groß ist, wandelte die Worte in eine Sprache, die nur die Mutter verstehen konnte.

„Ein Baby willst du also?“, fragte die Mutter und drückte ihre Tochter noch etwas fester an sich. „Dann müssen wir aber erst mal einen Mann für dich finden.“

Luisa nickte. Grinste schief und nickte eifrig.

Tauber steht für einen Moment orientierungslos in dem Schalterraum. Die Beleuchtung blendet ihn, er fühlt sich wie auf einer Bühne. Er kneift die Augen zusammen, spürt, wie ein Schweißtropfen unter das Lid rutscht und brennend über seine Pupille rollt. Säure schießt in seinen Magen, und das Gewebe der Maske scheint mit einem Mal luftundurchlässig zu sein. Wie durch Watte hört er die Stimme. Die Stimme, die seine eigene ist und „Überfall, weg vom Alarmknopf!“, brüllt.

Die Zeit ist eingefroren. Tauber dreht sich, er hält die Waffe beidhändig, die Arme gestreckt. Er sieht die Menschen vor sich, die Besucher der Bank, die wie erstarrt wirken. Er wirbelt herum, zielt mit der Pistole nacheinander auf die Personen und ist für einen Wimpernschlag mit jedem Einzelnen verbunden: vorne am Schalter, die alte Frau mit dem schrägen Mund. Beide Hände hält sie krampfhaft um die Bügel einer Handtasche. Hinter ihr steht ein Mann in Sandalen, vielleicht dreißig, extremes Übergewicht. Unter seinem viel zu kurzen T-Shirt drängt ein tätowiertes Arschgeweih in tiefen Speckfalten hervor. Tauber schnaubt angewidert. Ganz links im Schalterraum drückt sich ein geleckter Typ mit hellem Anzug dicht an die Ständer mit den Formularen und versucht, den dunklen Fleck in seinem Schritt zu verbergen.

Es riecht nach Angst. Tauber inhaliert tief, saugt die Luft durch die Wollschicht vor seiner Nase und dann endlich spürt er das Gefühl. Warm und gleichzeitig prickelnd zieht es über seinen Nacken, den Rücken herunter, an den Lenden entlang. Ich habe die Situation im Griff, denkt er. Sie werden tun, was ich will. Alles.

„Hinlegen“, sagt er knapp, deutet mit einer Kopfbewegung auf den Mann mit der Tätowierung.

Der Dicke geht sofort in die Knie, hat Probleme die Balance zu halten, fällt ungeschickt auf die Seite.

„Auf den Bauch. Arme nach vorne. Kopf nach unten.“ Taubers Stimme ist bewusst leise, fast nur ein Flüstern, aber der Dicke versteht und bringt sich stöhnend in Position.

Mit wenigen Schritten ist Tauber bei der alten Frau, vorne am Schalter, presst ihr die Waffe unter das Kinn. Ob das wirklich die beste Methode ist, weiß er nicht, aber es wirkt eindrucksvoll und darauf kommt es ihm an. Schließlich ist die Waffe nur mit Gas geladen.

Jetzt kann er sich auf die Situation auf der anderen Seite des Schalters konzentrieren. Zwei Frauen, beide haben die Hände erhoben – ganz ohne seine Aufforderung. ‚Perfekt‘, denkt er, auch die Zeit ist richtig gewählt, die anderen Angestellten sind sicher zu Tisch.

Er macht eine auffordernde Kopfbewegung zu der rothaarigen Angestellten hin. „Ihr habt doch keinen Alarm ausgelöst, oder?“, zischt er zwischen den Zähnen hindurch.

Sie schüttelt den Kopf. Schaut ihn unsicher an. Schüttelt nochmals den Kopf. Energischer.

„Das ist gut“, sagt er leise zu sich.

Luisa hat ein Kissen unter ihre Ellenbogen geschoben. Die Fensterflügel stehen weit offen und die Gardine flattert ein wenig, obwohl es draußen nahezu windstill ist. Die Hitze des Sommers hat sich mittlerweile in den dicken Mauern der alten Häuser eingenistet, Kinder planschen mit bloßen Füßen in den Bächle der Altstadt und lassen kleine Schiffchen in den alten Wasserrinnen fahren.

Luisa seufzt. Sie denkt an das Gespräch mit der Nachbarin vor ein paar Tagen.

„Luisa, du bist ja inzwischen eine richtig kleine Dame. Hast du denn auch schon einen Freund?“ Die Nachbarin tätschelte ihr ungeschickt den Kopf. Luisa stand im Treppenhaus, die Einkaufstüten, die sie der alten Frau hochgetragen hatte, noch in der Hand, und war ganz rot geworden.

„Ja, ja, die Männer." Die Nachbarin lachte mit rauer Stimme. „Du musst dir einen am Bächle fangen. Sobald er ins Wasser tritt, gehört er dir."

Luisa bewegte die Information den ganzen Tag in ihrem Kopf und überfiel am Abend die Mutter mit Fragen.

„Ach, Mädchen, wo hast du das denn her?" Ihre Mutter schüttelte verwundert den Kopf. „Es gibt tatsächlich eine Sage. Wenn jemand ins Bächle tritt, kommt er von Freiburg nicht mehr los und muss, je nachdem, einen Mann oder eine Frau aus der Stadt heiraten."

Das verstand Luisa und sie stellte keine Fragen mehr.

Mutter murmelte noch, das würde nur für Besucher gelten, doch Luisa hörte ihr nicht mehr zu.

Christoph Köhler trennt Beruf und Privatleben streng. Er hat kein Verständnis für Kollegen, die während der Arbeitszeit Einkäufe machen oder sogar mit dem Mannschaftswagen bei Ikea vorfahren. Heute allerdings wird er seine Regel selbst brechen. Brechen müssen. Morgen in aller Frühe geht der Flug nach Florida. Er freut sich seit Wochen auf diesen Tag. Doch gestern erzählte ihm ein Kollege, der letztes Jahr in New York war, dass man ohne Kreditkarte in den Staaten hilflos ist, ja, nicht mal einen Mietwagen bekommt. Köhler rief seine Hausbank an, die setzte alle Hebel in Bewegung und tatsächlich – vorhin kam der erlösende Anruf – er kann die Karte noch heute abholen.

Im Schritttempo dirigiert Köhler den Einsatzwagen durch die Herrenstraße, parkt am Münsterplatz zwischen Alter Wache und Wentzingerhaus. Eine Passantin schaut ihn unsicher an. Er lächelt, hebt die Hand grüßend an die Mütze, dann schreitet er im Schatten des Münsters über den Platz.

In der Bankfiliale ist es ruhig geworden. Der Dicke liegt weiterhin wie ein gestrandeter Wal auf dem Fliesenboden, der

Anzugträger hält die Schenkel um den Urinfleck zusammengepresst. In den schlaffen Hals der Frau hat die Mündung der Waffe einen roten Fleck gerieben, doch die Alte atmet ruhig – Tauber ist sich sicher.

Die junge Angestellte mit den roten Haaren stapelt Geldscheine auf den Schaltertresen. Es sieht gut aus. Tauber leckt sich die Lippen. Mehr als er erwartet hat. Deutlich mehr.

Er greift mit einer Hand in die Innentasche seiner Jacke, fingert nach dem dünnen Nylonsack für den Transport des Geldes. Dabei nimmt er aus dem Augenwinkel eine Bewegung wahr: draußen vor dem Eingang. Ein Mann in Uniform, den Rücken zur Tür gedreht, POLIZEI steht in großen weißen Lettern auf der dunklen Jacke.

Polizeiobermeister Köhler steht vor der Glastür seiner Bankfiliale. Er fühlt sich nicht besonders gut, spürt ein leichtes Ziehen in der Magengegend, sicher das schlechte Gewissen. Wenigstens ist er bislang keinem seiner Kollegen in die Arme gelaufen.

Aus einem Reflex heraus dreht er sich noch einmal um, schirmt die Augen mit einer Hand ab. Er schaut nach rechts zur Kajo, dann nach links zum Münster. Schließlich fällt sein Blick auf die Häuserfront neben dem historischen Kaufhaus. In einer Etage weit oben, zwischen bunten Vorhängen, winkt ihm jemand zu. Köhler glaubt, ein Mädchen zu erkennen.

Luisa überblickt von ihrem Fenster nur einen Teil des Münsterplatzes. Doch bereits in diesem Ausschnitt passiert so viel, das ist besser als jedes Fernsehprogramm. Jetzt entdeckt sie sogar einen Polizisten vor dem Bankgebäude. Groß gewachsen und in einer schicken Uniform. Ja, so einer, das wäre der richtige Mann für sie. Kräftige Muskeln müsste er selbstverständlich haben, damit er sie auch über die Schwelle tragen kann.

Luisa richtet sich am Fenster auf, schwenkt beide Arme über dem Kopf. Und tatsächlich – der Polizist schaut genau in ihre Richtung und dann – dann winkt er sogar zurück.

Polizeiobermeister Köhler hat seinen Blick gedankenverloren auf die Fliesen der Schalterhalle gerichtet. Er wird seinen Personalausweis vorzeigen müssen, überlegt er, tastet nach seiner Brieftasche, da sieht er eine Sandale, ein Bein, die ganze Gestalt eines übergewichtigen Mannes, der mit hochgerutschtem T-Shirt vor ihm auf dem Boden liegt.

Köhler reißt den Kopf hoch, blickt auf Menschen, die ihn mit weit aufgerissenen Augen ansehen. Obwohl, nein – nicht ihn direkt, sie starren knapp an seiner rechten Schulter vorbei. Er dreht den Kopf in diese Richtung, will den Körper folgen lassen. Den Schatten nimmt er vage wahr, hört das Krachen auf seinem Schädel, dann endet seine Bewegung abrupt. Der Schmerz kommt in einer schweren Woge, bricht über ihm zusammen und reißt ihn in die Dunkelheit.

Die Griffschale splittert, als die Waffe knapp unterhalb des Mützenrandes und direkt hinter dem linken Ohr auftrifft. Der Effekt ist beeindruckend: Ohne einen Laut von sich zu geben, knickt der Polizist in den Knien ein und fällt hart auf die Seite.

Tauber atmet schwer. Er hat das Gefühl, keine Luft mehr zu bekommen und reißt sich die Maske vom Kopf. Jetzt ist sowieso alles egal, denkt er. Alles aus dem Ruder, verflucht, warum nur musste dieser Polizist hier auftauchen. Denk nach, hämmert es in seinem Kopf, denk jetzt verdammt noch mal nach. Dann kommt ihm eine Idee. Er öffnet das lederne Holster des am Boden liegenden Uniformierten, zieht die Pistole heraus, entsichert sie. Er lässt die Mündung durch den Raum kreisen. Der Dicke auf dem Boden hat den Kopf gedreht, alle anderen wirken nach wie vor schockgefroren.

Tauber steckt die Waffe des Polizisten in den Hosenbund. Er kniet sich nieder, öffnet die Knöpfe der Uniformjacke, dann dreht er den Polizisten auf den Bauch, zieht ihm das Oberteil aus und sich selbst über. Der Beamte ist deutlich muskulöser als er, die eigenen schmächtigen Schultern haben viel Spiel, aber das wird sich gleich ändern. Die Dienstmütze dagegen passt gut. Er überlegt kurz, ob er auch die Hosen austauschen soll, verwirft den Gedanken wieder. Seine beige Cordhose wird auf die Entfernung sicher niemandem auffallen.

Plötzlich kommt Bewegung in den Dicken auf den Fliesen. Er rollt um die eigene Achse, schlägt wild mit den Beinen und versucht, Tauber zu Fall zu bringen.

Der Dicke ist träge, viel zu träge. Tauber reagiert schnell, er springt zur Seite, in der Bewegung zieht er die Waffe und drückt ohne Zögern ab.

Die rothaarige Bankangestellte schreit noch, als der Schuss bereits verhallt ist. Tauber sprintet zu ihr, presst ihr die Waffe auf die Stirn. Sie schlägt sich die Hände vor den Mund und starrt voller Entsetzen auf den Dicken und die Blutlache, die sich unter dem leblosen Körper ausbreitet.

Tauber steckt die Waffe in den Hosenbund zurück, beginnt mit beiden Händen Geldbündel zu greifen und die Uniformjacke damit auszustopfen.

Der Münsterplatz brennt in blauen Lichtblitzen. Luisa sieht, wie immer mehr Wagen aus verschiedenen Richtungen auf den Platz rollen. Sie haben die Sirenen nicht eingeschaltet. Erschreckte Passanten bringen sich zwischen den Marktbuden in Sicherheit. Vor dem Bankgebäude laufen Uniformierte hektisch zwischen den Fahrzeugen herum, auf denen noch immer die Lichter kreisen.

Luisa greift sich die Tasche, die vorbereitet seit einiger Zeit an der Garderobe hängt, drängt sich ohne ein Wort an Mutter vorbei und eilt nach unten. Das ist ihr Tag!

Als Bruno Tauber aus der Bankfiliale tritt, tauchen in der Münsterstraße die ersten Polizeiwagen auf. Er drückt sich um die Hausecke, ganz dicht an der Fassade entlang. Ruhig bleiben, sagt er sich, du musst erst Abstand zur Bank gewinnen, dann kannst du im Polizeigetümmel untertauchen.

Luisa hat sich vor dem Wentzingerhaus aufgestellt. Gegenüber bilden die Marktbuden eine Barriere. Es schwirren viele Polizisten auf dem Platz herum, junge, alte, große und kleine. Aber alles spielt sich im Zentrum ab, keiner kommt auch nur in Luisas Nähe.

Tauber hat einigen Abstand zwischen sich und die Bank gebracht und die Südseite des Platzes erreicht. Mit der linken Hand hält er die prall gefüllte Uniformjacke krampfhaft zu. Die Mütze hat er tief in die Stirn gezogen. Plötzlich hört er einen Ruf, dreht sich um.

Aus Richtung der Bank eilt ein Mann auf ihn zu. Braune Hose, kurzärmeliges Hemd mit Schulterklappen. Er schwankt ein wenig, hält sich ein Taschentuch an den Kopf gedrückt. Tauber erkennt den Polizisten, den er niedergeschlagen hat. Meine Schuhe, schießt es ihm durch den Kopf, Turnschuhe passen nun wirklich nicht zu einem Polizisten. Er verflucht sich selbst für diese Dämlichkeit, dann sprintet er los.

Luisa staunt. Was für Muskeln. Rhythmisch zeichnen sich die kräftigen Körperpartien unter der dunklen Jacke ab. Und der Polizist kommt direkt auf sie zu.

Tauber schwitzt wie verrückt, er ist untrainiert, lange wird er das nicht durchhalten. Was macht denn die fette Frau dort? Dieses Mongomädchen, oder wie man die auch immer nennt. Jetzt breitet sie ihre Arme aus, stellt sich ihm in den Weg. Er versucht auszuweichen, schlägt einen Haken. Für einen Moment finden seine Füße keinen Halt. Ein Gefühl wie auf Glatteis. Er rudert mit den Armen, dann verändert sich die Perspektive. Der Platz kippt nach unten, er sieht das Blau des Himmels, die Jacke öffnet sich, und ein Schwall von buntem Konfetti scheint aus seiner Brust zu strömen. Seine Schuhspitzen tauchen im Blau auf, dann schlägt er mit dem Rücken auf dem Pflaster auf, und alles Bunte wird schwarz.

Geldscheine wirbeln durch die Luft. Von überall strömen Menschen herbei, greifen nach den herumsegelnden Papierstückchen oder sammeln sie vom Boden auf.

Luisa steht inmitten des Trubels. Traurig blickt sie auf den Körper des Polizisten, der von Sekunde zu Sekunde schmächtiger wirkt. Er ist einfach nicht ins Bächle gerutscht. Haarscharf daneben ist er liegen geblieben. Die Muskeln waren auch nicht echt. Luisa seufzt tief. Sie stopft die Flasche mit der Schmierseife in ihre Tasche zurück und wendet sich zum Gehen, da spürt sie eine Hand auf ihrer Schulter.

„Alles in Ordnung? Das haben Sie großartig gemacht", sagt die atemlose Stimme hinter ihr.

Luisa dreht sich um. Sie mustert den Mann von oben nach unten, sieht das kurzärmlige Hemd, die Schulterklappen mit den Sternen, die braune Hose mit dem breiten Gürtel. Schließlich strahlt sie über das ganze Gesicht. Sie macht einen kleinen Schritt auf den Uniformierten zu, schmiegt sich eng an seine Seite.

Polizeiobermeister Köhler ist völlig verdutzt und sucht nach Worten.

Luisa lacht, sie hebt ihren linken Fuß mit Schwung, wirbelt dabei einen ganzen Schwall von Tropfen aus dem Bächle auf. Einen Moment steht sie so schwankend auf einem Bein, dann stellt sie ihren Fuß mit lautem Platschen zurück in das schmale Rinnsal, direkt neben das klatschnasse Bein des Polizisten.

Sie umklammert die Taille von Köhler mit beiden Armen und sagt ein einzelnes Wort. Klar und deutlich, als wenn da keine große Zunge im Weg wäre, sagt sie: „Meiner!"

Wolfgang Burger

Markgräfler Herrgottsblut

Es ist gar nicht so leicht, einen perfekten Mord zu begehen. Ein Mord wird schließlich nicht schon dadurch perfekt, dass man den Täter nicht fasst, denn so was passiert öfter als man denkt. Nein, bei einem wirklich perfekten Mord kann jeder wissen, wer ihn begangen hat und wie – und trotzdem geht der Täter straffrei aus. Der Rudi Völkel aus Auggen ist einer der wenigen, dem das gelungen ist.

Das heißt nun nicht, dass der Rudi ein besonders intelligenter Mensch wäre oder ein ungewöhnlich heimtückischer. Vielleicht hat er vorher nur lange genug nachgedacht über seine Tat. Viele Morde werden ja im Affekt begangen, so auf die Schnelle, und das kann ja nichts werden. Der Rudi, der hat sich sehr viel Zeit gelassen, bevor er zugeschlagen hat. Wobei „zuschlagen" schon das falsche Wort ist, denn das klingt nach Gewalt, und der Rudi hat für seinen Mord nicht die geringste Gewalt angewendet. Er hat sein Opfer nicht einmal berührt, und er ist zum Zeitpunkt der Tat viele hundert Meter von ihm entfernt gewesen.

Rudis Opfer war der Doktor Wendlin. Ja richtig, der vom berühmten Weingut Wendlin. Es hat im Dorf eine Menge Leute gegeben, die am liebsten in die Hände geklatscht hätten, als sie hörten, der Doktor sei tot.

Auch für den perfekten Mord braucht man eine Waffe. Rudis Waffe war natürlich der Wein, denn Wein ist zeitlebens das Einzige gewesen, womit der Rudi sich ausgekannt hat. Er ist auf einem kleinen Weingut zur Welt gekommen, in Auggen natürlich, in einem Fachwerkhaus mitten im alten Ortskern, und er hat nie was anderes gelernt, als Reben zu pflanzen, zu schneiden, zu herbsten und die Trauben am Ende in die Genossenschaft zu fahren, zum Keltern. Und Wein zu trinken natürlich, darauf hat der Rudi sich auch immer ganz gut verstanden. Wie der alte Völkel tot war, da hat der Rudi das kleine

Gut geerbt, er ist ja das einzige Kind gewesen, und zur Überraschung des ganzen Dorfs hat er bald darauf die Regine von den Lafontaines geheiratet, das hübscheste Mädchen weit und breit. Damals hat alles danach ausgesehen, dass der Rudi zwar nicht reich werden würde, aber doch ein ruhiges und sicheres Leben führen dürfte. Und so wäre es vermutlich auch gekommen, wenn der Doktor Wendlin nicht gewesen wäre.

Der war damals schon in den Vierzigern, aber trotzdem oder gerade deshalb der gefürchtetste Schürzenjäger weit und breit. Er hat ja auch alles gehabt, was man den Frauen bieten muss: Geld wie Heu, ein großes Haus, das heute noch jeder im Ort nur „das Schlösschen" nennt, ein Mercedes-Cabrio. Er hat gut ausgesehen, und vor allem ist er immer felsenfest von sich überzeugt gewesen, und das mögen die Frauen ja. Dazu kam, dass der Doktor, und das geben selbst seine ärgsten Feinde zu, ein verdammt guter Geschäftsmann gewesen ist. Die Weine vom Doktor Wendlin sind nie auf dem Winzerfest ausgeschenkt worden und natürlich noch viel weniger am Straßenrand an knausrige Ausflügler verkauft worden. Seine guten Lagen hat er in wunderschöne Flaschen füllen lassen, mit allen möglichen silbernen und goldenen Preismünzen beklebt, und die Freiburger sind mit ihren großen Kombis auf seinem Hof vorgefahren, haben im Gewölbekeller mit wichtigem Gesicht an seinen Probier- gläschen geschnuppert, am Ende für teures Geld ganze Kisten davongeschleppt und sich auch noch eingebildet, sie hätten ein gutes Geschäft gemacht.

Besonders stolz ist der Doktor Wendlin immer auf sein *Wendlin's Herrgottsblut* gewesen, einen samtigen, schweren Spätburgunder, leuchtend wie Rubin und fast so teuer wie Cognac. Einen Wein, wie es ihn nicht mal in Baden oft gibt. Billige Lagen hat er auch gehabt, die hat er immer an Aldi verkauft. Auf den Flaschen hat aber natürlich nie *Weingut Doktor Wendlin* gestanden.

Was den Doktor Wendlin arg gefuchst haben muss, war, dass die Regine den Rudi geheiratet hat. Sie war mal ein paar

Wochen mit ihm gegangen, lange bevor sie den Rudi erhört hat, hat ihn dann aber von einem Tag auf den anderen sitzen lassen. Er soll irgendwas im Bett von ihr gewollt haben, was ihr nicht gefallen hat, haben die Leute später gemunkelt. Der Doktor hat's erst gar nicht glauben können und hat ihr noch lange nachgestellt. Und je öfter sie ihn hat abblitzen lassen, desto verrückter ist er nach der schönen Regine geworden.

So ist es vielleicht kein Wunder, dass der Doktor am Ende so einen Hass auf den Rudi gehabt hat. Am Tag der Hochzeit soll er ganz allein in seinem Gewölbekeller gehockt, unglaubliche Mengen *Wendlin's Herrgottsblut* in sich hineingeschüttet und die gottlosesten Flüche gebrüllt haben.

Tja, und ab seinem Hochzeitstag hat der Rudi dann leider viel Pech gehabt. Manchmal echtes Pech, wie damals, als die Gewitterfront ausgerechnet seine Hänge kurz vor der Lese zerhagelt hat, manchmal auch nur scheinbares, wie zum Beispiel, als eines Nachts sein Traktor ganz von allein Feuer gefangen hat. Aber der Rudi ist keiner von denen, die schnell aufgeben. Er hat die Fäuste geballt, Kredite aufgenommen und weitergemacht.

Erst drei Jahre später war es dann aus mit ihm. Das war, als man Rückstände von diesem verbotenen Spritzmittel in seinem Gutedel gefunden hat. Der Rudi hat jeden Eid geschworen, dass er nie im Leben dieses Spritzmittel benutzt hat, aber das hat ihm natürlich nichts geholfen. Viele Hektoliter von seinem Gutedel mussten unter Aufsicht weggeschüttet werden, nicht mal Essig durfte man ja machen von dem Zeug, und der Rudi hat fast seine ganze Jahresernte verloren. Und dann hat ihm die Bank natürlich keinen Kredit mehr geben wollen, Regines Elternhaus ist damals auch schon bis über die Dachrinne belastet gewesen, und so ist es dann zur Versteigerung gekommen.

Ein Architekt aus Offenburg hat den Zuschlag bekommen, der Preis war gar nicht mal so schlecht. Der Rudi ist auf einen Schlag schuldenfrei gewesen und hat sogar noch ein paar Tausend Euro übrig behalten. Und keine vier Wochen später haben sein schönes Fachwerkhaus im Ortskern und seine ganzen

Weinberge auf einmal dem Doktor Wendlin gehört, ohne dass einer hätte sagen können, wie das zugegangen war. Von diesem Tag an hat der Doktor immer dieses Grinsen im Gesicht gehabt, wenn er den Rudi am Sonntag vor der Kirche getroffen hat. Damals muss es wohl gewesen sein, dass der Rudi beschlossen hat, ihn umzubringen.

Der Rudi hat sich dann eine Arbeit gesucht, gewohnt haben sie in Regines Elternhaus, und die Regine ist immer noch eine schöne Frau gewesen und eine gute dazu. Inzwischen haben sie auch zwei Kinder gehabt, und im Grunde hätten sie jetzt glücklich und sorgenfrei leben können. Aber manche Dinge verwindet der Mensch vielleicht einfach nicht.

Den Gutedel, der von Rudis ehemaligen Lagen stammte, den hat der Doktor immer in die großen Tanks füllen lassen, aus denen die Weine für Aldi abgefüllt wurden. Viele sagen, das hätte er absichtlich gemacht, um den Rudi zu ärgern. Der hat ja ständig dabei zusehen müssen, wie sein guter, goldgelber Wein jeden Herbst für ein paar Cent als *Badischer Winzertrunk weiß* verramscht worden ist. Denn natürlich hat Rudi in der Winzergenossenschaft gearbeitet, denn außer von Wein hat er ja von nichts was verstanden.

Da hat er dann Tag für Tag die Gärung kontrolliert, auch an den Tanks, in denen die Weine vom Weingut Doktor Wendlin reiften, oft hat er die Abfüllmaschine bedient, aufgepasst, dass am Ende die Etiketten ordentlich auf die Flaschen gekommen sind und solche Sachen. Bald konnte der Rudi alles, und der alte Heinz Berger, der Kellermeister, hat ihn immer nur gelobt. Nur manchmal hätte er das Gefühl gehabt, der Rudi sei mit seinen Gedanken ganz wo anders. Aber nie, wirklich nie hat es Grund zu Klagen gegeben, sagte der alte Heinz Berger.

Dann ist der Tag gekommen, das muss vor zwei Jahren gewesen sein, an dem der Doktor Wendlin nach Freiburg ins Krankenhaus gemusst hat, mit Blaulicht und allem. Und wie er sechs Wochen später wieder heimgekommen ist, da ist er nicht mehr der alte gewesen. Einen Schlaganfall hätte er gehabt, haben die Leute gesagt. Er durfte sich nicht mehr aufregen, hat es geheißen, nur noch ganz wenig trinken und nichts Fettes essen, man kennt das ja. Mit den Frauen hat es der Doktor damals schon länger nicht mehr so gehabt, über die Jahre war er doch ein bisschen in die Breite gegangen, und sein Auto ist auch kein Mercedes-Cabrio mehr gewesen, sondern ein großer, bequemer BMW, in den er besser hineingepasst hat. Er soll sich auch brav an alle Vorschriften gehalten haben, sogar auf sein tägliches Fläschchen *Wendlin's Herrgottsblut* soll er verzichtet haben, nur sein Temperament, das hat er halt nicht ändern können.

Und in diesem Frühjahr, erzählt der alte Heinz Berger, sei der Rudi eines Tages wie ausgewechselt gewesen. Ständig habe man ihn pfeifen gehört, angelächelt hätte er einen ohne jeden Grund, und am Abend hätte er oft sogar klaglos Überstunden gemacht. Wenn an der Abfüllanlage wieder mal was kaputt war, zum Beispiel.

Aber nicht nur der Rudi hat in diesem Jahr gute Laune gehabt. Es ist ein wunderbarer Sommer gewesen, die Öchslegrade haben gar nicht aufhören wollen zu steigen, und manch einer soll gefürchtet haben, dass man im Herbst sogar von den schattigsten Lagen seines Nachbarn noch Kabinettweine würde ernten können. Auch der Doktor soll jeden Tag auf seine Südlagen gefahren sein, nur um den Spätburgundertrauben beim Reifen zuzusehen und sie manchmal ein bisschen zu streicheln. Seinen Spätburgunder hat er wirklich über alles geliebt, und er hat ja auch einen Haufen Geld damit verdient. Manche haben später gesagt, man hätte ihm damals schon angesehen, dass er nicht mehr lange zu leben hätte. Aber das war natürlich Gerede, so was sagen die Leute hinterher immer.

Dann ist es Herbst geworden. Die polnischen Erntehelfer haben in der Oktobersonne schwitzen müssen wie noch selten, die Traktoren haben mit ihren überladenen Anhängern vor der Genossenschaft Schlange gestanden bis fast in den Ort hinein, die Maschinen sind Tag und Nacht gelaufen und trotzdem nicht fertig geworden mit all den Trauben und all dem Most.

Der Rudi ist in den Wochen kaum noch ins Bett gekommen, und das erklärt vielleicht auch, was später passiert ist.

Zigtausend Flaschen sind abgefüllt worden, ständig haben Lastwagen auf dem Hof gestanden und sind mit Paletten über Paletten beladen worden, während die nächsten schon mit laufendem Diesel und fluchendem Fahrer gewartet haben. Und es hat wohl keinen Winzer in Auggen gegeben, der sich nicht ausgerechnet hat, ob er sich dieses Jahr endlich den neuen Traktor wird leisten können oder wenigstens ein paar Hypotheken abzahlen.

Und dann, am 17. Dezember ist es gewesen, da hat es morgens im Dorf auf einmal geheißen, der Doktor Wendlin sei tot, und der Rudi sei schuld daran. Der Schlag hätte ihn getroffen, hat es geheißen, auch von Sabotage ist die Rede gewesen, und manch einer soll ganz offen gegrinst haben, wie er die Nachricht an den Nächstbesten weitererzählt hat, den er auf der Straße getroffen hat.

Der Rudi ist auch an diesem Tag ganz ruhig und pfeifend zur Arbeit gegangen und hat jeden freundlich gegrüßt, und alle haben mindestens ebenso freundlich zurückgegrüßt. Nur der alte Heinz Berger soll ein bisschen geschimpft haben, über Schlamperei und so, aber das war alles, und nicht mal die Polizei ist gekommen. Wie der Doktor drei Tage später beerdigt worden ist, sollen nicht viele Leute dabei gewesen sein.

Wochen später sind dann ein paar Lastwagen zur Genossenschaft gekommen und haben das billige Gesöff zurückgebracht, das die Abfüllmaschine wegen irgendeines Fehlers in die schönen Flaschen vom Weingut Doktor Wendlin mit den silbernen und goldenen Preismünzen gepumpt hatte. Und fast gleichzeitig hat es im südlichen Niedersachsen bei Aldi Nord einen nie da gewesenen und für niemanden erklärlichen Ansturm auf den *Badischen Winzertrunk rot* für zwei Euro achtundzwanzig gegeben.

Gewundert hat das aber im Grunde keinen, denn diese Nordlichter verstehen ja nichts vom Wein.

Helmut Ehls

Mord zum 50. Geburtstag

„Er wird ihn umbringen", sagte ich.

„Wird er nicht."

Wir waren offenbar unterschiedlicher Meinung.

Holger leerte sein Tannenzäpfle, holte zwei neue aus dem Kühlschrank, reichte mir eins und sagte: „Ein Mörder schreibt keine Kurzgeschichte über seine Tat und schickt sie an eine Zeitung."

„Dieser doch."

„Das ist verdammt unlogisch."

„Prost."

Es war halb elf. Wo blieb der Höllentäler? Wir saßen auf dem Balkon seiner Mansardenwohnung in der Nägeleseestraße und warteten auf den Kühlung versprechenden Fallwind.

Affenhitze in Südbaden. Die ganze Woche war es unerträglich schwül gewesen. Auch wenn sich am Spätnachmittag stapelweise Blumenkohlwolken auftürmten, erlöste kein Gewitter das geplagte Freiburg oder wo auch immer Mensch und Tier unter der verschärften Hitze litten.

Vergangene Woche hatte ich meine letzten DVD-Tipps an ein Anzeigenblättchen verkauft. Der aktuelle Kontoauszug wies ein stattliches Minus auf. Mein dunkelblauer Mercedes 220 SE mit dem Haifischflossenheck hatte schlappgemacht, und der Typ in der Werkstatt zeichnete sich plötzlich durch schwarzen Humor aus: Er schlug vor, ihn einfach einem Museum zu schenken, für den Schrottplatz sei er ja zu schön.

Also meldete ich ihn ab und besorgte mir eine Regiokarte.

Holger Fischguth, Krimifachmann in der Buchhandlung am Schwarzen Kloster, hatte mich Freitag angerufen und gefragt, ob ich „Lust oder Zeit" hätte, die Jury zu unterstützen, die im Auftrag der Badischen Zeitung die Beiträge zum Wettbewerb „Bester Freiburg-Kurzkrimi" auswählt. Ich hatte Zeit *und* Lust. Was ich nicht hatte, war Geld. Also fiel die Entscheidung schneller als ein Luchs Fagott sagen konnte.

Wir trafen uns am Montagnachmittag. Katrin Raitsch, die neue Redakteurin in der Kulturredaktion, empfing mich mit einem bezaubernden Lächeln und einem schelmischen Funkeln in ihren grünen Augen. Sie stellte mich Alfons Breidschwert, Kommissar im Ruhestand, vor. Er gab mir seine schwitzige Hand, nickte freundlich, um sich dann wieder seinem Bienenstich zu widmen.

Holger rauchte schweigend. Die Jury war komplett.

„Kaffee, Herr Lassbach?"

„O ja." Über die grünen Augen hinaus war das kein schlechter Start: Sie gefiel mir auf Anhieb.

Sie deutete auf einen großen Stapel Papier und forderte: „Trennen Sie die Spreu vom Weizen", wobei sie jedem die Kopien aller eingesandten Storys aushändigte. „Wir sehen uns dann am Donnerstag, 15 Uhr, wenn Ihnen das passt?"

Meine erste Schicht schob ich im Feierling-Biergarten. Nach zwei Radlern und zehn Geschichten folgte eine Story, die mich stutzig machte, eigentlich die erste, die mich richtig fesselte.

In *Mord zum 50. Geburtstag* tötet jemand seinen Nachbarn aus jahrelang aufgestautem Hass. In der Ich-Perspektive des Mörders geschrieben, das war ungewöhnlich. Seltsamerweise geschieht der Mord in naher Zukunft, in neun Tagen, am Mittwoch, den 29. Juni, um genau zu sein. Schon der erste Satz zog mich rein: *Ich werde meinen Nachbarn töten, weil ich ihn hasse.* In fetten Buchstaben. Als ob der Autor wirklich einen Mord ankündigen wollte. Als ob er es ernst meinte. Diese Frage ließ mich nicht mehr los.

Eine Turmuhr schlug elf. Es war brühwarm. Irgendwo beschwerte sich eine Katze. Und wenig später eine Nachbarin über die Katze.

„Gestern war ich in der Redaktion."

„Sieht gut aus, die Neue“, sagte Holger beiläufig.

„Das war nicht der Grund, na ja, ein Nebengrund vielleicht.“

„Was kann wichtiger sein, als wichtige grüne Augen wiederzusehen?“

Es zischte leise, als eine Motte an der Kerze verglühte. Ich zündete mir eine Zigarette an.

„Mord.“

Holger stöhnte gekonnt. Und presste die kalte Bierflasche an seinen Hals.

„Name, Adresse, sogar die Telefonnummer des Einsenders sind komplett falsch“, sagte ich.

Holger griff sich eine Gitanes. Er war mittlerweile der letzte filterlose Raucher, den ich kannte. „Klingt merkwürdig.“

„Sehr merkwürdig.“

„Dann müsste er schon so ‘ne Art Psycho sein.“

„Vielleicht. Oder verdammt eitel ... ich könnte mir vorstellen, dass mancher Verbrecher eine Beziehung zu seiner Tat entwickelt wie ein Künstler zu seinem Werk.“

„Den Täter zieht es immer wieder an den Tatort zurück – solches Zeug?“

„Ja, vielleicht ist es auch eine Art Geständnis, eine Entschuldigung, eher eine Beichte, vielleicht ringt er mit sich, ob er es wirklich tun soll, vielleicht hat er sich durch das Schreiben auch genug abreagiert und wartet ab, vielleicht will er, dass er gehindert wird, seine schreckliche Tat zu vollbringen, vielleicht ist er komplett durchgeknallt ...“

„Bisher ist ja nichts passiert. Die Polizei wird sich kaum dafür interessieren, selbst wenn was dran sein sollte.“ Er fächelte sich mit dem ZMF-Programmheft Luft zu. „Gehst du zu Alice Cooper?“

„Wenn das so weitergeht, treten nächstes Jahr die Bay City Rollers auf. Vorgruppe Jürgen Drews.“

„Wann kommt der Höllentäler?“ Holger hasste deutsche Schlager.

„Spielt der auch auf dem ZMF?"

„Normalerweise um diese Zeit oder etwas früher oder auch mal später. Die Bebauung des Dreisamtals wirkt sich aus – mittlerweile." Ganz der Sprössling eines Lehrers, beendete er seinen Vortrag: „Den Mundenhof erreicht er jedoch nicht."

„Vielleicht liegt es am Vollmond, dass er heute ausbleibt."

So plätscherte unsere Unterhaltung bis Mitternacht, dann ging ich. Am Bertold stand die Zwei eine halbe Ewigkeit lang. Jugendliche blockierten die Türen, um befreundeten Jugendlichen die Chance zu geben, rechtzeitig zu einer Party in Gundelfingen zu kommen. Der Fahrer brüllte über den Lautsprecher: „Mir könne erschd weiterfahre ... " Erst wenn die Trittstufen freigegeben sind, kann die Fahrt weitergehen. Solange Gras wächst, Wind weht und die Türen frei sind. Solange Gras wächst, der Höllentäler weht und der Lassbach blau ist.

Auch in der Nordstadt um eins – meine Zähringer Burg lag im Zweigleiseland, zwischen dem Hauptgleis und dem Güterbahngleis – regte sich noch kein Lüftchen. Über dem Burgberg ein fernes Wetterleuchten. Trotz Bierentspannung wusste ich, dass ich nicht einschlafen würde, es war einfach zu warm. Ich riss alle Fenster auf, ließ Schnaken und Nachtfalter rein, und las die Geschichte wohl zum zehnten Mal:

(...) Es war das Jahr der Katastrophen: Tschernobyl, Challenger, Rheinverseuchung und ein neuer Nachbar. Mit dem Umzugslaster, einem verrosteten Kleintransporter, versperrte er unsere Einfahrt, sodass ich mit dem Audi nicht rauskonnte. Als ich ihn höflich darauf aufmerksam machte, grinste er unverschämt, gab mir den Schlüssel und meinte, ich solle selbst rangieren. Ich war sprachlos, er nahm eine Kiste und verschwand im Haus.

Ich blätterte zum Ende.

Ich ging einfach rüber. Um diese Zeit schlief das ganze Viertel, Georg Nades natürlich ausgenommen. Glotzte wie üblich Videos bis spät in die Nacht. Ich klingelte. „Kann ich kurz reinkommen, es dauert nicht lange?“

Er war perplex. Und nach seinem Was-verschafft-mir-die-Ehre-Gewäsch bot er mir sogar ein Bier an, das ich ablehnte.

Ich zog das Messer und stach zu.

„Ich hab übrigens Geburtstag, wollt ich noch sagen.“

„Dann herzlichen Glückwunsch“, murmelte er schwach, aber noch ganz locker, während das Blut und das Leben aus ihm flossen.

7:13 Uhr. Durch Mark, Bein und Schlaf: Lärm wie von tausend Zahnärzten. Eine neue Baustelle auf der Straße, direkt vor meinem Fenster, entpuppte sich als sehr früh, sehr schnell, sehr geräuschvoll. Schwere Geschütze wurden aufgefahren. Ein presslufthammerlautes Gerät in der Größe eines Londoner Hotdog-Standes schickte sich an, die Teerpanade von der Straße zu kratzen. Das war unfair: In der Kürze der Nacht war es nicht möglich gewesen, das gute Dutzend Tannenzäpfle zu entsorgen. Das Leberle war ganz schön sauer.

Ich betrachtete den Graben. Könnte man gut eine Leiche drin einbuddeln. Letzte Ruhestätte für den ungeliebten Nachbarn.

Espresso, kleines Frühstück. Etwas gegen den hinterhältigen Lärm tun. Unter den alten Schallplatten fand ich genau das Richtige: *Ssssh* von Ten Years After. *I Woke Up This Morning. Bad Scene.* Genau.

Danach erledigte ich das Gröbste am PC, wobei der blöde Hund abstürzte. Vor lauter Generve vergaß ich fast den Jurytermin. Ich rief ein Taxi.

„BZ Stadtredaktion, Bertoldstraße, bitte.“

Der Fahrer war ziemlich dick und trug eine winzige ockergelbe Lederweste über dem T-Shirt, das stark muffelte. SWR 3 spielte *If I Had A Hämmerle ...*

„Das ist ja quasi allerhand“, sagte er kopfschüttelnd und schaltete das Radio ab.

Ich kam trotz Taxi zu spät. Aus dichten Rauchschwaden leuchteten zwei schnittlauchgrüne Augen. „Schön, dass Sie endlich da sind."

„Drückend schwül heute", sagte ich lahm.

Auf dem runden Tisch, an dem die Ritter der Tafelrunde Platz gefunden hätten, stapelten sich die Manuskripte. Ich hatte nur die Hälfte gelesen, aber das musste ich ihnen ja nicht auf die Nase binden.

„Und was hat Ihnen so gefallen?", erkundigte sich Breidschwert versöhnlich. Er hatte seinen Bienenstich nicht aufgegessen, es war zu warm.

„*Mord zum 50. Geburtstag* hat mich besonders …"

„Wird nicht berücksichtigt, weil anonym", sagte Raitsch. Sie hatte schöne Giftzähne.

„*Die Entführung des Holbeinpferdchens* ist wirklich nett, witzig und steckt voller Überraschungen", sagte Holger.

„Ja, allein schon die Anspielung auf West Side Story", stimmte sie zu.

„*Freiburg West Side Story* ...", warf ich leichtsinnigerweise ein.

„Eher Augustiner Side Story." Sie schaute mich misstrauisch an.

„Stimmt", sagte ich eilig. Diese Story hatte ich definitiv nicht in petto.

„Mein Favorit ist *Der erste Zeltmord*", sagte Raitsch. „Dem Autor gelingt eine treffliche Satire auf den ZMF-Betrieb. Das fiktive Festival – der 33. Zeltschmerz – lässt er unter sintflutartigem Regen dergestalt aufweichen, dass es zur Eintrittskarte eine Schwimmweste gibt, ein Schlauchbootpendelverkehr zwischen Bus und Festivalgelände eingerichtet wird, Holzstege zwischen den Zelten wie in Venedig bei Aqua Alta, und als Höhepunkt eine Wasserleiche: Ein Besucher liegt tot im knietiefen Wasser."

„Eine Wasserleiche gibt es auch in *Die Tote im Titisee*, meinem Favoriten", sagte Breidschwert.

„Ja, die ist nicht übel, aber leider so auffällig von Chandler abgekupfert. *The Lady in the Lake* steht überdeutlich Pate", meinte Holger.

„Gut, dass wir Sie dabei haben." Sollte sie mal zu mir sagen.

Eine Weile wurden die verschiedensten Geschichten gelobt oder verrissen: *Das Schweigen der Beissschrecken* („mit den Lämmern hat das nichts zu tun"), *Haslach und Liebe* („gemein, aber gut"), *Das Spargelmesser* („wenn es besser geschrieben wäre, könnte es glatt von Wolfgang Abel sein"), *Wenn der Höllentäler zweimal weht* („zu schweinisch, leider"), *Ein Vauban-Spiel* („serviert eine halbverbrutzelte Leiche auf einer Solarzelle").

Die Liste mit den Titeln hatte ich vergessen. Ich hatte auch die Storys nicht dabei. Die Situation drohte zu entgleisen. Mein Vorschlag, den Konferenzort in einen Biergarten zu verlegen, wurde angenommen.

In der Gerberau wandte ich mich wegen meiner Mordtheorie an Breidschwert. Er schüttelte den Kopf und sagte: „Glauben Sie mir, mein Freund, das ist bloß ein Wichtigtuer. In dreißig Jahren ist mir niemand dergleichen untergekommen – und ich hab' einiges erlebt."

Hinter uns hörte ich Holger und Katrin rumalbern. Sie machten sich über mich und meinen Verdacht lustig.

Wir fanden einen Schattenplatz. Und als das frische Bier serviert wurde und der erste köstliche Schluck die Kehle runterlief, löste sich meine Anspannung auf.

Selbst Katrin Raitsch war nicht mehr sauer, als sie mich fragte: „Und Sie sind davon überzeugt, dass der Autor von *Mord zum 50. Geburtstag* einen Mord plant, und zwar am ..."

„ ... 29. Juni", sagte ich.

Breidschwert brummelte: „Widerspricht sämtlicher Erfahrung. Natürlich gibt es Ausnahmen, gewisse Eigentümlichkeiten, sicherlich. Normale Menschen sind das nicht unbedingt, die einen Mord planen. Bei den Spontanen, die im Affekt handeln, aus Leidenschaft, verhält es sich anders." Er stieß einen Seufzer aus. „Leider sind wir mehr mit der Aufklärung von Verbrechen beschäftigt, als mit deren Verhütung."

„Hätten Sie denn die Möglichkeit ... könnten Sie das Meldeamt fragen, ob jemand 50 wird an diesem Tag?"

„Und wenn er 49 wird? Oder 51? Wenn er am 2. Juni oder am 14. April Geburtstag hat? Es ist sinnlos, glauben Sie mir."

„Das Datum ist so eindeutig. Sonst legt er sich nirgendwo fest, es gibt keine Hausnummern und sowohl der Name „Nades" als auch der Name des Einsenders sind falsch. Wenn man die Suche auf die Straßen des Viertels ausdehnen würde ..."

„Der Mörder wäre ja schön blöd. Aber wenn es Sie beruhigt, werde ich morgen früh mal der Sache nachgehen. Machen Sie sich aber keine Hoffnungen." Er nahm einen tiefen Schluck. „Die erste Ermittlung seit meiner Pensionierung vor drei Jahren …"

Katrin wurde nachdenklich. „Und wenn doch was dahintersteckt? Wenn wir sie veröffentlichen, gibt es möglicherweise eine Reaktion. Vielleicht wäre das potenzielle Opfer gewarnt."

Ich warf ihr einen dankbaren Blick zu.

„Den dritten Platz würden sich dann zwei Storys teilen – ex aequo – dann wäre sie am Samstag in der Zeitung zu lesen", sagte sie.

Wir gaben neues, wunderbar kühles Bier in Auftrag, bevor wir zur Abstimmung schritten.

Diesmal war ich gewappnet und gab dem *Holbeinpferdchen* meine Stimme, so kam diese Geschichte auf den ersten Platz. Die ZMF-Story landete auf dem zweiten. Wir befanden *DAS VAUBAN-SPIEL* des dritten Platzes für würdig.

Danach verabschiedeten sich Katrin („muss noch mal ins Pressehaus") und Alfons. Auf ihn wartete die werte Frau Gemahlin. Und etwas Gartenarbeit.

Nach einer Minute fragte ich Holger: „Worum geht es eigentlich in der Holbeinpferdchengeschichte?"

„Das Holbeinpferdchen wird gestohlen, um von der Stadt Freiburg Lösegeld zu erpressen. So fängt es an. Die Geschichte ist ziemlich wirr und total unwahrscheinlich, aber sehr witzig geschrieben. Also da gibt es viel

Augustiner-Platz-Atmosphäre, das ist praktisch der Dreh- und Angelplatz der Geschichte. Dort treffen zwei verfeindete Gruppen aufeinander. Die einen sind zugereist – nicht schlecht, was? Eine angereiste Bande von verwöhnten Kids, deren Eltern sich in Zürich zur Geldwäsche befinden. Die „Heimischen“ sind Freeclimber, die ihre Geheimtreffs auf dem Hirschsprungfelsen abhalten ... du hörst ja gar nicht zu.“

Tatsächlich dachte ich wieder an meinen Fall.

Nachdem Holger aufgebrochen war, keimte in mir der Wunsch, einen besonders vernünftigen, scharfsichtigen Menschen zu sprechen, also beschloss ich, meine Tante in Denzlingen zu besuchen.

Ich erwischte einen alten Eilzugwagen, wo man die Fenster öffnen konnte, sodass der warme Sommerwind hereinwehte und die schmutzigrotgrauen Vorhänge knattern ließ.

„Hey Tantchen, kann ich noch was von der Rauchpeitsche haben?“

Sie hielt die geräucherten Würstchen in der Hand, aber sie bot sie mir nicht an, sie hielt sie zurück. Auf Abstand, Wurst gegen Information. Ein Deal. Erpressung.

„Ein Verbrechen, möglicherweise.“

„Du hast was mit einer verheirateten Frau?“ Aber sie gab mir die Wurst und hörte zu. Während ich vesperte, rollte ich die ganze Geschichte auf. Tante Anna mixte zwei Weinschorle.

Sie hatte ihre Zweifel, was die Aufklärung einer Tat betraf, die noch nicht begangen worden war. „Wann sagst du, will er ihn umbringen?“

„Am 29. Juni, so schreibt er jedenfalls.“

Sie kramte in einer Schublade und setzte sich mit einem Taschenkalender des Jahres ’86 in ihren Lehnstuhl zurück. „Ein Donnerstag – normalerweise ziehen die Leute am Wochenende um, oder zum Ersten, aber ...“

Die Idee war gar nicht schlecht. Es ist nicht der Geburtstag, es ist der Tag des Einzugs. Breidschwert musste noch mal das Meldeamt nerven. Wer ein- oder auszog Ende Juni 1986.

„Tantchen, du bist großartig."

Sie lächelte vergnügt, sie sei schließlich eine passionierte Krimileserin, und schenkte die Gläser voll.

Wir sprachen noch über ihr geliebtes Gärtle, in direkter Nachbarschaft zu den Weinreben, das sie auf keinen Fall aufgeben wollte, obwohl man ihr mit fortschreitendem Alter dazu riet. „Das verschafft mir Bewegung."

Während der Heimfahrt wurde ich rasch müde. Schlafmangel und Wein machten sich bemerkbar.

Freiburg-Zähringen kurz vor elf. Ich stieg aus und lief an der Lok vorbei, wo der Schaffner mit dem Lokführer einen kurzen Schwatz abhielt. „Trinksch noch e Bierle?"

„Nei, muss noch rangieren ..."

Wir sagten Gute Nacht. An so einem kleinen Bahnhof grüßt man sich.

Rangieren. Konnte nicht so lange dauern. Andererseits. Wer will warten, wer hat die Geduld. Wer so durstig ist, soll vorgehen. Heimgehen. Zuhause rangieren. *Soll selbst rangieren.* Das sagte der neue Nachbar in der Story. Der Mörder soll selbst rangieren.

Das Mordopfer war von Beruf Lokführer!

Ich war hellwach.

Eine Woche später zogen pünktlich zum Eröffnungskonzert gigantische Gewitterwolken auf. Das Zeltmusikfestival galt als zuverlässige fünfte Jahreszeit in Südbaden. Das Programm interessierte mich nicht besonders, aber da ich mir dringend Ablenkung verordnet hatte, ignorierte ich das bedrohliche Wetter und besorgte mir ein Ticket für *Aimee Mann.* Natürlich bin ich durchnässt worden. Aber bei gefühlten 46 Grad im Zelt macht einem das nicht wirklich was aus. Danach traf ich

Katrin mit Schirm. Es goss Bindfäden, als wir zum Shuttle-Bus stapften.

„Was ist eigentlich bei Breidschwerts Recherche rausgekommen?“

„Nichts.“

„Tut mir leid, dann war wohl alles umsonst.“

„Ach, nö.“

„Ich hab zwei Karten für *Adam Green*. Falls du Lust hast …“

Regen klatschte an die Busscheiben, während ich mich in sie verliebte.

Am nächsten Tag las ich in der Lokalausgabe, dass am Tag zuvor auf dem Parkplatz beim ZMF ein Mann von einem Blitz getroffen worden war und seinen Verletzungen erlag. Der 49-jährige Elzacher war Lokführer gewesen.

Renate Klöppel

Der Perser

Der kleine Mann mit der dunkelblauen Wollmütze legt die Hand auf die eiskalte Klinke der Glastür. Er zögert, ehe er sie herunterdrückt. Der weiß gekachelte Vorraum zur Toilette im Karlsbau ist nicht leer wie sonst am frühen Morgen. Eine Frau sitzt auf einem roten Trolleykoffer hinter der gläsernen Wand. Sie hebt ihren Kopf, noch ehe er eintritt, sie sieht ihm entgegen, als habe sie auf ihn gewartet. Er schließt die Tür hinter sich, lässt die Kälte draußen. Wortlos erwidert er den Blick der Alten und unter den tiefen Runzeln glaubt er ein Gesicht zu entdecken, das er einmal gekannt hat. Die Frau starrt zurück, minutenlang, sie nagelt ihn fest mit ihrem Blick. Und mit ihrem Gesicht. Sie ist keine von denen, die auf der Straße leben wie er.

Im Winter kommt er oft hierher, wenn er seinen Kaffee in der *Pflasterstub'* getrunken hat und das Bündel mit seinen Habseligkeiten dort im Schließfach liegt. Er fühlt sich nicht wohl in der *Pflasterstub'*, zu viele hocken in dem Kellerraum beisammen, der Abstand ist zu klein zwischen ihm und den anderen. Er will allein sein nach einer kalten Nacht unter der Schnewlinbrücke oder in seiner Mauernische an der Uni, nicht weit von der Stelle, wo der Moscha an einem eisigen Wintertag tot auf seiner Pritsche lag. – Den Vorraum im Karlsbau verlässt er erst, wenn draußen die ersten Reisebusse vorfahren und die Touristen sich beim gemeinsamen Austreten wie eine Horde schnatternder Affen an ihm vorbeidrängeln.

Er wendet sich ab von der Frau und steigt mit seinen von der Kälte steifen Gliedern die Treppe hinunter, um seine Notdurft zu verrichten. Als der gelbliche Strahl ins Becken rinnt, ist plötzlich die Erinnerung an das Gesicht einer schönen Frau ganz nah, um im nächsten Augenblick wieder in der Unerreichbarkeit zu versinken. Es ist ein Gesicht aus den Jahren, die er sein erstes Leben nennt. Die Falten, der eingefallene Mund und die grauen Haare mit dem Schimmer von schmutzigem Gelb haben sich darübergelegt wie eine misslungene Maske. Als er zurück in den Vorraum kommt, ist die Alte fort. Dort, wo sie auf ihrem Koffer gesessen hat, liegt etwas am Boden. Er hebt es auf. Es ist das Foto einer fetten, grauen Katze, die mit grünen Augen in die Kamera sieht. Darunter liegt ein Geldschein: fünfzig Euro.

Als er auf den Parkplatz tritt, ist die Alte mit ihrem Koffer verschwunden, als habe sie der Erdboden verschluckt.

Am nächsten Morgen sieht er schon von draußen, dass der Vorraum leer ist. Er geht zur Toilette wie jeden Tag und dann wartet er. Wartet lange. Blickt hinaus in den kalten Regen. Wartet auf das Gesicht aus einer anderen Zeit. Der erste Bus kommt, spuckt die Touristen auf den grauen Parkplatz. Der kleine Mann sieht zu, wie sie sich unter ihren viel zu großen Regenschirmen versammeln, weiß, dass das Kommando zum Austreten gegeben wird. Er drückt sich in eine Ecke und lässt die Menschen an sich vorüberziehen. Als draußen der zweite Bus vorfährt, verlässt er den Vorraum. Die Alte ist nicht gekommen.

Einen Tag später ist sie schon da, als er kommt. Sie sitzt hinter der gläsernen Wand auf ihrem roten Trolleykoffer, aufrecht und zuversichtlich, als sei hier ihr Zuhause.

„Der Perser", sagt sie, als er vor ihr steht. „Der Perser muss weg." Dann stützt sie die Hände neben sich auf den Koffer, dreht sich, bis ihre Knie unter dem langen Mantel den Boden berühren, stemmt sich auf die Füße und richtet sich langsam auf. Sie nestelt mit ihren vom Rheuma verbogenen Fingern in den Taschen ihres Mantels, zieht einen Fünfzigeuroschein hervor, einen zweiten, und streckt sie ihm entgegen. „Der Perser muss weg."

Der kleine Mann blickt lange auf die Scheine, greift nicht danach. Er wendet sich ab und geht die Treppen hinunter zum

Klo. Einer, der Platte macht, ist noch lange kein Verbrecher. Ein Mörder schon gar nicht. Nicht für hundert und nicht für hunderttausend Euro.

Als er zurückkommt, ist die Alte weg. Wo sie gesessen hat, liegt ein zusammengefalteter Zettel am Boden. Er hebt ihn auf und entziffert, was in großen Druckbuchstaben darauf geschrieben steht.

„Morgen Abend sieben Uhr am Bergäckerfriedhof in Littenweiler."

Darunter ist mit ungelenken Strichen eine Katze gezeichnet.

Der Perser muss weg, denkt er. – Ob die Alte die Katze meint? Vielleicht war das graue Vieh auf dem Foto eine Perserkatze. Er kennt sich nicht aus.

Die Straßenbahn nach Littenweiler bremst, ruckt ein paar Mal auf den nassen Schienen, hält. Der kleine Mann hat an der Tür gewartet und springt als Erster auf die Straße – eine Angewohnheit, seit er sich keinen Fahrschein mehr kauft. Er zieht mit einer Hand an seiner dunkelblauen Wollmütze, sie rutscht tiefer in die Stirn, verdeckt fast die Augen. Sein grauer Anorak ist zu dünn für diesen Winter. Fröstelnd schlägt er den Kragen hoch. Irgendwo hinter der Bundesstraße muss der Friedhof sein. Er zögert, geht dann aufs Geratewohl zwischen kleinen Häuschen entlang, die wie geduckt hinter den Büschen der Vorgärten stehen. Der kleine Mann tut sich schwer, in der Dunkelheit die Richtung nicht zu verlieren, stößt endlich auf ein Schild, das ihm den Fußweg zum Friedhof weist. Er steigt eine Treppe hinauf, eine zweite. Unter ihm auf der B 31 donnern Lastwagen vorüber, vor ihm rauscht ein Zug über die Schienen. Es ist laut hier. Zum Friedhof sind es nur noch wenige Schritte. Die Alte ist nicht zu sehen.

Der kleine Mann reibt seine kalten Hände aneinander. Er wartet. Zwei Radfahrer mit Stirnlampen und blinkenden Rücklichtern fahren an ihm vorbei, ein Pärchen bleibt dicht neben ihm stehen, küsst sich. Menschen wie ihn übergeht man, egal, wo er ist. – „Ham'Se mal 'nen Euro?" Er kann sich einen halben Meter vor den Leuten aufbauen. Sie sehen ihn nicht, hören ihn nicht. – Wenn sie nicht schon vorher die Straßenseite wechseln. Menschen wie er sind nicht einmal Luft für die anderen. Wie ein Loch im Pflaster sind sie, um das man besser einen Bogen macht.

Er hat die Frau nicht kommen hören. Wie aus dem Nichts ist sie aufgetaucht und hinter ihr der rote Trolleykoffer, den sie mit sich zieht, als wäre er ein Teil von ihr.

„Sie sind pünktlich", stellt die Alte fest und im Lärm der Straße ahnt er ihre Worte mehr als er sie hört. Sie spricht ihn mit „Sie" an. Einem wie ihm tut das gut.

„Der Perser", sagt sie.

„Ich bringe niemanden um, nicht für hundert Euro und nicht für hunderttausend", sagt er und seine Stimme klingt tapfer.

„Kommen Sie", machen die Lippen der Alten, „kommen Sie", und sie winkt mit dem gebeugten Zeigefinger wie die Hexe im Märchen. Sie zerrt ihren Koffer weiter, als sei er ein widerspenstiger Hund, bleibt stehen und wartet, bis der kleine Mann ihr endlich folgt, zieht nun beide – Koffer und Mann – hinter sich her. Unter einer Laterne bleibt sie stehen und legt den Koffer vorsichtig auf den Boden, als wäre darin ein wertvoller Schatz. Sie bückt sich und fingert am Zahlenschloss, immer wieder dreht sie die Zahlenräder. „Die Zwei, die Sechs, die Neun", murmelt sie. „Und dann?" Das Schloss öffnet sich nicht. Die Minuten vergehen. Endlich richtet sie sich auf und zeigt auf den Koffer. „Sein Werk", sagt sie und der kleine Mann weiß nicht, was sie meint. „Der Perser muss weg", sagt sie.

Welcher Perser, will er fragen. „Ich bringe niemanden um", sagt er stattdessen.

Der Lichtschein der Straßenlaterne fällt auf ihr Gesicht. Er kennt sie und weiß nicht woher. Sein erstes Leben ist in seiner Erinnerung löchrig geworden.

Sein erstes Leben. Immer hat er Lkw-Fahrer werden wollen, schon als kleiner Junge hat er von nichts anderem geträumt und die Wände in seinem zu engen Zimmer mit Bildern von den großen Trucks aus Amerika beklebt. Mit siebzehn hat er eine Kfz-Lehre angefangen. Eine gute Zeit war das, bis ihn der Meister rauswarf, weil er ein paar Mal bekifft zur Arbeit kam. Später hat er es noch einmal versucht. Es war eine kleine Werkstatt im Osten von Freiburg, dort, wo die Stadt dem Schwarzwald entgegenkriecht. Gekifft hat er nicht mehr, nicht einmal getrunken. Trotzdem hat ihn sein Chef nach einem Jahr vor die Tür gesetzt. Der hat geglaubt, sein Lehrling hätte ein Verhältnis mit seiner Frau. Dabei hat die ihn keines Blickes gewürdigt. Sie war hinter dem Gesellen her, wenn sie durch die Werkstatt schlich, nicht hinter ihm. Er hat den Chef vom ersten Tag an nicht gemocht mit seinem von Pickelnarben entstellten Gesicht. Als er seinetwegen ohne Ausbildung auf der Straße stand, hat er ihn gehasst.

Mit zwanzig hat er den Führerschein für Lkw gemacht. Fünfundzwanzig Jahre ist er durch ganz Europa gefahren. Bis zum Bosporus ist er gekommen. Es war nicht das Leben, von dem er als kleiner Bub geträumt hatte, zu viel Zeitdruck, zu wenig Geld, aber er war zufrieden gewesen. Bis die Geschichte mit dem Trecker passierte. Oben auf der B 500 beim Thurner war das. Freiburg war schon ganz nah. Er hatte keine Schuld an dem Unfall, der Bauer kam von Buchenbach und hat ihm die Vorfahrt genommen. Vier Tage später war er tot. Da war sein eigener Führerschein schon weg. Alkohol am Steuer. Das mit dem Alkohol lag bei seiner Familie im Blut. Vater und Großvater: Beide hatten sich totgesoffen. – Wenn ihn der pickelnarbige Chef damals nicht rausgeschmissen hätte, stände er heute nicht auf der Straße. Als Kraftfahrzeugmechaniker bräuchte er den Lappen nicht.

„Kommen Sie!“ Die Alte zerrt ihren Trolley auf eine Erhebung neben der Friedhofsmauer, die ist hier ganz niedrig. „Helfen Sie mir!“

Mit seiner Hilfe steigt sie hinüber. Er reicht ihr den Trolley, ehe er folgt. Der Koffer ist leichter, als er gedacht hat.

Groß und leer und dunkel liegt der Friedhof vor ihnen. Hier neben der lauten Straße ist noch Platz für viele Tote. Die Alte findet ihren Weg zwischen den Gräbern im Dunkeln. Der kleine Mann hält sich ganz dicht an ihrer Seite. Wie Schemen tauchen neben ihm Grabsteine aus der Finsternis, unter ihnen liegen die Toten. Auf dem dunklen Friedhof fürchtet er sich.

Vor einem frischen Grab bleibt die Alte stehen. Der Schein ihrer Taschenlampe huscht über Christrosen und Kränze mit roten und schwarzen Beeren, fällt auf ein hölzernes Kreuz. Der kleine Mann liest den Namen nicht, er will das hier schnell vergessen.

„Hier", sagt die Alte. „Hier kommt der Perser rein."

„Welcher Perser?", fragt er.

Die Alte schweigt. Ein großer Vogel streicht lautlos über ihre Köpfe hinweg.

„Was ist da drin?", fragt er und zeigt auf den Koffer, der viel zu klein ist für einen Menschen.

„Erst die Grube", sagt sie. „Groß genug für einen Mann." – Aus dem Gebüsch hinter dem Grab holt sie Schaufel und Spaten hervor.

„Ich bringe niemanden um."

„Nur die Grube", sagt die Alte. Sie kramt in ihren Manteltaschen, zieht Geld hervor. Sie zählt es in seine Hand. Zehn Scheine: fünfhundert Euro.

Der kleine Mann hält die Hand hin, nimmt das Geld, steckt es ein. „Ich bringe niemanden um."

Die Alte bleibt nicht in seiner Nähe, als er schaufelt, sie läuft hierhin, läuft dorthin, kehrt zu ihrem Koffer zurück. „Die Zwei, die Sechs, die Neun", murmelt sie.

Er schaufelt so schnell er kann, die Erde ist schwer. Lehm klebt an seinen Schuhen, er versaut sich die Kleider, schwitzt von der Anstrengung.

„Tiefer“, sagt die Alte. „Und größer.“

Sie nestelt am Koffer. Die Zwei, die Sechs, die Neun, das weiß sie noch. „Die Sieben!“, ruft sie. Das Schloss vom Koffer springt auf. Die Alte hebt den Deckel, leuchtet in den Koffer hinein. Der kleine Mann sieht einen grauen Klumpen, vielleicht ein graues Fell. Dann fällt der Deckel wieder zu. Der Perser? Sind Perserkatzen grau?

Er wirft die Schaufel fort. „Das Loch ist tief genug.“

„Nein“, sagt die Alte. „Tiefer und größer!“

Wieder gräbt er. Regen fällt, mischt sich mit dem Schweiß auf seinem Gesicht, und das Rauschen der Reifen auf der nassen Straße übertönt jedes Geräusch.

„Jetzt ist es genug.“ Die Alte wendet sich zum Gehen. Den Koffer lässt sie zurück. „Kommen Sie!“

Der kleine Mann folgt ihr. Sie nimmt nicht die Treppen zum Überweg über die Bundesstraße, sie wählt den Weg, der langsam höher steigt. Unter ihnen rasen die Autos vorüber. Drüben, wo der Weg wieder die Ebene erreicht, liegen Kleingärten hinter einem hohen Zaun aus Maschendraht. Die Alte hat einen Schlüssel für das Tor. Knarrend dreht es sich in den Angeln. Es ist finster hier und kein Mensch zu sehen. Jetzt im Winter sind die Lauben verlassen. Der kleine Mann folgt ihr, stolpert im Dunkeln über ein Mäuerchen. Nur eine Laterne neben dem Fußweg wirft ein wenig Licht auf den Weg. Der Regen ist stärker geworden, kalt rinnt er ihm in den Kragen. Immer weiter geht die Alte, kommt endlich zu einem Zaun mit Brombeergestrüpp. Die Laube am Zaun ist winzig, nicht mehr als ein hölzerner Verschlag mit einem von Efeu halb verdeckten, vergitterten Fenster und einer massiven Tür. Der Schein der Taschenlampe flackert über Gerümpel vor der Bretterwand, huscht weiter über eine Regentonne und zerrissene Folien, bleibt an einem schweren Riegel hängen, der quer über die ganze Tür geschoben ist. Der kleine Mann weicht zurück. Er hat Angst. Er ahnt, was sie finden werden.

Die Alte reicht ihm die Taschenlampe und dreht einen Schlüssel im Vorhängeschloss. Sie schiebt den Riegel zur Seite, stößt die Tür auf.

Der kleine Mann lässt die Taschenlampe sinken, ihr Schein fällt auf den Boden aus festgestampftem Lehm. Da sieht er den Perser: ein aufgerollter Teppich. Daneben liegt ein meterlanges Brecheisen. Das Licht beginnt zu zittern, zittert immer heftiger in der Hand des kleines Mannes. Er atmet schneller, will nichts damit zu tun haben, was da vor ihm liegt: Aus der Rolle ragen Füße hervor, Füße eines Mannes in schmutzigen Gartenschuhen.

„Der Perser muss weg!“, sagt die Alte. Sie zeigt auf zwei Rollbretter neben dem Toten. „Allein bringe ich es nicht fertig.“

Der kleine Mann will zur Tür hinaus, stößt mit der Alten zusammen, die ihm den Weg verstellt. „Ich habe nichts damit zu schaffen.“ Seine Stimme ist atemlos.

„Haben Sie doch!“ Die Alte beugt sich zum Teppich hinunter. Mit ihren mageren Händen zerrt sie am Teppich, schlägt ihn am Kopfende auf. Der Lichtstrahl trifft ein von Pickelnarben entstelltes Gesicht.

„Carlos Persa“, ruft der kleine Mann. Es ist das Gesicht aus seinem ersten Leben. – Die Wut ist noch lebendig. „Der Persa hat mir mein Leben versaut.“

Die Alte richtet sich auf, hebt ihre Hände, ballt sie zu Fäusten „Vierzig Jahre lang hat mich der Persa gequält mit seiner Eifersucht“, stößt sie hervor. „Am Ende war er sogar eifersüchtig auf den Kater. Mit bloßen Händen hat er ihm den Hals umgedreht!“ Sie schlägt die Hände vor ihr faltiges Gesicht. „Der Kater war das einzige lebendige Wesen, das mir geblieben war.“ Jetzt klammert sie sich an den kleinen Mann. „In die Mülltonne wollte er meinen Liebling tun! In die Mülltonne! ‚Lass ihn uns im Garten begraben‘, habe ich gesagt. Deswegen ging er mit mir hierher.“

Der kleine Mann befreit sich aus der Umklammerung. „Sie haben ihn mit der Brechstange erschlagen!“ Er ruft es so laut, dass er vor seiner eigenen Stimme erschrickt.

Die Alte nickt. Stolz sieht sie plötzlich aus. „Niemand wird ihn vermissen. Den Garten hier hat er selbst noch gekündigt."

Der kleine Mann bückt sich, schlägt den Teppich über das entstellte Gesicht. Er will den Toten nicht sehen.

„Wer den Kater und den Persa begräbt, dem schenke ich seine Rente, habe ich mir gesagt", flüstert die Alte, als gäbe es jemanden, der sie belauscht. „Am nächsten Tag habe ich im Karlsbau auf Sie gewartet. Jeden Winter sehe ich Sie dort, Tag für Tag, aber mich haben Sie nie erkannt. Ich habe gewusst, Sie werden mir helfen."

Der kleine Mann schüttelt den Kopf. Er will endlich fort von hier. „Was soll ich mit der Rente? Ich habe kein Konto."

„Banken gibt es genug."

„Ohne Wohnung kein Konto. Da kannste nichts machen. Und ohne Konto keine Arbeit, ohne Arbeit keine Wohnung." Er blickt auf den Teppich, und die Wut auf den Toten ist größer als zuvor. „Ich helfe Ihnen", sagt der kleine Mann. „Und dann gehe ich."

Er greift in seine Tasche, fühlt zwischen den Fingern das Geld. Es wird reichen, bis vor den Bänken im Colombipark wieder die Mandelbäume und Osterglocken blühen. Dort will er sitzen. Und wenn er Geld braucht, wird er in der Eisenbahnstraße stehen, wo sein Stammplatz ist.

„Ham'Se mal 'nen Euro?"

Gitta Edelmann

Der Eisenmann

„Deine Schwester hat einen Neuen", sagte Mama, als sie den Telefonhörer auflegte. Es klang noch weniger begeistert als beim letzten Mal.

„Diesmal ist es die ganz große Liebe", fügte sie trocken hinzu. Wir sahen uns an und grinsten. Das hörten wir nicht zum ersten Mal. Außerdem waren wir beide skeptisch, was die ganz große Liebe betraf. Ich glaubte nicht wirklich daran. Mama hatte daran geglaubt, sie geheiratet und zwanzig Jahre später schwer darum kämpfen müssen, sie wieder loszuwerden.

Lunas Lebensweg dagegen war mit ganz großen Lieben gepflastert.

„Luna kommt morgen mit ihm zum Essen. Willst du dabei sein?", fragte Mama. Sie schien Unterstützung zu suchen.

„Chor", sagte ich und schüttelte den Kopf. „Ich ruf dich an, wenn ich von der Probe komme, okay?"

Mama nickte unglücklich.

„Was soll ich nur kochen?"

„Irgendeine Pasta mit Salat", empfahl ich ihr, denn sowohl mit ihren Pastakreationen als auch mit ihren Salaten hätte Mama ein Restaurant aufmachen können.

Wir verabschiedeten uns herzlich und ich eilte zur S-Bahn. Die ganze Heimfahrt von Breisach nach Freiburg über ging mir Lunas neue große Liebe nicht aus dem Kopf. Hoffentlich war es wenigstens jemand, den ich nicht kannte. Im letzten Jahr hatte sie meinen Ex angeschleppt, total peinlich.

„Und?", wollte ich von Mama wissen.

„Naja", sagte sie zögernd. Schade, dass ich ihr Gesicht am Telefon nicht sehen konnte.

„Er ist mal was anderes."

„Mama!"

„Och, ganz nett. Bisschen alt vielleicht. Und ich weiß nicht, ob das ganz das Richtige für Luna ..."

„Mama!"

„Also gut: Ich finde ihn Scheiße!"

„Mama!"

„Wolltest du meine ehrliche Meinung oder nicht? Der Mann ist vierzig und redet von nichts anderem als Sport!"

Ich konnte mir ein Kichern nicht verkneifen. Luna war der sportfeindlichste Mensch, den ich kannte. Das konnte lustig werden.

„Vielleicht geht sie ja dann von jetzt an mit dir in den Fitnessklub."

Mama stöhnte. Ihr Fitnessklub war ihr heilig. Obwohl sie uns ständig von den netten Leuten dort vorschwärmte, hatte sie uns von Anfang an klargemacht, dass sie uns nicht dort sehen wollte. Als ob ich schnell mal von Freiburg nach Breisach fahren würde, um zusammen mit meiner Mutter Sport zu treiben!

„Ein bisschen mehr Bewegung wird unserem Moppelchen nicht schaden", tröstete ich Mama. „Und das mit dem Alter würde ich auch nicht so eng sehen. Was sind schon fünfzehn Jahre! Außerdem ist in ein paar Wochen sowieso alles vorbei."

„Meine Pasta hat ihm auch nicht gepasst. Zu wenig Protein", sagte Mama.

Aha, da lag der Hase in der Soße! Mama war eingeschnappt.

„Ich sag dir, Isabel, der Kerl ist nichts für Luna. Das ist ein ganz übler Typ!"

„Und welchen Sport treibt er?", fragte ich neugierig.

„Alles Mögliche", sagte Mama. „Luna sagt, er ist ein Eisenmann."

Der Eisenmann hieß Klaus. Und Eisenmann nannte Luna ihn, weil er an Ironman-Wettbewerben teilnahm. Schwimmen, Radfahren, Laufen. Oder umgekehrt. Auf jeden Fall ziemliche Strecken. Zur Not machte er auch bei dem einen oder anderen Marathon mit, klärte er mich auf. Wir saßen nach der spannenden Lesung einer Krimiautorin im E-Werk in Lunas gemütlicher Küche in der Sundgauallee und aßen Steaks und Salat. Der Salat war lecker, aber ich bin nun mal kein großer Fleischesser und Klaus' halbrohes Riesensteak auf dem Teller neben meinem ekelte mich ziemlich an. Außerdem fehlte mir Baguette zu dem Salat. Aber ich wollte Luna nicht vor ihrem Liebsten kritisieren.

Die Unterhaltung drehte sich um Sport. Und um Ernährung. Luna sah aus, als hätte Klaus ihr den Zugang zum Paradies geöffnet, und mit missionarischem Eifer klärte sie mich auf:

„Du isst viel zu viele Kohlenhydrate!“ und „Du brauchst mehr Eiweiß für den Muskelaufbau!“

Ich nickte und sehnte mich nach einem Stück Baguette. Ich ging recht oft joggen und schwimmen und sah auch nicht unbedingt Bedarf, mehr zu tun. Für mich hat Sport mit Spaß zu tun. Essen auch. Ohne Brot hört für mich der Spaß auf.

„Ich muss mal mit Mama reden“, sagte Luna.

„Das solltest du lassen“, riet ich ihr.

Mama trainiert dreimal pro Woche im Breisacher Fitnessstudio und isst gesünder als die meisten Menschen, die ich kenne. Für sie hört ohne Pasta der Spaß auf. Das konnte nicht gut gehen!

Natürlich beschwerte sich Mama bei mir über Lunas unerwünschte Ratschläge.

„Immerhin hat sie ein bisschen abgenommen!“, versuchte ich sie zu trösten. „Und diese fanatische Begeisterung hält sicher nicht lange an.“

Doch die Monate vergingen und Luna war immer noch auf dem Supersportler-Trip. Klaus erlief einen der vorderen Plätze beim Freiburg-Marathon und schwärmte vom Ironman. Die deutlich schlankere Luna war – so zum Spaß – die ersten zehn Kilometer mitgerannt und verkündete begeistert, dass sie beim nächsten Mal auf jeden Fall beim Halbmarathon dabei wäre. Klaus klopfte ihr lobend auf den Rücken und Luna strahlte.

Ich verlegte meine Energien auf Aerobic und hörte auf zu joggen. Ich wurde beim Laufen einfach diese innere Stimme nicht los, die mir von Marathonläufen und der neuesten Sportlerernährung vorschwärmte.

„Isabel, du musst mit Luna reden!", sagte Mama sechs Wochen später am Telefon.

„Jetzt mach dir doch nicht immer Sorgen um Luna."

„Aber sie ist so dünn geworden."

„Früher war sie dick, das hat dir auch nicht gefallen."

„Ich hab aber kein gutes Gefühl dabei", sagte Mama. „Ich weiß auch, dass sie etwas nimmt."

„Etwas nimmt? Was denn?", fragte ich überrascht.

„Irgendeine Sportlernahrung", sagte sie vage. „Klaus hat es ihr besorgt. Irgendwas Künstliches."

„Das machen viele Sportler", sagte ich geduldig und versuchte mich schnell zu verabschieden. Ich war mit Bernd verabredet. First Date. Ich hatte ihn am letzten Wochenende bei einer Geburtstagsfeier kennengelernt. Und wenn ich auch nicht an die große Liebe glaubte, so hatte ich doch die Hoffnung, dass Bernd eine kleine werden könnte. Er hatte so eine Art, die linke Augenbraue hochzuziehen ...

„Isabel, du musst mir helfen", tönte Mamas Stimme aus dem Telefonhörer. Mein Radiowecker zeigte 7:30 Uhr. Und es war Samstag! Neben mir rührte sich meine neue kleine Liebe und streichelte meine Hüfte.

„Doch nicht jetzt", stöhnte ich.

„Ich will mir einen Computer kaufen!", erklärte meine bisher technikfeindliche Mutter. „Kommst du nach Breisach oder soll ich nach Freiburg ...?"

„Komm du. Hauptbahnhof. Um elf", murmelte ich und legte auf. Meine rechte Hand wanderte auf Bernds Brust und ich spürte seine Muskeln. Einen Moment durchzuckte mich die Angst, er könnte Leistungssportler sein, aber dann kamen mir schnell ganz andere Gedanken.

Ich half Mama, einen Laptop zu kaufen und begleitete sie bei ihren ersten Schritten ins Internet. Sie war begeistert von der Informationsflut und besuchte schon ein paar Tage später mit Leidenschaft irgendwelche Foren, in denen sie ihre Meinung zum Besten gab. Besonders der medizinische Bereich hatte es ihr angetan. Und Rezepte. Auch schien sie sich mit Klaus abgefunden zu haben, sie briet bei den wöchentlichen Treffen zum Essen neben unserer Pasta stets ein großes Stück Fleisch für ihn und hörte seinen Monologen geduldig zu. Sie mixte ihm einen Extra-Sportlerdrink, von dem wir nie probieren durften, und zum Abschied steckte sie ihm ein zweites Fläschchen davon nebst einem Energieriegel zu. Luna und ich bekamen stattdessen Schokolade. Und Bernd, der trotz seines komplizierten Dienstplanes schließlich einmal mitkommen konnte, kam auch in den Genuss der süßen braunen Versuchung. Mama mochte ihn also!

Dass mit Luna nicht alles zum Besten bestellt war, merkte ich, als sie ihre Schokolade nicht mehr mit überlegenem Lächeln auf Mamas Telefontischchen legte, sondern sie heimlich in ihre Handtasche gleiten ließ. Sie hatte stark abgenommen, ihr ungeschminktes Gesicht war schmal und wirkte müde. Ihre Haare band sie einfach mit einem Gummi zurück. Vorbei die Zeit des ausführlichen Stylings und der blonden Strähnchen, über die ich mich oft lustig gemacht hatte. Meine kleine Schwester wirkte auf einmal älter als ich. Doch sie strahlte vor Begeisterung, wenn Klaus ihre sportlichen Fortschritte lobte.

„Sie trainiert jeden Tag – das kann doch nicht gesund sein!“, beschwerte sich Mama bei mir. „Er bringt sie noch um mit seiner Lauferei!“

Und drei Tage später rief Mama an.

„Er gibt ihr was“, sagte sie, „sie behauptet, es seien Vitamine! Aber ich weiß nicht ...“

Ich machte mir zunehmend Sorgen. Einerseits um Luna, andererseits um Mama. Sie entwickelte die verrücktesten Strategien, Luna mit Schokolade und Gummibärchen zu versorgen, ohne dass Klaus es sah. Irgendwann musste es zum Eklat kommen. Aber Klaus schien nichts zu merken. Vielleicht war er zu geschmeichelt durch Mamas Fürsorge mit den Extra-Sportlerdrinks nur für ihn.

„So lange hat sie es noch nie ausgehalten“, erzählte ich Bernd. „Sonst ist nach rund sechs Monaten die ganz große Liebe ausgeliebt. Aber jetzt geht es schon über ein Jahr!“

„Und wenn es wirklich die ganz große Liebe ist?“, fragte Bernd und zog seine linke Augenbraue hoch.

Mir wurde heiß.

„Könnte man ihn wegen Körperverletzung verklagen? Weil er Luna irgendwas gibt?“, fragte ich.

„Wegen Dopings? Glaub ich nicht“, sagte Bernd skeptisch. „Deine Schwester ist erwachsen. Keiner zwingt sie, das Zeug zu nehmen. Falls es überhaupt stimmt, dass sie es nimmt. Und solange sie nicht an Wettkämpfen teilnimmt, kräht kein Hahn danach.“

Das Telefon riss mich aus dem Schlaf.

„Mama!“, stöhnte ich in den Hörer. Aber dieses Mal war es Luna.

„Isabel, kannst du kommen? Klaus ist tot.“

„Luna, ich denke du bist in den USA?“

Klaus war so begierig darauf gewesen, den New York Marathon mitzulaufen.

„Klaus ist zusammengebrochen. Mitten im Lauf.“ Luna schluchzte jetzt. Ich konnte sie kaum verstehen.

„Er ist tot, Isa, er ist einfach umgefallen und gestorben!“

Natürlich flogen weder Mama noch ich schnell mal so nach Amerika. Ich rief meine Studienfreundin Jean an, die in New

York lebte und mir noch etwas schuldig war. Ihr halste ich meine heulende Schwester auf. Jean half ihr mit den Formalitäten, ging mit ihr ein bisschen shoppen und setzte sie schließlich ein paar Tage später in den Flieger.

Ich holte Luna am Flughafen ab, bereit, sie tröstend in meine Arme zu schließen. Doch die Luna, die mir entgegenkam, war nicht mehr die alte. Vielmehr doch, sie war die alte Alte. Make-up, frische blonde Strähnchen im perfekt gestylten Haar und ein traumhaftes schwarzes Kleid mit noch traumhafteren Schuhen, die bestimmt nicht für Waldwege oder für die Aschenbahn geeignet waren! Mit ihrer halb verhungerten Figur sah sie aus wie ein Model und zog bewundernde Blicke auf sich, die sie geflissentlich übersah.

„Mama hat gekocht“, erklärte ich ihr im Wagen.

„Pasta!“ Luna lächelte selig.

Ich schwieg eine Weile.

„Der Idiot hat sich selbst umgebracht!“, platzte Luna heraus. „Klaus war vollgepumpt mit Anabolika. Die muss er seit Monaten genommen haben. Und ich dachte, er wäre wirklich so ein Eisenmann!“

„Und daran ist er gestorben?“

Luna nickte. „So was ist schon ein paar Mal vorgekommen. Hab ich im Internet gefunden. Da gab's zum Beispiel mal eine Leichtathletin, Birgit Dressel. Ich glaube 1987. Die starb auch ganz plötzlich an Multiorganversagen und hatte jede Menge Medikamente und Anabolika im Blut.“

Ich schüttelte den Kopf.

„Ich hab das nicht gewusst!“, erklärte Luna.

„Du hast nichts genommen?“, fragte ich skeptisch.

„Nur Vitamine und Mineralien. Vor allem Magnesium. Ich hab doch beim Laufen immer Krämpfe gekriegt“, versicherte Luna. „Ehrlich!“

Beim Essen schwärmte Luna von ihren Shopping-Touren mit Jean. Sie packte ihren Koffer aus und führte uns strahlend ihre Neuerwerbungen vor. Mama und ich sahen uns an. Ich las in ihrem Blick, dass sie sich amüsierte. Ich las aber auch so etwas wie Triumph und das irritierte mich.

Bernd kam wenig später, um mich abzuholen.

„Du hast sicher schon ein Glas Wein getrunken", sagte er und küsste mich prüfend. „Dann kann ich nicht zulassen, dass du am Ende ins Auto steigst und fährst."

Ich lachte über meinen gesetzestreuen Liebsten. Eigentlich war er doch nur neugierig auf Lunas Bericht. Während Mama Kaffee kochte und Luna Bernd noch einmal die ganze Anabolika-Geschichte erzählte, ging ich ins Bad und suchte nach Paracetamol gegen meine Kopfschmerzen. Mamas Spiegelschränkchen war wie immer ziemlich leer. Eine Flasche Retterspitz äußerlich, eine halbe Tube Salbe gegen Insektenstiche und ein fast leeres Päckchen Paracetamol. Ich nahm die letzten beiden Tabletten und warf die leere Packung in den Kosmetikeimer unter dem Waschbecken. Der war bis obenhin voll mit leeren Medizinschachteln. Ein Wort zwischen all den chinesischen Zeichen stach mir in die Augen: *Manpower*.

Wozu brauchte Mama *Manpower*?

Auf der nächsten Schachtel stand *Dehydrochlormethyltestosteron*. – Geschlechtshormone? Gehörten die nicht zu den Dopingmitteln?

„Isabel, ist alles okay?", rief Mama von draußen. „Du bist so lange da drin, ist dir nicht gut?"

Ich riss die Tür auf, zog sie ins Bad und hielt ihr eine Packung *Wistrol* vor die Nase.

„Schon erstaunlich, was man im Internet alles bestellen kann", sagte Mama, nahm mir das Paket aus der Hand und warf es wieder in den Müll. Dann ging sie hinaus. Ich folgte ihr wie eine Schlafwandlerin.

„Das also bleibt von einer ganz großen Liebe", sagte Bernd auf der Heimfahrt. Er war sichtlich geschockt von Lunas Shopping-Plaudereien.

„Ich glaube nicht an die ganz große Liebe", sagte ich.

Bernd zog die linke Augenbraue nach oben. Mein Herz tat so weh, als würde er es mir herausreißen. Konnten wir eine gemeinsame Zukunft haben? Ich und Kommissar Bernd Schmitz von der Freiburger Mordkommission?

ANNE GRIESSER

Die lange Tote vom Münsterplatz

Junge, Junge! Ist ganz schön gut geworden, mein Werk.

Der zarte Schwung des Daumens, wie er das Gefäß umklammert – als könnte jederzeit einer kommen und es ihm entreißen. Der Kragen, aus dem der feiste, fast kahle Kopf mit den dicken Lippen herausragt – auch nicht von schlechten Eltern. Um den so dünn und akzentuiert hinzukriegen, muss man extrafeine Feilen verwenden.

Dem Eierkopf hätte ich gerne ein Paar Ohren verpasst. Aber nein, geht ja nicht, das Original hat schließlich auch keine.

Mein ganzer Stolz ist der Daumennagel. Haben Sie schon mal versucht, einem Sandsteinbrocken eine sanfte Wölbung zu verleihen, ihn ganz glatt zu feilen und so lange zu polieren, bis er den Anschein erweckt, zu glänzen? Nein, haben Sie nicht? Sie hätten es sowieso nicht geschafft. Da gehört schon ein ganzes Stück Talent dazu, handwerkliche Technik und natürlich jahrelange Übung. Schließlich bin ich schon im dritten Lehrjahr und kein blutiger Anfänger mehr.

„Konrad! Nit träume. Arbeite!"

Das ist mein Chef. Netter Kerl, eigentlich. Treibt mich zwar immer an, aber ich habe wirklich viel von ihm gelernt. Und er weiß auch, dass ich gut bin. Sonst hätte er mir ja wohl kaum die *Habgier* anvertraut, einen der Scheinwasserspeier vom oberen Münsterturm. Okay, es ist nicht das Original aus dem 14. Jahrhundert. Das steht im Augustinermuseum, mitsamt den anderen Originalen, der *Venus von Freiburg* zum Beispiel, dieser scharfen Braut mit dem nackten, knackigen Hintern, die über dem Portal thront und die *Wollust* verkörpert, auch eine der sieben Todsünden. Meine Lieblingssünde, um ganz offen zu sein. Wenn auch bislang nur in der Fantasie.

„Der Daumenagel isch dir hervorragend glunge, Konrad. Glückwunsch!"

Mein Chef blickt mir über die Schulter. Er kann nicht sehen, wie ich bei seinem Lob erröte. Soll er auch nicht, wär doch ziemlich uncool.

„Morge kommt der Brocke wieder nuf, uf sii Plätzle."

Ich werde ihn vermissen, den feisten Geizkragen! Seit Wochen habe ich seine Fehler ausgebessert, den Schmutz entfernt, die Details neu herausgearbeitet. Auch wenn er nur eine Kopie ist, so braucht er doch von Zeit zu Zeit eine Generalüberholung, und da das Gerüst am Turm sowieso schon steht, hat mein Chef die Gelegenheit beim Schopf gepackt.

„Un zur Belohnung für die gute Arbet nehme mer di mit. Damit du lernsch, wie man die Figure wieder abringt. Du bisch jetzt im dritte Lehrjohr, da wird des högschte Zit."

Wie bitte? Was sagt er da?

Mir fällt der elektrische Meißel aus der Hand.

„Morge geht's uf der Turm nuf, Konrad. Freusch dich?"

Freuen?

Ich nicke steif und bin unendlich erleichtert, dass er mir auch jetzt nicht ins Gesicht sehen kann.

Steinmetz ist ganz sicher der richtige Beruf für mich. Ich bin kräftig gebaut, habe handwerkliches Geschick, gute Augen und ein starkes Kreuz. Beste Voraussetzungen. In der Realschule war ich ein Käpsele in Geometrie; Stilkunde und Architektur haben mich seit jeher interessiert, zeichnen kann ich auch. So habe ich nach der Schule einen der beiden Ausbildungsplätze in der Münsterbauhütte ergattert – und das will schon etwas heißen, wo doch die Hälfte meiner Klassenkameraden gar keine Lehrstelle gefunden hat.

Was zählt da schon meine Höhenangst? Bis heute habe ich es immerhin geschafft, vor meinem Chef und den Kollegen zu verbergen, dass ich so was von überhaupt nicht schwindelfrei bin. Aber so was von überhaupt nicht.

In der Mittagspause schlendere ich die paar Schritte hinüber zum Münsterplatz. Es ist ein trüber Tag, viel zu kalt für die Jahreszeit, und auf dem Markt ist wenig los.

Ziellos laufe ich umher. Auf der linken Markthälfte, wo die einheimischen Produkte verkauft werden, stehen weniger Händler als üblich. Sie tragen dicke Daunen- oder Wolljacken und reiben sich die kalten Hände. Kaum Kundschaft, da wird es einem nicht warm – weder ums Herz noch um die Beine.

Von den Wurstständen weht ein verlockender Duft herüber. Hier hole ich mir häufig eine *Lange Rote*. Anderswo gibt es Currywurst, aber nicht bei uns! In Freiburg ist selbst Fastfood Qualitätsware! Bis aus Karlsruhe kommen die Kunden, um eine *Lange Rote* zu essen, behauptet der Andi, mein ehemaliger Klassenkamerad, der eine Ausbildung zum Metzgereifachverkäufer macht und gelegentlich auf dem Markt Dienst schiebt.

Ich esse sie immer *ohne* – also ohne geröstete Zwiebeln – weil ich sonst den ganzen Nachmittag über so durstig bin, dass ich den Bertoldsbrunnen leersaufen könnte.

Heute ist mir allerdings der Appetit gänzlich vergangen.

Langsam lasse ich meine Augen den Turm hochwandern. Nimmt der denn gar kein Ende? Das Portal, die großen Fenster, die Rosette, wieder ein Fenster, die Freifläche, dann die begehbare Turmlaterne und direkt darüber der durchbrochene Turmhelm, jetzt verpackt und vom Gerüst versteckt. 116 Meter hoch. Puh!

Die sieben Todsünden springen an den Ecken der Turmlaterne hervor, nur wenig unterhalb des Helmes. Eigentlich sind es ja nur noch fünf – die zwei übrigen sind schon vor langer Zeit verloren gegangen und wurden durch andere Figuren ersetzt. Anfang des 20. Jahrhunderts zum Beispiel brachte man den Münsterbaumeister Friedrich Kempf dort oben an. Ob er sich wohlfühlt in der Gesellschaft der Sünde?

Der Außenaufzug endet etwa auf dieser Höhe. Mir wird schon vom Hinaufschauen schwindelig, ich schwanke, taumle und trete dabei hinter einem Marktstand in einen Wassereimer, in dem bis vor Kurzem noch Blumensträuße steckten.

Igitt. Fuß und Hosenbein klitschnass. Andere treten wenigstens in die Bächle und heiraten dann eine flotte Freiburgerin, aber ich Hornochse stolpere in einen leeren Blumenkübel!

Es ist ziemlich windig. Wenn ich Glück habe, müssen wir die Außenarbeiten am Turm verschieben, denn bei Sturm dürfen wir nicht rauf. Aber das würde mir wenig nützen. Es wäre ja doch nur eine Galgenfrist.

Ich friere und beschließe, den Rest der Pause im Münster zu verbringen. Nicht, dass ich es besonders mit der Religion hätte, aber gewaltige Kirchen beeindrucken mich nun mal, und das Münster hat nichts von seinem Reiz verloren, obwohl ich es inzwischen so gut kenne. Im Gegenteil. Es ist noch immer ein fantastisches Gefühl, den gotischen Innenraum zu betreten und die Stimmung auf sich wirken zu lassen. Und außerdem kann es ja nichts schaden, wenn ich den alten Herrn dort oben mal um Hilfe bitte.

Alles strebt zum Himmel. Nach oben, nach oben! Fast wird mir wieder schwindelig. Schnell, den Blick nach unten. Hier drin ist noch weniger los als draußen auf dem Marktplatz. Montag eben. Kein Touristentag.

Ich gehe ganz nach vorne, auf den Altar zu, und dann nach rechts zu einem kleinen Seitenaltar. Und dort sehe ich sie.

Wow! Langhaarig, langbeinig, schlank und sehr elegant. Rassig. Eine Frau, die Blicke auf sich zieht. Gleichmäßige, gesunde Hautfarbe, schwarzes, seidiges Haar, volle rote Lippen, dichte, sanft geschwungene Wimpern. Sie trägt einen schwarzen Hosenanzug und als einzigen Farbtupfer ein ultramarinblaues Shirt, eng sitzend, das unter der Jacke hervorblitzt und den Blick auf ein unglaubliches Dekolleté freigibt und auf zwei wohlgeformte Titten, so plastisch, dass ich am liebsten danach greifen möchte.

Oh Mist. Jetzt werde ich schon wieder rot. Das ist so was von uncool! Aber die Schöne bemerkt mich gar nicht. Sie sitzt seitlich von mir und ich tue so, als ob ich auf den Altar und nicht auf ihre Glocken starre. Jetzt steht sie auf. Geht nach vorne und entzündet eine Kerze. Führt ihre schmalen Hände zur Stirn, zur Brust, nach links, nach rechts, ein Kreuzzeichen. Dann kommt sie zurück und kniet auf dem harten Holz nieder.

Heilige Muttergottes! Die wär was für mich. Ich bin nun mal ein Ästhet, das liegt in meiner Natur. Fast erinnert mich die Fremde ein wenig an die Venus dort oben am Turm. An die Wollust mit ihrem verführerischen Hintern und den schönen Brüsten, die sie mit ihren Händen mehr streichelt als bedeckt ...

Meine Gedanken schweifen ab, ich male mir aus, wie ich die schöne Frau anspreche, wie sie mir zulächelt und nickt, wenn ich sie zu einem Cocktail einlade – nichts anderes könnte man ihr anbieten, wie mir scheint, sie ist eine Frau mit Klasse. Ich würde sie ...

Erst der Schlag der Münsterglocken unterbricht meine Fantasien, die Pause ist vorbei. Bedauernd stehe ich auf und blicke ein letztes Mal zu ihr hinüber. Sie kniet noch immer. Worum sie wohl so innig betet?

Und dann ... Plötzlich wendet sie den Kopf, blickt mir direkt in die Augen. Lächelt mir zu. Lächelt noch viel süßer als in meiner Vorstellung. Ganz versteckt, nur angedeutet, so vage, dass ich mich die ganze Nacht fragen werde, ob ich es mir nicht nur eingebildet habe, zwinkert sie mir zu.

Mein Herz klopft, das Blut schießt mir in den Kopf. Ich werfe ihr einen Blick zu, in den ich so etwas wie Begehren, Souveränität und männliche Verwegenheit lege. Dann wende ich mich schnell ab, bevor mein Kopf erneut den Zustand *Tomate* erreicht hat.

Mannomann. Ich glaube fast, mich hat es erwischt! Als ich das Münster verlasse, scheint es mir, als habe der Himmel ein wenig aufgeklart. Auf einmal fühle ich mich ganz zuversichtlich, wenn ich an morgen, an den Ausflug zur Turmspitze denke.

Wär ja gelacht! Ich werde das Ding schon schaukeln!

Als der kräftige, rothaarige Bursche, der sie so ungeniert beobachtet hatte, weg war, fühlte sich die junge Frau erleichtert. Zwar war sie es gewohnt, angestarrt zu werden, denn die Natur hatte sie mit weiblichen Reizen, einem wohlgefälligen Äußern und einem angeborenen Charme ausgestattet, der auf Männer seine Wirkung nicht verfehlte. Doch gerade heute wäre sie lieber unauffällig geblieben.

Sie lachte kurz auf, als sie daran dachte, wie der Bursche auf ihr angedeutetes Zwinkern hin rot angelaufen war und sich abrupt aus dem Staub gemacht hatte. Angriff war in solchen Fällen die beste Verteidigung. Sie hatte den unerfahrenen Jüngling mächtig eingeschüchtert, davon verstand sie schließlich etwas!

Das Lächeln verschwand von ihrem Gesicht und sie blickte hinüber zu der Kerze, die bereits halb heruntergebrannt war. Das Flackern der Flamme übte eine beruhigende Wirkung auf sie aus, versetzte sie in eine Art Trancezustand, der ihr Kraft verlieh.

Mehr noch als das Gebet waren es das Licht, der unterschwellige Geruch nach Weihrauch, die Akustik und die Atmosphäre unter den hohen Strebebögen, welche sie ins Münster geführt hatten, bevor sie ihre Aufgabe in Angriff nahm. Sie spürte das harte Holz unter ihren Knien und fühlte sich sehr lebendig. Eigentlich war es Männerarbeit – aber das war sie ja nicht anders gewohnt. Was sollte man auch tun? Sie war das einzige Kind ihres Vaters, einen Sohn gab es nun einmal nicht. Und manche heikle Angelegenheit konnte nur ein Familienmitglied ausführen, es gab Dinge, die durfte man nicht irgendwelchen Außenstehenden überlassen.

„Hör zu, Theresa“, hatte ihr Vater erklärt. „Es läuft schlecht. Verflucht schlecht sogar. Die Auswirkungen der Wirtschaftskrise ... Du weißt, was das bedeutet?“

Natürlich wusste sie es. Sie war ja nicht dumm.

„Wir müssen neue Märkte erschließen. Anders geht es nicht. Die Tradition verlangt allerdings ...“

Sie schnaubte. Das Thema „Tradition“ war ein ständiger Zankapfel zwischen ihr und dem Vater. Religion, Aberglaube, Tradition, Familienzusammenhalt! Alles altmodischer Kram. Wie konnte man nur so rückständig sein, wenn man Erfolg haben wollte? Sie war durchaus der Meinung, dass es an der Zeit war, neue Wege zu gehen, das Unternehmen den Herausforderungen der Gegenwart anzupassen. Neue Märkte! Wunderbar. Aber sie verstand etwas anderes, etwas Globaleres darunter als ihr Vater. Sobald er den Löffel abgab, das hatte sie sich geschworen, würde ein neuer Wind durch das Familienunternehmen wehen. Es würde härter zugehen, viel härter, sich dafür aber wirklich lohnen. Dann hieß es raus aus dem Provinznest Freiburg, rein ins internationale Business. Sie war immerhin eine Geschäftsfrau mit Format und Stärke!

Aber noch hatte ja leider ihr alter Herr das Sagen.

„Es ist keine leichte Aufgabe, meine Tochter. Und nicht ganz ungefährlich. Traust du dir das zu?“

Kinkerlitzchen. Klar traute sie sich das zu. Sie traute sich noch ganz andere Dinge zu! Entschlossen stand sie auf, voller Kraft und Tatendrang. Gebet und Meditation hatten ihren Zweck erfüllt. Ihre schicken Schuhe mit den hohen Absätzen hallten auf den Steinfliesen wider und viele Augenpaare folgten ihr, als sie, die schwarze Haarmähne stolz nach hinten werfend, das Münster verließ.

Marktfrau Afra hatte einen miesen Tag. Wurde es in diesem Jahr denn überhaupt nicht mehr Frühling? Freiburg, eine der sonnigsten und wärmsten Städte Deutschlands? – Pah! Nichts davon zu spüren. Kalt, grau, regnerisch. Seit Wochen schon. Und außerdem: Wo blieb eigentlich diese ominöse Klimaerwärmung, von der alle redeten? Die fand wohl nur am Nordpol statt, wo die Gletscher langsam dahinschmolzen. Sollten sie doch! Was ging es sie, Marktfrau Afra an, die sich jeden Morgen auf dem Münsterplatz die Füße abfror?

Die Kunden blieben aus. Wer hatte bei diesem Sauwetter schon Lust auf einen Bummel über den Markt? Nur die ganz Hartgesottenen. Die Stammkunden. Und nur ihnen zuliebe war sie heute hier.

Es gab Tage, an denen sie mittags, wenn sie durchfroren und genervt den Anhänger vom Platz manövrierte, nur ein paar lausige Euro eingenommen hatte. Bärlauchpesto, Himbeeressig, Schlehenschnaps und selbst gemachter Käsekuchen. Die Touristen wussten das zu schätzen – aber Touristen gab es derzeit kaum.

Goldgrube Münstermarkt, sehr witzig. Das wurde doch alles überschätzt! Afra rieb sich fröstelnd die klammen Finger. Der Markt – das war ein hartes Brot, da hieß es jeden Morgen früh aufstehen, sein Plätzchen in Besitz nehmen, sich nicht in irgendwelche Kleinkriegsgefechte zwischen alteingesessenen Zankhennen und Platzhirschen einlassen. Als *Frischling* musste Afra ihre Stellung in diesem komplizierten Geflecht erst noch festigen.

Ein wenig neidisch blickte sie hinüber zu den Wurstbuden. Die hatten es gut! Bei denen brummte das Geschäft zu jeder Jahreszeit. Hungrig waren die Leute eben immer – und die *Lange Rote* war Kult unter Einheimischen wie unter Fremden. Ganz davon abgesehen, war es am Wurstgrill vermutlich schön warm.

Sie seufzte. Jahrelanges Warten auf den begehrten Stellplatz, und nun war es doch mehr Stress als Segen. Es hatte Ärger mit dem Marktmeister gegeben, weil sie im Winter zu oft blaugemacht hatte, zu Hause geblieben war, im warmen Bett, statt sich in die Kälte zu stellen, nur, um am Ende des Tages 30,35 Euro eingenommen zu haben. Das war ihr Minusrekord. Und nun wurde auch noch über eine Erhöhung der Parkgebühren diskutiert!

Trotzdem wollte sie den Stellplatz keinesfalls verlieren. Es kamen ja auch wieder bessere Zeiten und irgendwann würde es schon Frühling werden.

Sie ließ ihren Blick über den Markt schweifen. Nebenan diskutierte Ingeborg mit einer groß gewachsenen, rassigen Frau, die sündhaft teure Schuhe trug. So etwas fiel Afra immer als Erstes auf. Auch die Kleidung der Dame wirkte erlesen. Markenware, hundertpro.

Afra hatte die Frau noch nie gesehen. Eine Touristin vermutlich, eine mit Kohle. Hoffentlich kam sie auch noch an ihren Stand, da gab es doch viel reizvollere Dinge zu kaufen! Was wollte eine Touristin wie die da mit Lauch, Endiviensalat und Karotten?

Sie beobachtete, wie die Fremde Ingeborg ein paar Fotos zeigte, ihr aufmunternd zuzwinkerte und dann den Stand verließ, ohne etwas zu kaufen. Und dann, dann kam sie direkt zu ihr herüber, zu Bärlauchpesto und Quittensenf. Afra lächelte ihr freundlich und einladend zu.

Ich könnte mich krankmelden. Wär ja nicht mal gelogen. Bauchweh, Kopfschmerzen, leichte Übelkeit. Übermüdung. Ich habe kaum geschlafen in der Nacht, eigentlich gar nicht. Trotz Schlummertrunk. Aber daran kann es nicht liegen, das Kopfweh, meine ich. Vier Tannenzäpfle – das ist doch nichts für einen Kerl wie mich! Nee, nee. Ich hab einfach nur extrem übel geträumt, wenn ich mal kurz eingenickt bin. Der Turm ist über mir zusammengestürzt. Der Außenaufzug ungebremst in die Tiefe gerast. Ich habe das Gerüst betreten, bin durchgebrochen und hinuntergefallen. Solche Sachen eben.

Von der schönen Fremden habe ich auch geträumt. Wir besichtigten gemeinsam das Münster, erklommen den Turm und wurden oben auf der Freifläche von einer Sturmböe erfasst. Zuerst flogen wir noch eine Weile durch die Luft, ganz innig aneinandergeschmiegt, aber dann plötzlich – aus der Traum. Abgestürzt, direkt über dem Schlossbergring. Schöne Sauerei.

Ach, Mist. Krankmelden nützt doch auch nichts! Irgendwann muss ich es schließlich tun! Wie soll ich meine Ausbildung beenden, wenn ich mich vor jedem Gerüst drücke?

Am Siegesdenkmal steige ich aus dem Bus und laufe quer über den Münsterplatz in Richtung Bauhütte. Kein Lüftchen regt sich.

Hoppla, was ist denn hier los?

Auf dem Marktplatz herrscht eine merkwürdig angespannte Stimmung. Ich winke hinüber zu Andi am Wurststand, aber er winkt nicht mal zurück. Die Händler stehen alle beieinander, diskutieren und gestikulieren wild. Manche haben ihre Stände noch gar nicht aufgebaut.

„Wir müssen uns wehren!“, höre ich die Neue, Afra heißt sie, glaube ich, rufen.

Ach so. Da geht es vermutlich wieder um die Parkgebühren. Das hat die Gemüter ja ziemlich erregt, ich habe den Artikel darüber in der BZ gelesen.

Ist allerdings nicht mein Problem, aber so was von gar nicht.

Auf zittrigen Beinen gehe ich weiter zur Bauhütte. Ich würde so gerne die Rassefrau noch mal sehen. Gestern hat sie mir Mut gemacht, mit einem einzigen Zwinkern. Könnte ich jetzt auch ganz gut gebrauchen. Diesmal würde ich sie ansprechen. Ganz bestimmt. Oder ihr wenigstens zuwinken, ohne rot zu werden. Mensch, ich bin doch ein Kerl, ein echter Kerl, kein Weichei wie der Andi drüben in der Wurstbude, der die Weiber lieber zutextet als ihnen zu zeigen, was für ein toller Hecht er ist!

Aber die schöne große Frau ist nirgends zu sehen.

„Das wär mein Ruin.“

Afra starrte trübsinnig in die Runde, starrte in Augenpaare, die ähnlich hoffnungslos und leicht panisch dreinblickten wie ihre eigenen. Allenthalben ein Nicken. Nervöses Fingerkneten, Füßescharren, verunsichertes Räuspern. Keiner wollte das Wort ergreifen.

Andi, der Azubi hielt es schließlich nicht mehr aus. Bei ihm ging es immerhin nicht ums Eingemachte, sondern nur um die Lehrstelle.

„Hat es so etwas wirklich noch nie gegeben?“

„Nit, solange ich hier bin!" Der alte S. schüttelte energisch den Kopf. „Und des isch a lange Zit."

„Aus den Gaststätten hört man ja manchmal dreiste Geschichten", erklärte P., ein junger Händler, der ähnlich wie Afra noch nicht so lange dabei war. „Übelste Methoden. Einem Bekannten von mir haben sie alle Finger gebrochen, jeden einzelnen, und zwar so, dass sie nie wieder richtig zusammenwachsen. Außerdem bekam er plötzlich fast täglich Lebensmittelanzeigen. Der Wirtschaftskontrolldienst wurde Dauergast und fand tote Ratten in den Kühlschränken. Niemand konnte sich erklären, wie sie da hineinkamen."

„Scheußlich." Andi schüttelte sich.

„Verfluchtes Pack." Der alte S. stampfte wütend mit dem Fuß auf und alle nickten, obwohl keiner so recht wusste, ob er die Ratten, den Wirtschaftskontrolldienst oder die Schutzgelderpresser meinte.

„So ein Luder, so ein elendes!", ereiferte sich Ingeborg. „Tut erst ganz vornehm und freundlich, erzählt dir was von der Wirtschaftskrise und wie sich die Situation dadurch verschärft, da kannst du doch gar nicht anders, als ihr beipflichten! Obwohl sie so aufgetakelt daherkommt, dass sie dir eigentlich gleich spanisch vorkommen müsste. Die Welt sei unsicher geworden, sagt sie, und auch da stimme ich ihr noch zu. Und dann kommt's. Dann kommt der Hammer: Sie könne mir helfen, sagt sie. Sie könne mich beschützen.

‚Helfen?', frage ich ganz naiv, ‚wobei denn helfen? Und wovor schützen?' – ‚Na, vor den *Unbillen des Alltags*', erklärt sie mir. Doch, genau so hat sie es ausgedrückt. Aber ich habe immer noch nicht verstanden, worum es geht. Hab sie nur erstaunt angeschaut. Da ist sie dann konkreter geworden: Hat von verdorbener Ware gesprochen, und wie schnell man seinen Standplatz los ist, wenn mit der Ware was nicht in Ordnung ist. Und von der Unfallgefahr hat sie geredet. Wie leicht es doch passieren kann, dass man arbeitsunfähig wird. Mit verkrüppelten Beinen könne man schließlich nicht mehr in der Bude stehen.

Vielleicht haltet ihr mich für dumm, aber ich hab's einfach nicht kapiert. Da hat sie die Fotos ausgepackt. Fotos von Leuten, denen schreckliche Sachen passiert sind. Grauenhafte Fotos waren das! Und da endlich geht mir ein Licht auf. Die ist von der Mafia, die Schlampe!"

„Cosa Nostra", korrigierte Afra.

„Camorra", mischte sich P. ein.

„Könnten auch Russen oder Albaner sein", gab Andi neunmalklug zu bedenken.

„Alles des gliche Pack!", brachte der alte S. die Sache auf den Punkt.

„Und jetzt?", fragte einer der Blumenhändler ratlos. „Was sollen wir tun?"

„Die Polizei rufen?", schlug Andi schüchtern vor.

„Ach was!", erklärte P. resigniert. „Die können uns auch nicht wirklich schützen – und wer sagt uns, dass die Mafia nicht auch dort ihre Kontakte hat?"

„Wer von euch hat das Geld dabei, das sie fordert?", fragte Ingeborg interessiert. „Bei mir will sie heute kassieren."

Alle blickten betreten zu Boden und blieben die Antwort schuldig.

„Woher nehme und nit stehle?", brach der alte S. schließlich das Schweigen.

„Genau!", pflichtete Afra bei. Sie war sehr aufgebracht. „Wir müssen uns wehren!", rief sie so laut, dass der rothaarige Steinmetzlehrling, der gerade den Platz überquerte, verwundert zu ihr hinüberblickte. Sofort senkte sie die Stimme. „Aber wie?"

Kurz dachte sie an ihr Bärlauchpesto, das man eventuell mit ein paar Blättern der Herbstzeitlosen versetzen könnte – eine bedauerliche Verwechslung, aber zum Glück traf es ja nur eine einzige Kundin, eine Fremde noch dazu, und wer sagte überhaupt, dass es ihr, Afras Pesto gewesen war, wo doch heutzutage jeder in den Wald zum Bärlauchsammeln ging, auch wenn er gar nichts davon verstand?

Ingeborg sah ihr die bösen Gedanken offensichtlich an, denn sie schüttelte bedauernd den Kopf.

„Es würde ja nicht einmal helfen, das Luder aus dem Weg zu räumen. Da steckt doch ein ganzer Clan dahinter. Wenn wir denen den Krieg erklären, ziehen wir mit Sicherheit den Kürzeren."

„Es müsste etwas Großes sein", stimmte P. nachdenklich zu. „Ein Zeichen. Die sind doch alle abergläubisch und haben außerdem so eine Art Ehrenkodex, oder? Wenn wir denen zeigen, dass wir zusammenhalten und über eine gewisse Macht verfügen, dann lassen sie uns vielleicht in Zukunft wieder in Ruhe."

„Klingt gut", sagte Afra. „Was schlägst du vor?"

Neugierig blickte sie zu P. hinüber, doch der hatte sich bereits verausgabt und starrte wieder betrübt zu Boden. Nervös und einfallslos scharrte er wie alle anderen mit den Füßen.

Nach oben, nach oben. Dem Himmel entgegen.

Langsam gleitet der Bauaufzug in die Höhe. Die Turmspitze kommt unaufhaltsam näher, schon kann ich Details erkennen.

Nach oben, nach oben. Immer schön nach oben schauen. Nur nicht nach unten.

Ich klammere mich an die *Habgier*, die neben mir im Aufzug steht. Mein Chef und die anderen reißen Witze. Ich habe ein ziemlich verkrampftes Dauerlächeln auf den Lippen, damit sie nicht merken, wie mir wirklich zumute ist. Es kommt mir noch viel höher vor als in meinen Albträumen und es fühlt sich auch schlimmer an.

Nach oben, nach oben.

Mit einem unangenehmen Ruck bleibt der Aufzug stehen. Jetzt wird es ernst. Die Fahrt war nur das Vorspiel, harmlos an sich, aber jetzt heißt es Zähne zusammenbeißen und aussteigen. Das Gerüst betreten. Mein Blick wird nach unten fallen, das kann ich gar nicht verhindern. Jesus, Maria.

Wir sind gesichert, mit Karabinerhaken und Seilen, aber das hilft nichts. Ich traue der Sache nicht. Das Seil wird reißen und wenn nicht, werde ich mir trotzdem den Schädel einschlagen, falls ich stürze. Ich werde stürzen. Ich weiß es genau.

Panisch klammere ich mich an die fette Steinfigur. Raus aufs Gerüst. Jesus, Maria und Josef! So hoch oben!

„Pack emol mit a, Konrad! Isch verreckt schwer, de Kerli! Mir müsse ihn stütze."

Sonst noch was? – Wie soll ich irgendetwas festhalten, wenn ich vollauf damit beschäftigt bin, das Gleichgewicht zu wahren und einen Fixpunkt für die Augen zu suchen? Einen Fixpunkt auf gleicher Höhe, versteht sich, nur nicht nach unten schauen, nur das nicht!

„Sodeli. Jetz alli zuelänge, sunscht kippt er uns hintere. Hau ruck ..."

Nein, oh nein. Ich will hier weg. Ich will ...

Dann fällt mein Blick nach unten.

Ein Abgrund.

Die Marktbuden sehen aus wie kleine Stofffetzen, die jemand auf den Platz gestreut hat. Unterhalb meiner Füße fällt die Fassade des Turmes senkrecht in die Tiefe. Auch die Dächer der umliegenden Häuser sind plötzlich unter mir und es fühlt sich an, als schwebte ich in der Luft. Wo ist oben, wo unten? Alles verschwimmt.

Dann wird es dunkel, immer dunkler und ich sehe nichts mehr.

Afra bemerkte es als Erste.

Sie schrie so laut, dass alle Münstermarktbesucher es hörten, stehen blieben und mit geweiteten Augen und schreckverzerrten Mündern Afras Blick folgten und nach oben starrten.

„Er fällt! Er fällt!", schrie sie. „Oh Gott, er fällt!"

Eines müssen Sie mir glauben, aber so was von glauben: Es hat ziemlich lange gedauert, bis ich die ganze Geschichte verwunden habe. Ausgerechnet die schöne Fremde! Und ich bin schuld daran, ich allein!

So richtig rekonstruieren konnte man die merkwürdige Kettenreaktion, die mein Ohnmachtsanfall ausgelöst hat, hinterher nicht mehr: Ich schwanke, sacke weg. Mein Chef und die anderen lassen sofort alle Seile und Hebel los, um mich festzuhalten. Ist eine Art Reflex, sagt meine Psychologin.

Tolle Frau übrigens, echt rassig! Hat mir sehr geholfen, den Schock zu verarbeiten. Das Trauma, wie sie es nennt.

Aber warum musste es ausgerechnet die schöne Fremde treffen? *Von der Habgier erschlagen,* stand groß in der BZ zu lesen. Und im Untertitel: *Die lange Tote vom Münsterplatz.*

Ha! Das nennt man wohl Galgenhumor, was? – Sehr witzig, wirklich wahr.

Auch meine Kollegen haben mir geholfen, wo sie nur konnten. Ich durfte sogar die Ausbildung zu Ende machen, bevor ich gehen musste. Ein Münster-Steinmetz, der nicht schwindelfrei ist, geht nun mal nicht. Habe ich inzwischen auch eingesehen.

Am allernettesten waren die Händler vom Münstermarkt. Die haben mich so was von getröstet! Bei der Wurstbude, wo der Andi arbeitet, bekomme ich die *Lange Rote* seither umsonst. Auf Lebenszeit! Und die schöne Afra steckt mir immer wieder mal ein Gläschen Quittensenf zu, den ich so gerne mag.

Seit Kurzem habe ich auch eine neue Stelle: Grabsteine und Monumente. Gar nicht schlecht. Ziemlich kreativ und zukunftsträchtig. Gestorben wird schließlich immer.

Regine Kölpin

Der wahre Tod des Dr. Faust

Es gibt viele Versionen vom Leben des Dr. Faust. Sagenumwobene Legenden spinnen sich um sein Dasein. So spricht man von einem 24 Jahre andauernden Pakt mit dem Teufel. Man sagt weiter, Dr. Faust sei schließlich von ihm geholt worden. So steht es bis heute an der Fassade des Hotels *Zum Löwen* in Staufen. Ich muss jetzt, nach all den Jahren, mein Schweigen brechen, erzählen, was wirklich geschah in jener Nacht. Erst dann wird meine Seele die ewige Ruhe finden.

Ich lernte Johann Georg Faust etwa fünf Jahre vor seinem Dahinscheiden in Münster kennen und folgte ihm seitdem auf Schritt und Tritt. Ich war für meinen Gebieter vom ersten Tag an so selbstverständlich wie der tägliche Gang zur Toilette, oder das Bett, in dem er schlafen konnte. Ich kümmerte mich darum, dass er regelmäßig aß, was er über seinen vielen Studien oft einfach vergaß. Er lebte ganz in der Welt der Alchemie, Hellseherei und Astrologie, sodass er die Realität nur wie durch eine gedämpfte Nebelwand wahrnahm. Nächtelang saß er mit gerauftem Haar über seinen Büchern oder experimentierte mit den unterschiedlichsten Reagenzien vor sich hin, deutete die Sterne oder prüfte verschiedene Tinkturen. Sein größtes Ziel aber war die Herstellung von Gold. Es gab nichts, wovon er mehr überzeugt war als von der Tatsache, dass es ihm gelingen würde.

Da musste schließlich irgendwer dafür sorgen, dass er sich kleidete und seine Zimmer auf den Reisen einigermaßen aufgeräumt waren. Obwohl es weiß Gott anstrengend war, immer wieder die Spuren seiner Chemie zu beseitigen. Das alles tat ich gern für ihn.

Ich, der kleine Krüppel. Von Kindesbeinen an trug ich einen riesigen Buckel mit mir herum, und seit mein Vater den Stiel einer Axt darauf hatte tanzen lassen, waren in mir alle Worte der Welt verstummt. Keine Silbe war mir seitdem mehr über die Lippen gekommen. Dr. Faust störte das nicht. Er hatte ohnehin kaum Lust, sich zu unterhalten. Er redete höchstens mit sich selbst oder mit anderen Alchemisten, die immer mal wieder bei uns aufschlugen. Außerdem stritt er sich gern mit den Kirchenmännern, die ihm ohnehin nur Übles nachsagten. Für sie war er ein Teufelsbündler und Gotteslästerer, was meinen Herrn aber nur wenig scherte.

Eine Zeit lang waren wir beim Burgherrn Anton von Staufen untergebracht. Er nahm mich genauso wenig wahr wie mein Dr. Faust. Anton von Staufen wollte, dass mein Herr das Geheimnis lüftete, wie man aus einfacher Materie eine wertvolle machte. Vor allem wollte er, dass Faust für ihn die Herstellung von Gold erfand. Er sollte ihn reich machen und stellte ihm alles zur Verfügung, was er haben musste, um mit seinen Forschungen weiterzukommen. Mein Herr wurde immer in sich gekehrter, lief tagelang nur im Schlafrock herum und kritzelte mit der Feder Formeln auf das Papier. In den Nächten saß er mit Anton von Staufen vor dem großen Kamin der Burg und diskutierte.

Ich kauerte derweil in der Ecke vor dem Fenster, schaute über das Tal und verstand kein Wort. Mir war nur die große Gefahr klar, in der mein Herr schwebte, würde er den Ansprüchen des Burgherrn nicht gerecht. „Der Teufel soll meine Seele haben, wenn es mir nicht gelingt!“, schrie Dr. Faust so manchen Abend, wenn wieder ein Versuch fehlgeschlagen war. Ich schüttelte über sein gotteslästerliches Verhalten oft den Kopf, war zwischendurch sogar versucht, ein paar Worte über meine Lippen zu bringen. Es gelang mir ebenso wenig, wie es Dr. Faust gelang, Gold herzustellen.

Schließlich mussten wir die Burg erfolglos wieder verlassen. Ich war froh, dass uns kein größerer Zorn des Burgherrn begleitete. Dr. Faust nahm sich ein Zimmer im Hotel *Zum Löwen* gegenüber dem Rathaus von Staufen, um dort in Ruhe seinen Forschungen nachzugehen. Wie immer stolperte ich ihm hinterher, wie immer nahm er mich nicht zur Kenntnis. Ich habe mich oft gefragt, ob das böse Absicht war oder ob er einfach nur zu sehr in seiner Welt lebte.

Sicher fragen sich viele, warum ich unter diesen Umständen überhaupt bei ihm geblieben bin: Es ist ganz einfach. Ich liebte diesen Mann und konnte ihm so ganz unauffällig nah sein. Das reichte mir, denn ich lief niemals Gefahr, dass mein Herr sich vermählen könnte. Er war ein solch eigenartiges Geschöpf, keine Frau hätte sich ihm hingegeben, selbst die Huren mieden ihn, aus Angst, seine Machenschaften könnten Unheil über sie bringen. So war es selbstverständlich, dass kein Vater auch nur in Erwägung zog, dem Alchemisten seine Tochter anzuvertrauen. Alle Legenden um eine Heirat mit einer Griechin und dass er ein Kind hatte, sind falsch. Er lebte allein. Mit sich und seiner Welt, mit mir.

Dr. Faust beachtete mich zwar nicht, nahm mich als Selbstverständlichkeit, aber er war da. Für mich ganz allein.

Der Staufener Gesellschaft war Dr. Faust nach seinem Rauswurf von der Burg nun noch suspekter. Wenn sie ihn zuvor schon nicht als geachteten Bürger gesehen hatten, war er nun völlig ausgeschlossen. Viele wechselten die Straßenseite, wenn sie ihm begegneten, andere wandten zumindest die Köpfe ab. Wer Dr. Faust nicht auswich, begegnete ihm mit einer Mischung aus Ehrfurcht und Angst.

Sein Tun verunsicherte die Staufener Bürger, aber direkt gesagt hatte es ihm nie jemand. Sie tuschelten immer nur, wenn sie an den Markttagen über das Pflaster schlenderten. Selbst wenn mein Herr es gewusst hätte: Von seinen Forschungen wäre er nicht abzubringen gewesen. Er hatte sich in den Kopf gesetzt, sein Lebensziel zu erreichen. Egal, für wie gotteslästerlich und verachtenswürdig die Staufener es hielten. Schon in anderen Städten wie in Leipzig, Innsbruck und Erfurt hatten ihn das Gerede und die anschließenden Gerüchte nicht gestört. Es war ihm egal, wenn man ihm nachsagte, er sei in Leipzig auf einem Weinfass durch Auerbachs Keller geritten oder habe in Erfurt

Wein aus einer Tischplatte gezapft. Wenn er das erzählte, glitt immer ein verschmitztes Lächeln über sein Gesicht. Ich freute mich jedes Mal, wenn er solche Begebenheiten von sich gab. Ich war mir zwar nie sicher, ob er sie mir direkt oder nur sich selbst schilderte, aber das war in dem Augenblick auch egal.

Tief im Innersten war mir bei alledem klar, dass auf meinen Gebieter die Hölle wartete, wenn er sich nicht bald besann und seine gefährlichen Machenschaften aufgab. Ich legte ihm immer mal wieder die Bibel hin, die er aber achtlos beiseiteschob. Wenn die Kirchenglocken läuteten, schloss er stets nachdrücklich das Fenster und wollte mit dem „Pfaffengehabe" nichts zu tun haben.

Eines Tages schleppte ich den schweren Einkaufskorb durch das Stiegenhaus, hatte gerade wieder ausgiebig den Marktfrauen gelauscht und die neusten Gerüchte aufgeschnappt.

Am gesprächigsten war die Frau am Rathaus, gleich gegenüber unserer Herberge. Sie hatte den ganzen Markttag nichts Besseres zu tun, als zum *Löwen* rüberzustarren und das Zimmer von Dr. Faust zu fixieren.

„Was der da wohl treibt?", sagte sie, die Hände in beide Hüften gestemmt und das Becken hin und her wiegend. „Nicht umsonst haben sie den von der Burg geworfen. Das wird auch Anton von Staufen zu gefährlich geworden sein."

„Ich habe gehört, er sei ein betrügerischer Strolch, der die schändlichste Unzucht mit Knaben treibt!", wetterte die Frau am Nebenstand. Sie wohnte in der Jägergasse und war die Frau des Tuchmachers. Ein schreckliches Weib mit spitzer Nase und Lippen, die eine ungesunde rosa Färbung hatten. „Das hat der Abt Trithemius gesagt. Vor langer Zeit schon."

„Was du alles weißt!", nickte die dicke Marktfrau. „In jedem Fall hat er einen Pakt mit dem Teufel! Seit Jahren hat er das!" Sie schürzte wissend ihre Lippen.

Ich wollte nichts mehr hören und schlich betrübt zu meinem Dr. Faust, den ich in großer Gefahr wähnte, wenn die Gerüchte nicht verstummten. Nur, wie sollte ich ihn warnen?

Ich sah keinen Weg. Meine Lippen blieben stumm, der Fluch meines Vaters lähmte mich.

Kurz bevor ich die Tür des Zimmers erreichte, hörte ich merkwürdige Geräusche. Töne, die mir fremd waren, die mir Angst machten.

Was tat mein Herr hinter der verschlossenen Tür? Mir wurde heiß und kalt, Schweißattacken peinigten meinen krummen Körper. Ich wusste nicht, was ich tun sollte. Wieder ertönte dieses seltsame Stöhnen, das mir durch Mark und Bein ging. Nein, der Doktor hatte keinen Sex, wenn Sie das glauben. Es war ein anderes Stöhnen, eine Pein, die, während sie seinen Körper verließ, gleichzeitig von großer Lust geprägt war.

„Ich gebe dem Teufel meine Seele, wenn ich es nicht schaffe, Gold herzustellen!", hatte er auf der Burg gesagt. Und in der letzten Nacht hatte ich meinen Herrn bei Vollmond am geöffneten Fenster stehen sehen. Die Arme ausgebreitet, die klare Nachtluft in sich aufnehmend. „Komm und hilf mir!", war wieder und wieder über seine geöffneten Lippen geglitten. Die Stimme war mir fremd gewesen, unheimlich. Ich fand auch, das Licht habe sich immer stärker verändert. Schließlich glaubte ich, ein helles Leuchten wahrzunehmen und verkroch mich unter der Bettdecke. In der Nacht hatte mein Herr sich noch einmal mit glasigem Blick im Bett aufgesetzt und gestammelt: „Die Erkenntnis bekomme ich nur von ihm. Von ihm allein!" Dabei war seine Faust in die Luft geschnellt, bevor er völlig ermattet zurück in sein Kissen gefallen war.

Als ich nun so vor seinem Zimmer stand, war mir klar, was sich hinter der verschlossenen Tür abspielte. Der Teufel hatte seinen Ruf vernommen, war zu meinem Herrn gekommen, um den Handel perfekt zu machen und Dr. Faust die letzte große Erkenntnis zu vermitteln.

Draußen zog ein mächtiges Gewitter auf, das den Herrn der Finsternis bei seinen Machenschaften stützte. Dazu tobte ein Sturm, der einzelne Dachschindeln von den Dächern riss und in den Gassen der Stadt zerschellen ließ. Blitze erhellten sogar den düsteren Flur. Ich hatte mich noch keinen Zentimeter wegbewegt, traute mich aber auch nicht, an die Tür zu klopfen. Mich grauste vor dem Teufel, vor dem, was er mit mir tun würde, wenn ich ihm gegenüberstand. Ich hatte große Angst, dass er auch meine Seele verlangen würde.

Der dumpfe Schlag der Kirchenglocke schob sich über das Tosen des Regens und ließ Fausts Stöhnen für einen Moment verstummen. Gott selbst meldete sich zu Wort, um zu verhindern, was nicht mehr zu verhindern war. Denn was des Menschen sehnlichster Wunsch ist, lässt sich auch von Gott nicht stoppen. Der Fürst der Finsternis war gerade dabei, meinem Herrn das abzunehmen, was einen Menschen ausmachte.

Gleich, nachdem die Glocke verstummt war, ertönte das Stöhnen erneut. Es wurde lauter und lauter. Ich stellte den Korb ab und drückte beide Handflächen an die Ohren. Ich wollte es nicht hören, nicht miterleben. Trotz meiner großen Furcht hielt ich es irgendwann nicht mehr aus und drückte die Klinke herunter.

Seltsamerweise war die Tür nicht verschlossen. Ich fand Dr. Faust am Boden liegend, beide Hände auf den Leib gedrückt, die Augen fest geschlossen. Das Stöhnen war leiser geworden, seine Lippen bewegten sich aber mit winzigen, schnellen Bewegungen. Dabei zuckten seine Lider, als tanzten darunter viele bewegende Bilder.

Ich rüttelte vorsichtig an der Schulter meines Herrn. Aus seinem halb geöffneten Mund drang etwas Schaum. Ich wischte ihn ab, setzte Dr. Faust aufrecht hin und stützte seinen Rücken an das Bein des Tisches. Ihm lief übel riechender Schweiß von der Stirn. Er verteilte sich über das ganze Gesicht, in dem die Bartstoppeln sprossen. Dr. Faust hatte sich am Morgen der Rasur entzogen, war mit großen Schritten an mir vorbeigelaufen, war im Zimmer auf und ab gegangen, dass die Dielen unter der Last ächzten.

Endlich öffnete er seine Augen und zum ersten Mal, seit ich ihm zu Diensten war, sah er mich.

Seine Augen hefteten sich an mein Gesicht, tasteten sich weiter zu meinem Buckel und verharrten schließlich an meinen zu einem O gebogenen Beinen. Sein Blick verhärtete sich, die Augen formten sich zu schmalen Schlitzen. Ich war mir meiner ganzen Hässlichkeit bewusst und auch mein Angebeteter erkannte es in diesem Augenblick.

Sein Pakt mit dem Bösen hatte ihn sehend für die Welt gemacht, ihm seine Nebelwand genommen. Die Welt zeigte sich meinem Herrn jetzt mit all ihrem Dreck. Der Teufel hatte ihn zu einem Menschen gemacht, der nicht mehr nur seine Ideale und Träume sah. Sein Blick durchbohrte mich, zerschnitt mein Herz in winzige Einheiten.

„Geh fort, du Missgeburt“, sagte Dr. Faust und wedelte mit der Hand. „Ich will dich nicht mehr unter meinem Dach sehen. Ich brauche schöne Menschen um mich herum. Dich brauche ich nicht mehr.“ Er drehte sich um und ging einfach davon aus, dass ich seinen Anweisungen Folge leisten würde, so wie ich es in den letzten Jahren stets getan hatte.

Ich senkte den Kopf, wartete.

Er nahm es nicht zurück.

Mein Dr. Faust wollte, dass ich ihn verließ. In seinem neuen Leben, in dem er ganz groß herauskommen würde, brauchte er mich armen Tropf nicht mehr. An seiner Seite würden nun schöne Jünglinge und schöne Frauen wandeln, weil er zu Ruhm und Ansehen kommen würde. All das war ihm mit der letzten Erkenntnis wichtig geworden. Ich war überflüssig wie ein Kropf.

Dr. Fausts Schritte entfernten sich, er rührte irgendeine Flüssigkeit an. Es zischte, als er die Flamme unter dem Glaskolben anzündete. Die Geräusche des Marktes drangen nur noch vereinzelt zu mir hoch, mir war es fast, als hätten mein Doktor und ich die Rollen getauscht. Nun lebte ich in einer Wolke, sah nur noch ihn und mich. Ich sah ihn, wie er mich vertrieb, mir meine Wurzeln kappte, auf meiner Liebe herumtrampelte. Eine Liebe, die ich ihm bedingungslos jahrelang zu Füßen gelegt hatte.

Dr. Faust murmelte etwas davon, dass es ihm heute gelingen würde. Die Sterne stünden gut und er habe eine Eingebung gehabt. „Durchbruch“, stammelte er vor sich hin, fuhr sich wild durchs Haar, raufte es. „Durchbruch … Idee …“, faselte er.

Mein Herr versicherte sich mit keinem Blick, ob ich wirklich gegangen war. Er setzte es einfach voraus.

Der Schmerz, der jetzt in mir wütete, war kaum greifbar. Mein Mund trocknete binnen Sekunden aus, erschwerte das Schlucken. In meinem Hals wuchs ein Kloß, der mir den Atem nahm.

Ich hatte kein Bett, kein Essen mehr, wenn er mich verstieß. Mit etwas Glück würden sie mich auf den Marktplätzen zur Schau stellen, damit ich zur Nacht wenigstens ein Stück trockenes Brot hatte.

Draußen schob sich gerade die Sonne zwischen den letzten Wolkenschwaden hindurch, das Gewitter hatte sich samt dem Teufel verzogen.

Die Flüssigkeit in dem Glaskolben begann zu brodeln und sich zu verfärben. Dr. Faust hielt sie etwas höher, sein Gesicht wirkte zufrieden. Dunkle Dämpfe krochen in feinen Schwaden aus dem Hals. Es stank bestialisch. Vorsichtig ließ er mit der Pinzette kleine Brocken in die übel riechende Flüssigkeit fallen.

Wieder öffneten und schlossen sich seine Lippen in schneller Abfolge, das Leuchten in seinen Augen nahm zu. Es kam mir vor, als verfärbten sie sich zu einem tiefen Gold.

Gold, Gold, Gold, dachte ich. Er hat es geschafft, er hat die Formel.

Dr. Faust hatte gewonnen. Der Preis waren seine Seele … und ich. Ich, der kleine arme Wicht, der ohne ihn ein vollkommenes Nichts war.

Ich raste auf meinen Herrn zu, schlug ihm das Glas aus der Hand. Es fiel in die Flamme, zerbarst. Ein Feuerstrahl schoss daraus hervor, Dr. Faust mitten ins Gesicht. Er schrie nicht einmal auf. Der Boden um ihn herum fing rasch Feuer. Es knallte und zischte. Eine große Flamme kroch mir direkt ans

Bein, zwang mich, den Raum zu verlassen. Kaum stand ich im Treppenhaus, als ein ohrenbetäubender Knall ertönte. Dann war alles schwarz.

Mein Herz ist bis heute voller Trauer. Um ihn, um uns, um seinen Lebenstraum. Bis heute hat es schließlich keiner geschafft, Gold herzustellen. Wer weiß, wozu es gut war. Vielleicht habe ich viel Blutvergießen auf der Welt verhindert.

Ich überlegte eine ganze Zeit, wie ich mit der Sache umgehen sollte. Es wäre niemandem dienlich, wenn ich als Schuldiger entlarvt werden würde. Es war schon gefährlich, sollten sich die Marktweiber doch des Krüppels entsinnen, der für den Faustus gesorgt hatte. Ich hielt mich versteckt. Wenn sich doch wer erinnerte, sollte er glauben, ich sei bei der Explosion mit umgekommen.

Nach geschlagenen drei Tagen, in der sich die dicke Luft der Gerüchteküche dichter und dichter zusammenbraute, beschloss ich, mir die vielen Legenden und Nachreden zunutze zu machen. Die Welt sollte ein Mahnmal erhalten. Eine Erinnerung, die sie in all ihren Vermutungen bestätigte. So beschloss ich, eine Epistel zu verfassen, die ich an den Burgherrn von Staufen schickte.

„Anno 1539 ist im Leven zu Staufen Doctor Faustus so ein wunderbarlicher Nigromanta gewesen, elendiglich gestorben und es geht die Sage, der obersten Teufel einer, der Mephistophiles, den er in seinem Leben nur seinen Schwager genannt, habe ihm, nachdem der Pact von 24 Jahren abgelaufen, das Genick abgebrochen und seine arme Seele der ewigen Verdammnis überantwortet.“

Diese Inschrift steht bis heute an der Fassade des Hotels *Zum Löwen.*

Barbara Saladin

Die Dogge

Ich bin einfach zu gutmütig. Ich mag Tiere zu sehr, und jetzt ist alles schiefgelaufen. Alles nur wegen Bastian und wegen dieser doofen Bächle. Wieso mussten die Freiburger auch durch ihre ganze Altstadt nasse Stolperfallen ziehen?

Es war gestern Abend, als mein Handy surrte und den Eingang einer SMS vermeldete: „Hi Robby, brauch deine Hilfe. Komm morgen n. Freiburg, gibt hübsch Knete."

Nun ist es zwar so, dass ich es eigentlich hätte wissen müssen, dass es nichts Gutes bedeuten kann, wenn Bastian mich um Hilfe bittet. Wenn er es trotzdem tut, dann entweder, weil es ein hochriskantes Geschäft ist, oder aber aus purer Verzweiflung. Ich saß insgesamt schon ein paar Dutzend Tage in Untersuchungshaft wegen ihm, und jedes Mal hat unsere Mutter danach versucht, mir die Schuld daran anzulasten, dass Bastian auf der schiefen Bahn schlittert. Wie wenn ich was dafürkönnte! Ich drehe meine Dinge ja meistens allein, und dann sind sie auch erfolgreicher, aber wenn Bastian halt die Unterstützung seines großen Bruders anfordert – bitte sehr. Ich kann ja nicht so sein – und hübsch Knete ist nie was Schlechtes.

Bastian hat mal in Freiburg gejobbt, ein paar Monate lang. Darum wusste ich ja auch gleich, dass er wohl Freiburg im Breisgau meinte, das deutsche, und nicht das schweizerische Fribourg im Üechtland. Bastian kennt auch noch ein paar Leute dort in der Stadt – dies allerdings hätte mich stutzig machen müssen. Denn wenn er keinen seiner Freunde findet, der ihm bei irgendwas hilft, ist das meistens kein gutes Zeichen und hätte höchste Alarmbereitschaft auslösen sollen. Hätte. Hat es aber leider nicht.

„Hol dich um 10 am Bhf. ab“, schrieb Bastian, nachdem ich ihm mein Kommen angekündigt hatte.

Okay. Heute Morgen stieg ich also in Basel, wo ich momentan wohne, in den Zug und gondelte nordwärts. In einem dieser ruckelnden Regionalzüge, die an jedem Misthaufen Station machen und darum eine Ewigkeit brauchen, bis sie das Ziel erreichen. Vor den Fenstern lagen schmucke Dörfer, Überland-Starkstromleitungen und blühende Obstbäume.

In Freiburg stand mein Bruder neben dem *McDonald's* am Bahnhof und knuffte mich zur Begrüßung in die Seite. „Komm mit“, sagte er und führte mich zu einem Parkplatz, der gut zweihundert Meter vom Bahnhof entfernt lag. Dort stand ein olivgrüner VW-Bus mit getönten Scheiben. Weil es ein älteres Modell war, waren die Fenster allerdings nicht aus maschinell getöntem Glas, sondern nachträglich mit einer etwas unbeholfen aufgeklebten Folie abgedunkelt worden. In dem VW-Bus rumpelte es, und als Bastian die Tür aufschloss, sprang ein Ungeheuer raus.

Ich brauchte einen Moment, um mich von dem Schrecken zu erholen: Eine monströse Deutsche Dogge stand vor mir, und zwar stand sie im wahrsten Sinne des Wortes, denn ihre kaffeeuntertellergroßen Pranken ruhten auf meinen Schultern, und ich blickte in ihr sabberndes Gesicht, um das die Lefzen schlenkerten. Ihre gelbbraunen Augen funkelten. Ein dürres Schwänzchen irgendwo am anderen Ende des Tieres wedelte wild hin und her.

„Was soll das?“, fragte ich meinen Bruder, nachdem ich es geschafft hatte, dass das Vieh wieder mit allen vier Füßen auf dem Boden stand.

„Amüsier dich gut mit dem Tier, Robby. Fahr am besten ein bisschen mit ihm raus und halte dich nicht hier in der Stadt auf.“

„Wie bitte?“ Ich wurde wütend. „Du hast mich hierher gerufen als Hundesitter?“

„Wieso nicht? Früher hast du Tiere doch immer gemocht. Ich überlass dir auch den VW-Bus. Um halb vier bist du wieder zurück in der Innenstadt und wartest auf meinen Anruf, okay? Es ist wichtig."

„Willst du mich veräppeln?", schrie ich.

„Schschscht!", zischte Bastian, „müssen wir unbedingt auffallen?"

„Wieso, ist das Auto geklaut?"

„Nein, das nicht. Aber der Hund." Er kam näher. Mein kleiner Bruder hat Mundgeruch – hatte er schon immer, aber seit er viel raucht und wenig die Zähne putzt, ist es richtig übel geworden. „Die Töle ist meine Geisel", raunte er. „Sie gehört einer netten jungen Dame reicher Abstammung, die gerne ein paar Tausend Euro lockermacht, um ihren Liebling wiederzuhaben."

Ich sah an der Deutschen Dogge herunter. Auf Ideen muss der Mensch kommen. Hätte Bastian nicht wenigstens, wenn's denn unbedingt ein Köter sein musste, Paris Hiltons Chihuahua entführen können? Der wäre etwas handlicher gewesen.

Die Dogge blickte mich aus treuen Augen erwartungsvoll an. Ein langer Speichelfaden wehte im Wind.

„Wie viel krieg ich?", fragte ich barsch.

„Fifty-fifty, wenn alles klappt", sagte Bastian. „Ich muss jetzt los. Muss sie noch ein bisschen in der Stadt rumirren lassen und sie ängstigen, damit sie auch brav zahlt und nicht zu den Bullen rennt. Diesen Tarif habe ich schon durchgegeben: keine Polizei!"

Wieder betrachtete ich den Hund. „Und wenn sie nicht zahlt?", wollte ich wissen.

„Sie wird, keine Bange. Ansonsten schneiden wir dem Vieh ein Ohr ab und schicken es ihr."

„Auf keinen Fall!"

„Siehst du? Du magst Tiere immer noch! Schön, also, hier sind die Autoschlüssel. Bis später."

Und weg war Bastian.

Da stand ich dann also, mit einem fremden VW-Bus und einem noch fremderen Hund im fremden Freiburg und hatte mehr als fünf Stunden totzuschlagen. Na bravo!

Die Dogge war allerdings eine ziemlich nette Geisel, muss ich sagen. Außer, dass sie das Auto vollsabberte – aber dieses gehörte ja nicht mir. Ich fuhr ein wenig raus aus der Stadt, zu den blühenden Obstbäumen und den Überland-Starkstromleitungen, aber allzu weit weg wollte ich nicht. Meine Aufgabe war mir etwas schleierhaft, und ganz wohl bei der Sache war mir auch nicht. Trotzdem musste ich die Dogge ja irgendwie bewegen, damit sie sich nicht langweilte.

Ein paar Stunden später hatte ich Blasen an den Füßen, ein paar Liter Benzin weniger im Tank und ein arg verdünntes Nervenkostüm. Die Dogge – leider hatte mir Bastian nicht mitgeteilt, auf welchen Namen sie hörte (so sie denn überhaupt auf ihren Namen hörte) – hatte mich auf Trab gehalten. Sie hatte es sogar geschafft, mir mein Handy aus der Hand zu schnappen, während ich eine SMS schrieb. Wahrscheinlich hatte sie das Telefon mit einem Stöckchen verwechselt, das ich ihr hätte werfen sollen. Bis ich ihr das Ding wieder zwischen den Zähnen hervorgeklaubt hatte, hatte sie es zwar noch nicht verbissen, aber gehörig vollgespeichelt. Ich putzte es angewidert. Immerhin: Es schien noch zu funktionieren.

Ansonsten war meine Geisel stark wie ein Ochse, mit einem Bewegungsdrang wie ein Schwarm Wespen auf Speed und mit einem Spieltrieb, der nie zu erlahmen schien. Trotzdem hatte ich das Vieh irgendwie ins Herz geschlossen.

Bis zu dem Moment, als ich mit ihm zurück nach Freiburg kam. In der Nähe des Martinstors parkte ich den VW-Bus und streckte die Beine. Vom Beifahrersitz aus beäugte mein Begleiter das Geschehen.

„Gehen wir mal raus?“, fragte ich die Dogge, als mein Handy sich nicht melden wollte. Gleichzeitig schüttelte ich den

Kopf über mich selber, weil ich nun mit meiner tierischen Geisel schon Konversation trieb. In diesem Moment klingelte mein Handy. Endlich: Bastian.

„Hast du das Geld?“, fragte ich meinen Bruder atemlos.

Seine Stimme klang gestresst. „Nein, noch nicht.“

„Wie lange brauchst du noch?“

„Ich sage ihr, dass sie die Kohle um genau 16:13 Uhr im Stadtgarten neben den Brunnen werfen soll. In einer zerknüllten Papiertüte von *Nordsee*. Das fällt keinem auf, schlau, nicht?“

„Sehr schlau, ja.“

Bastian geriet fast schon ins Schwärmen: „Ich sage ihr, wenn sie sich danach nicht schnell entfernt und auch nur einmal zurückschaut, ist ihre Dogge tot.“

„Wie heißt sie denn eigentlich?“

„Die Erpresste? Wieso musst du das wissen?“

„Nein, die Dogge.“

Bastian fluchte. Ich war selber ja auch sauer, irgendwie, weil ich so nervös war. „Und was wird meine Aufgabe sein?“, fragte ich ungeduldig.

Ich solle mich in der Nähe des Karlsplatzes aufhalten, erklärte er, er werde mir zur richtigen Zeit weitere Anweisungen erteilen, für die Geiselübergabe.

„Und wann ist die richtige Zeit?“

Er antwortete nicht.

„Hallo?“

Stille.

„Bastian? Hey!!“

Nichts. Entnervt nahm ich das Handy vom Ohr und sah aufs Display. Und merkte, dass es ausgestiegen war. Tot. Vermaledeiter Mistköter! Der Zusammenhang zwischen seinem Sabber und dem nun doch noch erfolgten Tod des Handys war mehr als augenscheinlich. Ich strafte meine Geisel mit einem vernichtenden Blick, aber was nützte mir das? Die Dogge jedenfalls ließ sich nicht beeindrucken und wedelte erwartungsfroh. Zum Verzweifeln!

Was tun? Alles, was ich wusste, war Karlsplatz. Und da ich keine Möglichkeit mehr hatte, an aktuellere Infos zu gelangen, machte ich mich mit dem Hund an der Leine halt auf den Weg. Beim Martinstor betrat ich die pittoreske Altstadt Freiburgs. Shoppinghungrige promenierten auf den Straßen und ließen sich in die Läden treiben. Haufenweise Touristen schlenderten durch die Gassen, an deren Ränder sich schmale Rinnsale durch das Kopfsteinpflaster zogen: die Bächle, auf die man in Freiburg so stolz ist, weil man früher damit Brände in der Altstadt löschen und heute Schiffchen und Plastikentchen darauf schwimmen lassen kann. Meine Geisel schien sie auch zu lieben. Kein Bächle, das sie nicht zielsicher anstrebte, ihre Pranken ins kühle Nass tauchte und darin herumhüpfte, als sei sie eine direkte Verwandte von Neptun. Sie hatte jedenfalls ihren Spaß am Planschen und ich musste höllisch aufpassen, dass sie nicht den Zorn wildfremder Menschen auf sich zog, weil sie sie nass spritzte.

Auch sonst war ich vollauf damit beschäftigt, die Dogge im Zaum zu halten. Was mir leider nicht gelang. Noch bevor ich reagieren konnte, hatte sie – nach einem weiteren Bächle-Plansch-Abenteuer an der Kaiser-Joseph-Straße – einem vorbeigehenden Jungen sein Speiseeis aus der Hand gerissen und mit einem wohligen Würgen verschluckt. Ohne auch nur ein einziges Mal zu kauen! Nach einer Sekunde des erstarrten Schreckens heulte das Kind los, und ich hatte den Salat. Die Mutter des Kleinen stauchte mich zusammen und betitelte mich als „Gefahr für die Jugend“. Ich drückte ihr mit beschwichtigenden Gesten einen Fünfeuroschein in die Hand und floh in Richtung Münster.

Doch das nächste Hindernis ließ nicht lange auf sich warten: eine Hundenärrin. Das sind die Schlimmsten. Sie sprach mich unversehens an und wollte wissen, wie alt das *süße Tier* sei.

„Sechs“, sagte ich im Brustton der Überzeugung, „sie ist im besten Alter.“ Nur nicht auffallen jetzt.

„Sie? Wie heißt *sie* denn?“, fragte meine unwillkommene Gesprächspartnerin.

„Wilma“, erklärte ich – und konnte ihre skeptisch-belustigte Miene erst richtig deuten, als sie sagte: „Ihre Wilma ist aber ziemlich männlich gebaut, finden Sie nicht?“

Auf meinen fragenden Blick hin deutete sie hämisch Richtung Hinterteil meiner Geisel, und richtig, dort prangten, zugegebenermaßen unübersehbar, Hoden zwischen den Hinterbeinen. Hätte mir eigentlich auffallen müssen. Ich lief purpurrot an. „Wilfried meine ich, natürlich“, murmelte ich, zog harsch an der Leine und schaute, dass ich wegkam. Wie konnte mir das nur entgangen sein? Vielleicht verstand ich doch zu wenig von Hunden.

Über diese Peinlichkeit hätte ich jetzt eigentlich ein Bier gebraucht, aber Wilfried dachte nicht daran, mir Ruhe zu gönnen. Topmotiviert beschnüffelte er jeden Zentimeter der Altstadt.

Kurz vor meinem Ziel, dem Karlsplatz, geschah dann die Katastrophe: Plötzlich machte Wilfried einen Satz und zog mich mit sich. Beim Versuch, ihn aufzuhalten, stolperte ich, trat in ein am Straßenrand fließendes Bächle und fiel vornüber ins Wasser. Ein stechender Schmerz durchzuckte meinen rechten Unterschenkel. Es war, als sei ein Feuer darin explodiert, und beinahe wurde mir schwarz vor Augen. Reflexartig versuchte ich aufzustehen, was mir aber nicht gelang. Durch den Schleier des Schmerzes sah ich, wie meine Geisel euphorisch an einer jungen Frau hochsprang, die auf der Herrenstraße hinter dem Münster unterwegs gewesen war. „Odin, oh mein Odin“, schluchzte die Frau immer wieder und hielt Wilfried fest, so gut dies bei einer vor positiven Emotionen überquellenden Dogge eben möglich war.

Bei mir waren die Emotionen weniger positiv. Denn drei oder vier oder noch mehr Männer, die sich offenbar in diskretem Abstand zu der jungen Frau gehalten hatten, lösten sich aus dem Nichts und sprinteten zu mir. Ich konnte mich nicht bewegen, und als sie mich, ohne Rücksicht auf meine Verletzung, neben dem Bächle aufs Straßenpflaster drückten und ich das „Klack“ der Handschellen in meinem Rücken hörte, wünschte ich, es wäre mir wirklich schwarz vor Augen geworden.

„Mein Bein ist gebrochen“, japste ich. Die Zivilpolizisten zeigten sich wenig beeindruckt und orderten per Funk ein Fahrzeug. Erst als sie mich hochhoben und merkten, dass ich wirklich nicht stehen konnte, glaubten sie mir.

„Ich habe das Tier nur aufgegriffen!“, sagte ich. Aber irgendwie wollten sie das gar nicht wissen. Sie fuhren mich schließlich ins Krankenhaus, wo ich, bestens bewacht, zuerst geröntgt wurde und dann einen Gips verpasst kriegte. Danach kam die nächste Station: Polizeiwache.

„Ich habe das Tier nur aufgegriffen“, versuchte ich es später nochmals. Sie glaubten mir nicht. Sie waren von Anfang an überzeugt, dass ich an der ganzen Erpressungsgeschichte beteiligt war. „Keine Polizei“ – wie hatte Bastian nur glauben können, dass die Frau sich daran hielt? Das funktioniert doch nur im Krimi!

Das Verrückte an der Sache ist ja, dass Wilma/Wilfried/Odin mich mit seiner Aussage wahrscheinlich sogar entlastet hätte oder der Polizei zumindest bescheinigen würde, dass er anständig behandelt wurde und ich ein netter Kerl bin. Schließlich konnte er bei mir ja alles tun und lassen, was er wollte!

Leider können Hunde nicht reden, und die Polizei nahm mir die Tier-nur-aufgegriffen-Geschichte nicht ab. Nicht zuletzt wohl deswegen, weil sie, wie ich erfuhr, auch Bastian festgenommen hatten. Dieser hatte sich um 16:13 Uhr offenbar so auffällig unauffällig im Stadtgarten rumgedrückt, dass es ein Leichtes gewesen war, ihn zu finden. Aber wer kommt auch auf die bekloppte Idee, einen Hund zu entführen!

Nun sitze ich im Gefängnis. Mein Bein schmerzt, als hätte es jemand zersägt. Glücklicherweise habe ich Schmerzmittel, und groß herumzulaufen brauche ich im Moment ja auch nicht. Unsere Mutter wird wohl wieder glauben, dass alles auf meinem Mist gewachsen ist. Wie immer. Da bleib ich doch lieber noch ein wenig hier. Und wenn mein Bein wieder zusammengewachsen ist und ich irgendwann rauskomme, dann kaufe ich mir einen Hund und nenne ihn Wilma. Sie, meine ich.

Bettina Hellwig

Pas de deux mit dem Tod

Das Letzte, was Marie hörte, war das Stampfen der Pferde in ihren Boxen. Dann legten sich kräftige Männerhände um ihren Hals und drückten zu. Marie gab einen erstickten Laut von sich und versuchte, die Arme des Mannes wegzustoßen, doch nichts konnte seinen schraubstockartigen Griff lockern. Verzweifelt wand sie sich hin und her, bis es nur noch Schwärze gab.

Im darunterliegenden Stall spitzte ein brauner Wallach kurz die Ohren und steckte seinen Kopf wieder in den Futtertrog. Durch die Fenster der Boxen schwirrten ein paar Mücken herein, die sofort von heranhuschenden Fledermäusen gefressen wurden. Mit einem Klappern schloss sich die Luke zum Heuboden. Der braune Wallach hob den Kopf und lauschte den schweren Tritten auf den Holzdielen des Heubodens, die sich über die Außentreppe entfernten und in der Dunkelheit des menschenleeren Hofs verhallten.

Dass das dumpfe Dröhnen, das Julia geweckt hatte, nicht vom badischen Rotwein kam, war ihr sofort klar. Der gute Kaiserstühler mit seinem erdigen Geschmack nach Heimat machte keine Kopfschmerzen, nicht einmal, wenn man ein Viertele zu viel trank, und schon gar nicht in Begleitung zu Schäufele mit Kartoffelsalat. Und die pelzige Zunge kam eher von der trockenen Heizungsluft in der Pension *Zum Ochsen*, die von der dicken Frau des Metzgers Pfeifle betrieben wurde. Verschlafen angelte Julia nach ihrem roten Reisewecker, drückte auf die Lichttaste und seufzte. Sechs Uhr dreißig, und es rumpelte unaufhörlich weiter. In ihrem Berliner Altbau wurde sie höchstens einmal durch ein Fahrzeug der Müllabfuhr geweckt, und das war ein angenehm vertrautes Geräusch. Dieses lästige Rumpeln musste von den Wurstmaschinen der Metzgerei kommen. Julia ließ sich in die Kissen zurückfallen und schloss versuchsweise die Augen – aber der Krach machte jeden Gedanken an Weiterschlafen zunichte.

Für entspannte Ferien in Kirchzarten war die Pension eher nicht zu empfehlen, dachte sie. Aber wahrscheinlich standen hier die meisten Urlaubsgäste ohnehin früh auf, um wandern zu gehen, bequem im Dreisamtal oder mit sportlichem Ehrgeiz in die Berge, auf den Schauinsland oder den Häusleberg. Von hier aus konnte man bei entsprechendem Wetter sowohl das Freiburger Münster als auch den Feldbergturm sehen. Trotzdem war der *Ochsen* immer noch besser als die Alternative: mit Tante Trude, ihren Töchtern und den Onkeln Hermann und Gerhard im Haus ihrer Eltern zu übernachten. Das war schon zum 65. Geburtstag ihres Vaters vor zehn Jahren keine gute Idee gewesen. Damals war Julia noch am selben Abend in ihren alten roten Golf gestiegen, in Richtung Berlin gefahren und bis heute nicht wiedergekommen. Wenn es nach ihrer Mutter ginge, würde sie diesmal bleiben und die Zarduna-Apotheke ihres Vaters übernehmen. Die Bezeichnung kam vom römischen Namen der ehemaligen keltischen Befestigung Oppidum Tarodunum, deren Überreste in der Nähe von Burg-Birkenhof gefunden worden waren. Der Name hatte sich im frühen Mittelalter in *Zarduna* gewandelt und ist bis heute im Ortsnamen *Zarten* erhalten.

Siebenunddreißig ist kein schlechtes Alter, um sesshaft zu werden, dachte Julia. Sie stand auf und putzte sich die Zähne. Dann zog sie Jeans, bequeme Schuhe und eine Steppjacke an und betrat die gepflasterte Straße des autofreien Dorfzentrums mit seinen liebevoll gepflegten Häusern. Die ersten Restaurants hatten ihre Tische schon nach draußen gestellt und warteten auf Touristen. Ziemlich optimistisch, fand Julia und warf einen Blick in den leicht bewölkten Himmel. Die Häuser an der Straße hatten glatte Rasenflächen und Frühlingsblumen in den Vorgärten, und die Mülltonnen in Braun, Grau und Grün standen vorschriftsmäßig in Reih und Glied. Bewacht wurde der Ort von den dunkel bewaldeten Bergketten, die an beiden Seiten des Tals aufragten.

Ihr Vater war bis zur Beerdigung in einem Nebengebäude des alten Friedhofs bei der St. Galluskirche aufgebahrt. Er würde einen Platz im Familiengrab bekommen, direkt neben ihrer Schwester Marie.

Über zwanzig Jahre waren seit ihrem Tod vergangen. Sie war erst fünfzehn gewesen, als sie starb, und Julia nur zwei Jahre älter. Sie fröstelte in der Kühle des Frühjahrsmorgens und zog ihre Jacke enger um sich.

Der Friedhof lag nicht weit entfernt. Julia trat durch das schmiedeeiserne Tor, das von zwei gemauerten Bögen begrenzt wurde. Rund um den gepflasterten Vorplatz reckten sich die ersten Blüten von Tulpen und Hyazinthen der Morgensonne entgegen. Es roch nach Frühling und nach feuchter Erde, und vom Dach der Kirche war das Klappern der Störche zu hören, die hier seit einigen Jahren regelmäßig nisteten. Eine Forsythie erstrahlte in Gelb, und an einer Trauerweide zeigten sich die ersten hellgrünen Spitzen. Die Kapelle lag links. Julia ging den gepflasterten Weg geradeaus weiter, auf das Nebengebäude zu. Die Tür war unverschlossen, genau wie ihre Mutter gesagt hatte. Der Sarg mit dem Leichnam ihres Vaters befand sich in einem der kleinen Räume. Sein Name stand an der Tür, auf einem auswechselbaren kleinen Schild.

Julia legte die Hand auf die Klinke und zögerte. Wann begann eine Leiche zu verwesen? Ab wann konnte man das riechen? Dann kam ihr dieser Gedanke im Zusammenhang mit ihrem Vater seltsam unpassend vor. Würde sie ihn überhaupt noch erkennen, nach all diesen Jahren? Zu seinem fünfundsechzigsten Geburtstag hatte er gut ausgesehen, ein eindrucksvoller, großer, schlanker Mann. Der Apotheker des Dorfes, eine Respektsperson. Doch der Tod hatte keinen Respekt, auch nicht vor einem Apotheker, und nun war ihr Vater tot, plötzlich gestorben an einer akuten Darmblutung, mit der niemand gerechnet hätte.

Julia öffnete die Tür. Die Kanten des hellen Holzsargs waren mit Zierleisten aus Metall beschlagen. Der Sarg stand mitsamt Deckel auf einem Podest aus mehreren Stufen und ein Schiebefenster gab den Blick auf das Gesicht des Toten frei. Von der Tür aus konnte Julia sein Gesicht nicht erkennen, auch wenn sie sich etwas reckte. Sie trat näher, ging die erste Stufe hinauf und warf einen vorsichtigen Blick in den Sarg. Dann zuckte sie zurück. Ihr Herz schlug schneller. Das war eindeutig ihr Vater und gleichzeitig war er es doch nicht. Julia wusste nicht, was sie erwartet hatte, aber sie hatte immer gedacht, die Toten würden für den Abschied der Angehörigen so hergerichtet, dass sie annehmbar aussahen und friedlich wirkten.

Ihr Vater war nicht hübsch hergerichtet. Die Haut war grau verfärbt und der Mund stand leicht offen. Der versteinerte Gesichtsausdruck, den er seit Maries Tod wie eine Maske trug, war einem Grinsen gewichen, das keineswegs freundlich wirkte. Julia wusste, dass das an der zunehmenden Austrocknung des Körpers lag, doch jetzt kam es ihr so vor, als würden die auseinanderklaffenden Zähne und die nach unten verzogenen Mundwinkel ihr verächtlich zulächeln. Wie von selbst streckten sich ihre Hände nach dem Sarg aus. „Papa", stammelte sie, „Papa." Jetzt, nach zwanzig langen Jahren, war es endgültig. Er würde ihr nie mehr verzeihen, sie nie wieder liebevoll in die Arme nehmen, seine Nase durch ihr Haar wuscheln und „mein großes Mädchen" zu ihr sagen.

Maries Leiche war erst am Tag nach dem Mord auf dem Heuboden gefunden worden, unter mehreren Heuballen versteckt. Der Pfarrer hatte die Polizei dorthin geführt. Er hatte den Fundort bei der Beichte vom Mörder selbst erfahren. Von dem Zeitpunkt an verschwamm in Julias Erinnerung alles zu einem Gewirr aus hektischen Rufen, hysterischen Schreien und wirbelnden Blaulichtern der Polizei- und Rettungsfahrzeuge.

Maries Mörder wurde nie überführt. Der einzige Verdächtige war der Pferdepfleger Ecki. Man konnte ihm nichts nachweisen und das Gerichtsverfahren wurde eingestellt. Dennoch war Julias Vater weiterhin von Eckis Schuld überzeugt. „Auf dem Reiterhof ist es nicht mehr sicher“, hatte er gesagt, und dass er Angst habe, auch Julia zu verlieren.

Er verkaufte ohne ihre Zustimmung das Pferd und verbot ihr, den Reiterhof je wieder zu betreten. Die neuen Besitzer hatten *Ramiro* dann innerhalb eines Jahres zuschanden geritten. Julias Magen krampfte sich heute noch zusammen, wenn sie an seine hervorstehenden Hüftknochen und die stumpfen Augen dachte, mit denen er sie angeblickt hatte, als sie ihn nach langem Zögern endlich besuchte. Kurz darauf hatten ihn die neuen Besitzer zum Schlachter gebracht.

Tränen blendeten sie, sodass sie fast über die Stufen gestolpert wäre und die Türklinke nur mit Mühe fand. Sie schloss die Tür zum Nebengebäude hinter sich und ging über die breiten, mit hellem Kies bestreuten Wege zwischen den Gräbern hindurch, bis sie Maries Namen auf dem hellen Sandstein mit dem Engel im Halbrelief entdeckte. Das Grab war gepflegt und mit frischen Blumen bepflanzt, ein Werk der Kirchzartener Gartenbaubetriebe. Daneben klaffte ein großes Loch, und auf dem Rasen häufte sich die feuchte, schwarze Erde. Auf dem Sandstein würde jetzt auch der Name ihres Vaters eingemeißelt werden. Julia fuhr mit den Fingerspitzen über den rauen Stein und stutzte. Auf der breiten Oberkante lagen frische blaue Traubenhyazinthen. Julia nahm die Blüten in die Hand. Die Schnittkante war frisch, als wenn sie erst heute Morgen abgeschnitten worden wären. Gedankenverloren legte sie den Zweig zurück und strich liebevoll über den Stein.

„Machs gut Kleines“, sagte sie und wandte sich zum Gehen.

Ohne nachzudenken schlug sie den Weg ein, der zwischen den Häusern des Ortes hindurch über einen leicht ansteigenden Waldweg direkt nach Dietenbach führte. Täglich war sie ihn gelaufen, an manchen Tagen sogar zwei- oder dreimal, oft hatte sie auch das Fahrrad genommen. Jetzt waren die Felder am Weg frisch gepflügt. Über ihnen flatterte ein kleiner Vogel und zwitscherte hektisch. Der Eingang zum Waldhof sah noch genauso aus, wie sie es in Erinnerung hatte. Im Gegensatz zu früher waren die Blumenkübel neben dem Eingang jetzt nur spärlich bepflanzt, aber zwischen vertrocknetem Unkraut streckten sich ein paar Traubenhyazinthen ans Licht. Die Luft roch nach Pferden, und Julia atmete tief ein.

Quer über den Hof schob ein Mann eine randvoll mit Mist beladene Schubkarre. Er trug einen dicken Militärpullover und Jeans, die ihm etwas zu weit war. Nachdem er die Karre abgestellt hatte, kam er auf Julia zu. Dann blieb er so plötzlich stehen, als hätte er ein Gespenst gesehen und kniff die Augen zusammen.

„Hallo Ecki“, sagte Julia. Sie hatte ihn sofort erkannt. Er hatte sich kaum verändert, nur alt war er geworden und etwas dicker.

„M ... M ... Marie?“, stotterte er, kam näher heran und streckte unbeholfen seine schwielige Hand aus, um ihr über das Haar zu streichen. Julia wich zurück. Sie roch den Alkohol in seinem Atem.

Sie und Marie waren sich bis hin zu den rotbraunen Locken ziemlich ähnlich gewesen. Marie trug ihre lang und mit Vorliebe offen, während Julia sie zu einem praktischen Bubikopf geschnitten hatte. Schließlich war sie damals aktive Turnierreiterin gewesen, in Freiburg und Umgebung erfolgreich. Weil sie nach dem harten Training ihre Haare täglich waschen musste, war ein kurzer Schnitt einfach praktischer. Wahrscheinlich sah sie heute Marie ähnlicher als damals, auch wenn sie das prachtvolle Rotbraun mittlerweile mehr ihrem Friseur als der Natur zu verdanken hatte.

„Nein“, sagte sie leise. „Marie ist tot. Ich bin's, Julia.“

Eckis Gesicht übergoss sich mit Röte, aus der die geplatzten Äderchen an Nase und Wangen deutlich hervorstachen.

„Ach ja, Julia“, murmelte er, senkte den Kopf und ging zu seiner Schubkarre zurück. „Andreas ist in der Reithalle, du kennst ja den Weg.“

Im Stall war es dämmerig. Die alten kleinen Fenster ließen nur wenig Licht herein. Hier hätte schon längst mal umgebaut werden müssen, dachte Julia. Sie ging auf die Box zu, in der *Ramiro* fünf Jahre zu Hause gewesen war. Der Dunkelbraune war nicht einfach zu reiten, aber er hatte Julia auf den Turnieren im Umkreis von Sieg zu Sieg getragen, bis hin zum Titel der Kreisjugendmeisterin. Jetzt streckte ihr eine Fuchsstute mit einer breiten weißen Blesse und einem weißen Ohr die Nase durch das Fenster in die Stallgasse entgegen. Julia stupste sie zwischen die Nüstern und streichelte mit den Fingerspitzen über die weiche Haut. Das Pferd schnoberte leise. Julia schloss die Augen und genoss den Moment. Zwar war sie jetzt erwachsen und ihr war durchaus klar, dass Pferde ihre Probleme weder verstanden noch sich dafür interessierten, aber genauso klar war ihr auch, wie sehr sie ihr in den letzten zwanzig Jahren gefehlt hatten.

Es klapperte, und Ecki kam mit einer leeren Schubkarre herein. Die Stute hob den Kopf und spitzte die Ohren. Als sie Ecki erkannte, wieherte sie leise.

„Na, meine Schöne“, sagte er zärtlich und öffnete die Boxentür. „Jetzt machen wir hier erst mal sauber.“

„Du arbeitest immer noch hier?“, fragte Julia.

„Ich kann sie doch nicht allein lassen“, erwiderte er. „Die Pferde sind wie meine Kinder.“ Er tätschelte den Hals des Pferdes und wurde gesprächig.

„Leyla ist unsere beste Zuchtstute“, erzählte er, „und jetzt soll sie wieder ein Fohlen bekommen. Nachher kommt der Tierarzt und nimmt ein paar Haare mit, für eine DNA-Probe.“

„Wieso das denn?“, fragte Julia neugierig.

„Ist Vorschrift für Zuchtpferde, seit ein paar Jahren“, antwortete er. Offensichtlich genoss er es, sein Fachwissen auszubreiten. „So können die Züchter nicht betrügen und einfach falsches Sperma liefern, anstelle dem vom teuren Spitzenhengst." Er deutete auf das Schild an der Tür. „Wir wären angeschmiert, und der ganze Stammbaum würde nicht mehr stimmen."

„Der technische Fortschritt im Pferdestall", sagte Julia nachdenklich. „Die DNA ist so persönlich wie ein Fingerabdruck, und die Nachweise werden immer besser und einfacher." Plötzlich schoss ihr ein Gedanke durch den Kopf. „Heute setzt man die DNA auch als Nachweis bei Verbrechen ein. Man kann schon kleinste Spuren nachweisen, zum Beispiel an der Kleidung."

Eckis verschwitztes Gesicht verfärbte sich rötlich.

„Auch noch nach zwanzig Jahren?", platzte er heraus.

„Das weiß ich nicht", sagte Julia und beobachtete, wie sich weitere Schweißtropfen auf Eckis Stirn bildeten.

„Ich muss jetzt weitermachen", sagte Ecki, griff hastig nach der Mistgabel und begann, das schmutzige Stroh aus der Box auf seine Schubkarre zu häufen.

Weiter oben in der Stallgasse putzte eine zierliche blonde Frau von etwa zwanzig Jahren einen großen Dunkelbraunen. Der braune Besatz an der Reithose betonte den Schwung ihrer perfekt gerundeten Hüften. An der Box, deren Tür offen stand, waren zahlreiche Plaketten befestigt. Das Schild wies Andreas als Besitzer von *Blitz* aus, und eine ziemlich neu aussehende gelbe Schleife zeugte von einem ersten Platz. Als Julia nähertrat, legte das Pferd drohend die Ohren zurück. Quer über seinen Kopf lief eine lange, gezackte Narbe und durchschnitt die weiße Blesse.

„Vorsicht, der kann schnappen", sagte die Frau und stellte die Putzkiste zur Seite. Dann ging sie ans Ende der Stallgasse, wo die Sattelkammer lag. Julia erinnerte sich gut an die Geruchsmischung aus Pferdeschweiß, Leder und Lederfett, denn sie war für sie untrennbar mit ihrem ersten richtigen Kuss verbunden. Die Frau kam mit dem Sattel zurück und legte ihn auf das Pferd, das die Ohren wieder zurücklegte. Als die den Sattelgurt anzog, bleckte es missmutig die Zähne.

„Ich weiß, warum ich ihn anbinde", lachte sie, „der würde mich sonst glatt erwischen."

Julia folgte der Frau mit dem Pferd in Richtung Reithalle und stellte sich an die Bande, wo sie Andreas beim Reiten zusehen konnte. Die letzten zwanzig Jahre hatten seine Haare ergrauen lassen. Er muss Ende fünfzig sein, dachte sie, aber auf dem Pferd saß er immer noch wie ein junger Gott, als wäre er mit dem Tier verwachsen. Der Rappe hatte seinen Hals elegant gerundet und kaute gehorsam auf dem Gebiss. Weißer Schaum tropfte in regelmäßigen Abständen zu Boden, auch seine Brust war damit bedeckt. Dieser Schaum war unter den Dressurreitern erwünscht, wie sich Julia erinnerte, denn er zeigte die gute und willige Mitarbeit des Pferdes an. Andreas übte gerade Seitengänge. Julia konnte sich noch gut erinnern, wie er ihr und *Ramiro* die Traversale beigebracht hatte. Jetzt hatte sie zwar schon lange nichts mehr mit dem Pferdesport zu tun, aber dass Andreas' Pferd etwas Besonderes war, sah sie auf den ersten Blick. Kraftvoll federnde Tritte und eine beeindruckende Trabverstärkung, das Tier war einfach sensationell.

Doch Andreas war nicht nur ein guter Dressurreiter, er hatte Julia auch auf seine ausgedehnten Ausritte mitgenommen. Da gab es reichlich Platz zum Galoppieren: Julia auf ihrem schwarz glänzenden *Ramiro*, die gepflegte Mähne im Wind wippend, daneben Andreas auf seinem prächtigen Schimmelhengst, wie sie nebeneinander zwischen den Wiesen entlang bergauf jagten! Das gehörte zu ihren schönsten Erinnerungen an die Sommer in Kirchzarten, den Duft des frisch gemähten Heus in der Nase, die stampfenden Pferdehufe unter sich. Wenn sie erst einmal die Wege rund um das Dorf mit den vielen Touristen verlassen hatten, konnten sie *Gas geben*, wie Andreas das nannte. Wenn dann noch ein paar der meist älteren Wanderer – *Mehlhauben* nannte er sie verächtlich – im

Weg waren und zur Seite sprangen, lachte er nur lässig. Ihre schönste Galoppstrecke führte auf die *Immi*, eine Anhöhe, deren Name ebenfalls von den Kelten stammte. Von der *Immi* aus war über die Felder hinweg der Ort Kirchzarten mit dem aufragenden Kirchturm in der Tiefebene des Dreisamtals zu sehen, und man konnte bis auf die gegenüberliegenden Bergketten blicken.

An diesem besonderen Abend hatte Andreas sie nach der Heimkehr in der engen Sattelkammer in die Arme genommen, geküsst und mit seiner Zunge zärtlich ihre Lippen erforscht. Julia hätte vor Glück zerplatzen können. Wie auf Wolken schwebte sie nach Hause und wurde erst aus ihren Träumen gerissen, als ihre Mutter sie anfuhr: „Wo ist Marie? Es ist bald dunkel."

Erst da war ihr siedend heiß eingefallen, dass sie versprochen hatte, ihre jüngere Schwester mit nach Hause zu nehmen. Das Blut schoss ihr in die Wangen und sie versuchte sich herauszureden: „Ich habe sie nirgends mehr gefunden, da dachte ich, sie sei schon gegangen." Wütend hatte ihre Mutter, die sie bisher noch nie geschlagen hatte, zu einer Ohrfeige ausgeholt.

Als er Julia bemerkte, parierte Andreas das Pferd zum Schritt, ließ ihm die Zügel lang und kam an die Bande.

„Julia? Was machst du denn hier?"

Ihr Herzschlag beschleunigte sich, als sie den Klang seiner warmen Stimme hörte. Er sah immer noch verdammt gut aus. Am liebsten hätte sie leise gewiehert.

„Mein Vater ist gestorben, er wird übermorgen beerdigt."

„Ach ja, die Todesanzeige habe ich in der Badischen gelesen. Mein Beileid."

„Danke", sagte Julia und konnte nicht verhindern, dass ihre Stimme zitterte. Sie räusperte sich. „Tolles Pferd", sagte sie und deutete auf den Rappen, „ein schönes Bild."

„Harmonie ist, wenn einer nachgibt", lachte Andreas. Er tätschelte dem Pferd den Hals, das daraufhin entspannt schnaubte. Dann stieg er ab und führte es in den Stall, wo er es Ecki übergab.

„Wie wär's mit einem Kaffee?", fragte er und legte seinen Arm um ihre Schultern. Er roch nach Pferd und frischem Männerschweiß. „Komm rein und lass uns frühstücken."

Für dieses Angebot wäre sie vor zwanzig Jahren gestorben. Im selben Augenblick gab ihr Magen ein lautes Knurren von sich. Andreas lachte.

„Das war deutlich", sagte er, „komm."

Sie ging mit ihm über den Hof zum Wohnhaus, einem Bauernhaus, wie es seit Jahrhunderten im Schwarzwald gebaut wurde, mit tiefgezogenem Dach und abgeflachtem Giebel, einem Walm, an der Vorderseite.

Die Küche hatte einen Dielenboden aus Holz und war liebevoll renoviert. Das versprochene Frühstück war nicht besonders üppig. Andreas backte ein paar Tiefkühlbrötchen auf und holte mehrere Käsereste aus dem Kühlschrank, der ansonsten ziemlich übersichtlich aussah. Als sich ein brenzliger Geruch ausbreitete, stieß er einen Schrei aus und riss die Ofentür auf. Mit spitzen Fingern fischte er die Brötchen heraus.

„Hier fehlt eine Frau", sagte er entschuldigend.

„Sag bloß, du bist solo", sagte sie und biss in ihr Brötchen, das innen trocken und außen ziemlich dunkel war. Der Käse war farblos und zäh. „Zu wenig Auswahl in der Kleinstadt?"

„Bisher war die Richtige noch nicht dabei." Er zuckte mit den Schultern und grinste schief. Dieses Lächeln hatte sie schon damals unwiderstehlich gefunden.

Sie sah sich in der Küche um. „Gemütlich ist es hier."

Er sah auf seine Armbanduhr und stöhnte: „Jetzt hätte ich die Zeit fast verschwitzt. Ich muss ganz schnell weg, die warten schon auf mich. Sehen wir uns morgen zum Frühstück? Danach könnten wir ausreiten."

„Diesmal bringe aber ich die Brötchen mit", sagte Julia.

Er stand auf und hauchte ihr einen flüchtigen Kuss auf die Wange, dann verließ er das Haus. Julia hörte, wie er den Motor seines Geländewagens anließ und davonfuhr.

Nachdenklich verließ sie den Hof und ging zur Pension zurück. Dort setzte sie sich in ihren Golf und fuhr zur Polizeidirektion nach Freiburg. Der zuständige Kommissar Müller war Mitte fünfzig und hatte seine verbliebenen Haare sorgfältig über dem kahlen Oberkopf angeordnet. Er blätterte zwischen blauen, leicht verblassten Kartondeckeln und lächelte entschuldigend.

„Die alten Fälle haben wir nicht in unserem Computer", sagte er. Dann hatte er gefunden, was er suchte. „Die Sachen Ihrer Schwester sind noch da. Sie befinden sich in der Asservatenkammer." Er schob seine Lesebrille auf der Nase weiter nach vorne und peilte hindurch. „Zum Beweismaterial gehören die Kleidung und Hautabriebspuren, die damals unter den Fingernägeln der Leiche sichergestellt wurden."

„Wie stehen die Chancen, den Mörder jetzt noch zu fassen?", fragte Julia.

„Derzeit gehen wir zahlreiche Altfälle durch anhand alter Spuren. Wir bekommen fast alle." Er schob seinen Stuhl zurück und nahm die Brille wieder ab. „Auch in Fällen, die lange unlösbar schienen. Vielleicht schaffen wir das auch in Ihrem Fall. Wir müssten die damaligen Verdächtigen noch einmal überprüfen." Kommissar Müller zog eine Liste aus der blauen Mappe. „Hier sind alle Männer verzeichnet, die wir damals vernommen haben, insgesamt sind es zehn. Für die Speichelproben benötigen wir ein paar Tage, dann müssen wir sie untersuchen. So eine knappe Woche wird es dauern." Er zückte einen Kugelschreiber. „Wir geben Ihnen Bescheid."

Julia nannte ihm die Adresse ihrer Mutter. Eine Woche in der Pension Pfeifle war definitiv zu viel, dachte sie. Dann lieber Onkel und Tanten.

„Erwarten Sie sich trotzdem nicht zu viel", sagte Müller. „Oft führen die Ermittlungen nur dazu, dass ein Mensch entlastet wird, der zu Unrecht verdächtigt wurde."

Dienstag früh war Julia wieder auf dem Waldhof. Diesmal hatte sie Wurst, Käse und Brötchen mitgebracht. Andreas hatte den Tisch gedeckt und in der Küche duftete es nach Kaffee. Julia biss in ihr goldfarbenes Brötchen und dachte über Kirchzarten nach. Der Gedanke an die Tarduna-Apotheke bekam auf einmal völlig neuen Charme.

„Ecki ist immer noch da“, sagte sie nach der ersten Brötchenhälfte.

„Er ist mein wichtigster Mann auf dem Hof. Er kennt alle Pferde, ihm kann ich vertrauen.“ Andreas rührte Zucker in seinen Kaffee. „Ohne ihn wäre ich aufgeschmissen.“

„Er hat Marie umgebracht“, sagte Julia.

„Ecki hatte nie eine Chance. Er ist im St. Augustinus-Kinderheim aufgewachsen.“

„Du hast ziemlich viel Verständnis für einen Mörder“, sagte Julia. „Er hat unsere Familie zerstört.“

„Wahrscheinlich bereut er es selbst am meisten. Weißt du, dass er Marie regelmäßig Blumen aufs Grab legt?“, fragte Andreas.

„Ich kann das nicht vergessen.“ Julia legte ihr Brötchen weg. „Auf keinen Fall kann ich hier leben, wenn der Mörder noch frei herumläuft.“

„Willst du das wirklich wieder aufwühlen?“ Er legte die Hand auf ihren Arm. „Lass die Vergangenheit ruhen. Wir könnten neu anfangen.“

Sie schüttelte den Kopf. „Ich war gestern Nachmittag bei der Polizei. Der Kommissar sagt, es gibt neue Möglichkeiten. Heute kann man durch DNA-Spuren auch Mordfälle aufklären, die zwanzig Jahre und mehr zurückliegen. Das Beweismaterial ist noch da.“

Abrupt zog Andreas seinen Arm zurück und stand auf.

„Ich hoffe, dir ist klar, was du da tust“, sagte er kalt.

„Ich musste es tun“, antwortete Julia. „Jetzt gibt es kein Zurück mehr. Sie kommen in den nächsten Tagen, um Speichelproben zu nehmen.“

Die Polizeiautos und das Aufgebot an Polizisten auf dem Hof kamen Julia vor wie ein Déjà-vu. Zwei junge Streifenpolizisten führten einen Mann in Handschellen über den Hof. Ecki stand am Eingang zum Stall und sah zu.

Das musste ein Irrtum sein! Mit klopfendem Herzen ging Julia auf den Mann in Handschellen zu. Als sie Andreas erkannte, begann ihr Herz zu rasen. Das Verstehen traf sie wie ein Blitz. Ein Polizeibeamter hielt sie an den Schultern zurück, als sie wie von Sinnen losbrüllte.

„Hat es dir nicht gereicht, sie flachzulegen?“, schrie sie. „Sie war erst fünfzehn!“

Andreas hob den Kopf und blickte ins Leere. „Der kleine rote Teufel hat mich verführt“, sagte er tonlos. „Dann kam sie und behauptete, sie sei schwanger. Sie hätte mein Leben zerstört.“

„Und da hast du lieber ihr Leben zerstört – und das unserer Familie gleich dazu!“ Ihre Stimme überschlug sich.

„Es tut mir leid“, sagte Andreas.

Julia starrte ihm noch lange hinterher, bevor sie den Hof verließ. Diesmal würde es für immer sein.

Wenn naturliebende Freiburger und eingefleischte Schwarzwälder aufeinandertreffen, „braucht man Humor, sonst wird's zappenduster", erklärt unser Protagonist. Und was passieren kann, wenn der eines Tages abhandenkommt – lesen Sie selbst.

MICHAELA KÜPPER

Landliebe

Ich liebe das Landleben. Wirklich. Sonst wären wir ja nicht hier, meine Hilde und ich.

Als wir diesen urigen, alten Hof entdeckt haben, da wussten wir gleich: Der ist es! Genau das Richtige fürs Wochenende.

Ein Neubau wäre uns wohl billiger gekommen. Die Hütte war ja eigentlich ein Fall für die Abrissbirne. Aber ein neues Haus ist eben nicht dasselbe. Uns kam es auf die Atmosphäre an und da schaut man halt nicht auf den Cent.

Es ist ja auch richtig gemütlich geworden, rustikal, aber mit Stil. Kamin, Sauna, Doppelgarage, Swimmingpool: tutti completti. Und dann diese wunderbare Landschaft!

Nebenan hat der Bauer neu gebaut. Ein 08/15-Kasten von der Stange, Betonbauteile, wirklich keine architektonische Meisterleistung. Aber jedem das Seine, sage ich immer. Gott sei Dank steht die Hecke davor.

Einen neuen Stall hat er sich allerdings auch geleistet, der Herr Bauer. So einen langen, grauen Schuppen, nicht mal verputzt. Und der liegt nun leider direkt in unserem Blickfeld.

„Gottfried", hab ich gesagt, „Gottfried, chasch dini Schüüre nit anderschtwo hiistelle?" Ich kann ja eigentlich gut mit den Leuten, grad mit denen vom Land. Meine Großmutter, die kam doch auch vom Dorf. Aus Breitnau, um genau zu sein, gar nicht mal weit weg von hier. Ist da auch auf einem Hof groß geworden. War nur leider nicht ihrer. Aber wo war ich? Richtig, bei Gottfrieds Kuhstall und ob er den nicht woanders hätte hinbauen können.

„Anderschtwo goht's nit", hat der Gottfried behauptet. Wegen der Zufahrt und überhaupt.

Also gut, wenn's sein muss, meine Frau und ich sind ja friedliebende Menschen. Obwohl, von Rechts wegen hätte man da vielleicht schon was machen können. Wir hätten nicht nachgeben müssen. Von wegen: sich erst mit unserem Geld sanieren und uns dann dieses hässliche Ding vor die Nase setzen! Aber was soll's, hab ich zu meiner Hilde gesagt, gucken wir eben in die andere Richtung.

Nur, dass es oft auch so unangenehm gerochen hat. Gegen gute Landluft habe ich ja nichts einzuwenden, das gehört eben dazu. „Aber musst du unbedingt am Wochenende die Gülle rausfahren?", hab ich den Gottfried gefragt. Der hat nur mit den Schultern gezuckt, die können ja stur sein, diese Schwarzwälder. Am nächsten Sonnabend hat's wieder zum Himmel gestunken. Und von den Fliegen will ich erst gar nicht reden. Aber gut, halten wir uns mit der einen Hand die Nase zu, schwingen mit der anderen die Fliegenklatsche und schauen wir in die andere Richtung, hab ich zu Hilde gemeint. Gucken wir uns eben die Kühe auf der Wiese an.

So ein paar richtige Pferde hätt' ich zwar schöner gefunden. Hab dem Gottfried auch gesagt, dass er mit Pferdezucht bestimmt ordentlich Zaster machen könnte, aber davon wollte er ja nichts wissen. Dann eben Kühe, was soll's.

Wenn er sie nur nicht immer direkt vor unserer Haustür vorbeigetrieben hätte. Ich meine, er hat nun wirklich Platz genug, da müssen die Rindviecher doch nicht ausgerechnet an unserer Einfahrt vorbeilatschen. Haben Sie schon mal erlebt, was die für einen Dreck machen, wenn die in Horden über die Straße zockeln? Dann noch ein ordentlicher Landregen drauf und die Sauerei ist perfekt.

Neulich hatten wir Gäste eingeladen, da will man doch auch ein bisschen repräsentieren. Und was war? Stadtrat Kluge hätte sich fast lang hingelegt, als er aus dem Auto gestiegen ist, und seine Gattin ist mit den Stöckelschuhen mitten rein in die Kuhfladen. Wenn man da keinen Humor hat, wird's zappenduster.

Und dann die Gartenparty für die Geschäftsfreunde! Heiliger Sonntag, dreißig Grad im Schatten, und unser Herr Bauer hat nichts Besseres zu tun, als den lieben langen Tag mit dem Mähdrescher übern Acker zu gurken. Direkt nebenan. Dieser Lärm und erst der Staub! Da waren die Schnitzel gleich paniert und die Gäste mit dazu. Die Stimmung war gründlich im Eimer, sage ich Ihnen, und die Geschäfte konnt' ich auch glatt vergessen.

„Schaffe mün mer halt dert, wo's grad emol neetig isch", hat der Gottfried gemeint. Als wenn das nicht noch einen Tag Zeit gehabt hätte! Ein bisschen Rücksicht kann man ja wohl verlangen, und was zu viel ist, ist zu viel.

Bin dann rüber mit 'nem Hammer und hab die Lampen von seinem Mercedes zerdeppert. Damit er auch mal seinen Spaß hat. Die Karre hat er sich doch sowieso von unserem Geld spendiert!

Am nächsten Morgen trampeln zwanzig halbstarke Rindviecher in unserem Garten rum und Gottfried steht hinterm Rhododendron und lacht sich eins. Ich die Schrotflinte geholt und ihm ordentlich Beine gemacht. Man kann sich ja nicht alles bieten lassen.

Mittags rollt er mit seinem Traktor über unsere original toskanischen Terrakottafliesen und kippt uns die Jauchebrühe in den Pool. Da hat er es nun wirklich zu weit getrieben.

Ich nichts wie raus, ihn vom Trecker gezerrt und gleich hinterhergeschmissen. Sollte er doch mal sehen, wie schön es sich in Scheiße baden lässt!

Wer austeilen kann, muss auch einstecken können, sage ich immer. Und nun frage ich Sie: Woher hätte ich wissen sollen, dass der Kerl nicht schwimmen kann?

Christoph Rück

Der Beweis

6. Juni

„Das isser!“, verkündete der Professor und seine sonore Stimme klang zutiefst ergriffen. „Der lang ersehnte wissenschaftliche Beweis. Es gibt einen Gott! Ha!“

Er erhob sich, faltete die Hände über dem gewaltigen Bierbauch und senkte andächtig den Kopf. Die graue Mähne fiel nach vorne und bildete zusammen mit dem Bart ein zotteliges Gestrüpp, das sein Gesicht fast vollständig verdeckte.

Die alte Frau an seiner Seite rückte sich die dicke Brille zurecht und entblößte ihre Zahnlücken. „Das kapier ich jetzt gar nicht“, meinte sie und blickte fragend zu ihm auf. „Was hat denn so ein kaputtenes Hundchen mit dem lieben Gott zu tun?“

„Oh, du Ungläubige! Das ist doch kein normaler Hund!“ Professor Specht setzte sich wieder neben seine Gefährtin und redete beschwörend auf sie ein. „Das war ne Drogentöle! Arnold – der fieseste Bullenspitzel von Südbaden. Aber jetzt ist er platt wie ne Briefmarke. Und tschüss! Ha!“

Die beiden Obdachlosen betrachteten nachdenklich an ihren Bierflaschen saugend den blutverschmierten und fliegenumschwirrten Tierkadaver unter der Ligusterhecke. Sie saßen auf einer Parkbank in der warmen Junisonne und schwiegen eine Weile andächtig. Dann wurde ihr Gegrübel von sehr sonderbaren Geräuschen unterbrochen.

„Ha!“, freute sich Kuno Specht, der aus seinem früheren Leben lediglich seinen akademischen Titel ins Berberdasein hatte herüberretten können. „Ich glaub, da kommt der Verrückte.“

Auf dem Schotterweg des Colombiparks näherte sich schwitzend ein kleiner Mann mit einem grasgrünen alten Damenfahrrad. Auf dem Kopf trug er einen *Badenova*-Plastikhelm. Das zerfurchte rote Gesicht war mit Leberflecken und Bartstoppeln durchwachsen.

„Wromwromwrom ...“, brummte er konzentriert vor sich hin. Bei den beiden Gestalten auf der Bank schaltete er herunter und brachte seine schwere Maschine vorsichtig zum Stehen. „Mip-mip!“, hupte er zur Begrüßung.

„Tag, Moto Guzzi!“, begrüßte der Professor ihn. „Sag mal, deine Karre glänzt ja wie neu. Hast du die generalüberholt, oder was?“

„J-jawoll“, strahlte Morten Gutzmann und ließ den Motor im Leerlauf noch einmal aufheulen. „G-generalüberholung. U-und neuer Vergaser. Fährt jetzt zwanzig Sachen schneller. Wromwrom.“

„Schau mal, hier liegt Arnold, der Scheißköter. Sieht ganz schön platt aus, was? Nur schade, dass ich das Gesicht seines Herrchens nicht sehen kann! Ha!“

„D-das kannst du haben! D-der liegt da hinten im Gebüsch. Ma-mausetot.“ Morten zeigte mit dem Daumen hinter das Colombischlössle.

„Jetzt erzähl keinen Mist! Der Drogen-Manni ist tot? Die Bazille vom Rauschgiftdezernat? Das glaub ich nicht!“ Kuno Spechts Gesicht bekam einen verzückten Ausdruck. „Darauf trinken wir ’n Bier! Hast du Kohle?“

„N-nur noch zwei Euro zwanzig. I-in Kupfer.“

„Her damit! Ich geb einen aus! Grumbeere, du gehst rüber zum *Treff* und holst fünf *Ratskrone.* Aber Pils. Nicht schon wieder diese Weizenscheiße.“

Folgsam stand Agnes Krumberger auf, nahm das Münzgeld in Empfang und presste es in ihre kleine Faust. Sie wischte sich mit dem Ärmel den Rotz von der Knollennase und schlurfte durch die Reben in Richtung Eisenbahnstraße.

„Wromwrom!“, röhrte es ihr hinterher.

7. Juni

Die erste Sitzung der SoKo *Colombi* fand am Sonntagmorgen statt. Sie begann besinnlich, endete aber in einem Eklat. Zunächst hatte Polizeipräsident Endinger eine Ansprache gehalten, in der er mit bewegenden Worten des ermordeten Kollegen Manfred Dold gedachte. Nach einer Schweigeminute stürzte man sich in die Arbeit. Zum Leiter der eilig zusammengetrommelten SoKo war der neue Topmann der Freiburger Mordkommission ernannt worden, der vor Kurzem aus Bremen zugewanderte Hauptkommissar Lars Lüders. Die Kollegen nannten ihn kurz Lalü.

Er fasste die Situation knapp zusammen. Die Todesursache stand außer Zweifel: Dold war in der Tatnacht zwischen dreiundzwanzig und nullnulldreißig aus nächster Nähe mit einer Handfeuerwaffe Kaliber 9 in den Kopf geschossen worden. Kurz davor oder kurz danach wurde sein treuer Schäferhund getötet. Eher davor, denn ein lebendiger Arnold hätte einen Angriff auf sein Herrchen kaum hingenommen. Null Kampfspuren. Das Opfer musste völlig überrascht worden sein. Tatzeugen: Nada. Das englische Touristenpaar, das die Leiche am Samstagmittag entdeckt und den Fund angezeigt hatte, war unverdächtig.

Dann war der zuständige Kollege von der Spurensicherung zu Wort gekommen. Peter Oecker hielt ein langatmiges Referat, bei dem zu guter Letzt herauskam, dass man noch nicht identifizierte Finger- und Fußabdrücke, aber auch DNA-Spuren gefunden hatte. Diese wiesen auf eine Frau hin, um die dreißig und möglicherweise osteuropäischer Herkunft. Obwohl dies im Grunde eine bedeutsame Erkenntnis darstellte, wirkte Spusi-Peter unsicher.

Lalü schöpfte als Erster Verdacht. Er unterbrach Oeckers Geschwurbel, indem er mit der flachen Hand auf den Resopaltisch klatschte. „Moment mal, Pit!“, meinte er gefährlich leise und fixierte den Kollegen mit seinen wachen, wasserblauen Augen. „Sag mir doch mal, welches Abstrichbesteck ihr benutzt habt.“

„Na, die Wattestäbchen, die wir immer nehmen. Ich wüsste nicht, dass uns etwas anderes zur Verfügung steht.“

Der Hauptkommissar unterdrückte mühsam einen Wutanfall. „Wie beknackt kann man denn eigentlich sein? Zehn zu eins, dass diese Spur zu einer Mitarbeiterin der oberfränkischen Firma führt, in der die Stäbchen verpackt werden! Lebt ihr eigentlich völlig hinter dem Mond, oder was?"

„Na ja", antwortete Peter Oecker kleinlaut. „Du weißt doch, dass wir eine Ausgabensperre haben. Neuanschaffungen sind erst nächstes Jahr wieder drin."

Jetzt verlor Lüders die Beherrschung. „Verflucht noch mal!", brüllte er. „Wir haben hier ein Kapitalverbrechen – und jagen einem verdammten Phantom hinterher! Weil die Affen von der Spusi immer noch verunreinigtes Besteck benutzen!" Er griff in die Hosentasche und pfefferte zwei Euromünzen in den Raum. „Ab zum Schlecker und neue Wattestäbchen kaufen! Und dann alles noch mal von vorn! Aber dalli!"

10. Juni

Nachdem der Staatsanwalt den Leichnam freigegeben hatte, fand die Beisetzung des ermordeten Manfred Dold statt. Die meisten Kollegen der Freiburger Polizei nahmen an der Trauerfeier teil. Wolfgang Peterle und Wolfgang Schäufele vom Gemeindevollzugsdienst jedoch saßen seit Stunden in ihrem Passat Variant. Den beiden *Wölfen,* wie man sie nannte, wurde in der sonnenbeschienenen Sandstraße so langsam ziemlich warm.

„Schon traurig, wenn ein Kollege zu Grabe getragen wird", meinte Schäufele, der hinterm Lenkrad saß und akkurat mit der Uniform des GVD bekleidet war.

„Na ja, von wege Kollege", antwortete Peterle. Er lümmelte sich mit aufgeknöpftem Hemd im Beifahrersitz herum und biss von seinem Wurstbrot ab. „Ich weiß nit, was wir vom GVD damit zu tun habe solle, wenn einer vom Rauschgift ei Etage tiefer zieht."

„Aber es hätte auch uns treffen können. Wenn du überlegst, dass wir direkt neben dem Tatort in der Rosastraße standen! Da gruselt es mich nachgerade."

„Da zeigt sich doch wieder, was für ein Schissdreck diese Nachtschichte sind! Viel zu gfährlich! Und ich hab nachts au

Besseres zu tun, weisch. Schließlich hab ich e Mädle daheim!“ Peterle kaute breit grinsend an seinem Vesperbrot. „Und noch was, mei Lieber: Der Droge-Dold war e Drecksau.“

„Delli Morti nilli nissi!“, mahnte sein Kollege.

„Wie bitte?“

„Das war lateinisch“, sagte Schäufele und betrachtete aufmerksam den linken Außenspiegel. „Nichts Schlechtes über die Toten. – Oh, schau mal! Da kommt ein ganz Schneller! VW Phaeton, silbermetallic. Ich wette mal 57 km/h.“

„Dann sag ich: genau fünfzig.“ Die Männer klatschten sich gegenseitig die Hände ab, als der Kamera im Heck auch schon ein greller roter Blitz entfuhr. In Sekundenschnelle wurden Uhrzeit, Kennzeichen und die Geschwindigkeit der ertappten Limousine aufs Display im Armaturenbrett übertragen.

„Zweiundfünfzig!“, triumphierte Peterle. „Näher dran! Des gibt e Schorle beim Ingo. Sag emal, wege dem Auto grad ... Neulich in der Tatnacht – des isch doch au so ein VW Fötus gwese, wenn ich mich recht erinner. Der wo so grast isch.“

„Jawoll, 62 km/h. Und das in der Zone 30!“, bestätigte der Kollege auf dem Fahrersitz empört. „Heißt aber Phaeton, nicht Fötus.“

„Verdächtig ischs trotzdem“, beharrte Wolfgang Peterle. „Wenn ich so recht überleg, war des nämlich genau zum mutmaßliche Tatzeitpunkt. Ich glaub’, mir müsse da Meldung bei der Kripo mache.“

11. Juni

Morten Gutzmann war nach wie vor der Held der Szene. Er saß vor dem *Treff 3000* auf seinem Bock und ließ ab und zu den Motor aufheulen. Bei ihm stand ein Grüppchen biertrinkender Gestalten und fragte ihm Löcher in den Bauch.

Stotternd und umständlich hatte er schon tausendmal die Story erzählt, wie er den verhassten Drogenfahnder tot im Gebüsch gefunden hatte. Er war am besagten Abend im Colombipark gewesen, um einen Pennplatz zu finden. Eine Weile hatte er den Schwulen bei der Arbeit zugesehen, dann war er auf der Suche nach einem Nachtlager die schmalen Seitenpfade unter den Sträuchern des Parks entlanggeknattert. Plötzlich war er mit der Maschine gegen ein am Boden liegendes Dingsbums gestoßen, gestürzt und mit dem Kopf an einen Baum geknallt. Bumm! Gott sei Dank hatte er den Helm aufgehabt, der hatte ihm des Lebens gerettet. Er war aber kurz weggetreten und als er wieder zu sich kam, musste er feststellen, dass er direkt auf einer toten Leiche lag.

Fest davon überzeugt, dass er den Mann selbst totgefahren hatte, hatte er Panik bekommen und sofort Fahrerflucht begangen. An der Dreisam hatte er sich von dem ganzen Blut gereinigt und dann unter der Kronenbrücke eine Runde geknackt. Am nächsten Morgen trieben ihn das schlechte Gewissen und die Neugier zurück in den Park. Der Tote lag immer noch da und sogar Moto Guzzi konnte auf den ersten Blick sehen, dass er kein Verkehrsopfer, sondern totgeschossen war. Trotz der Verunstaltungen war unschwer zu erkennen, um wen es sich bei der Leiche handelte.

Der Professor präsentierte Morten schon die ganze Woche so stolz, als sei er sein Musterschüler. Sogar Schnake, die bunthaarige Punkerin mit den drei Hunden, schenkte dem kleinen Mann auf dem Damenfahrrad zum ersten Mal Beachtung – und obendrein noch einen halben Joint. „Du, ich würde dir ja gern mehr geben“, sagte sie. „Aber du weißt ja, ich hab's nicht so dicke. Schließlich muss ich hart für meinen Lebensunterhalb arbeiten.“

Die Geste reichte jedoch schon, um Moto Guzzi mit Stolz und Glück zu erfüllen. Insgeheim beschloss er, Schnake demnächst mal zu einer kleinen Ausfahrt einzuladen. Wromwrom.

12. Juni

Morgens beim Dienstantritt ahnte Hauptkommissar Lüders noch nicht, dass dieser schöne Frühsommerfreitag endlich den Durchbruch bringen würde. Schlecht gelaunt war er im Polizeipräsidium erschienen. Im Mordfall Dold war er noch keinen

Schritt weitergekommen. Doch dann hatte er gleich zwei Schlüsselerlebnisse.

Zunächst kündigte die Mitarbeiterin am Empfang den Besuch der beiden Hilfspolizisten an. Leicht verlegen traten Peterle und Schäufele in sein Büro.

„Ja?“, raunzte Lalü unwirsch. „Was verschafft mir die Ehre?“

„Gude Morge“, ergriff Wolfgang Peterle das Wort. „Mir komme wege dem Mordfall. Mir habe da was beobachtet ...“

„Was aber nichts heißen muss“, unterbrach ihn Wolfgang Schäufele. „Ich glaube eher, dass der Mörder ein durchgeknallter Fixer war.“

„Was Sie glauben, ist mir schnurz!“, wies der Kommissar ihn zurecht. Er machte eine wegwerfende Handbewegung und wandte sich wieder an Peterle. „Die Fakten zählen. Berichten Sie bitte, was Sie beobachtet haben.“

„Na, wisse Sie, wir ware am Freitagabend zur Geschwindigkeitskontrolle auf der Rosastraß' eigeteilt. Neuerdings müsse mir ja au Nachtschichte mache. Bis um zwei Uhr morgens! Auf eimal fährt einer mit quietschende Reife los. Der het vorher unter dem Junkie-Spielplatz entgege der Fahrtrichtung geparkt.“

„Was an sich schon eine Ordnungswidrigkeit darstellt“, sagte Schäufele.

„Weiter im Text bitte“, zischte Lalü ungeduldig.

„Na, der het beschleunigt wie a Rakete und war dann in kürzeschter Zit uff sechzig, wie wir mit der Messanlage festgstellt habe. Des muss so gege Mitternacht gwese sei, also ungefähr genau zur Tatzeit. Ich hab des äußerscht verdächtig gfunde.“

„Zweiundsechzig“, präzisierte Schäufele. „VW Phaeton, dunkelblau oder schwarz, Freiburger Kennzeichen. Schöner Wagen. Ich glaube nicht, dass der etwas mit dem Mord zu tun hat. Seit wann fahren Fixer solche Autos?“

Das Interesse des Kommissars stieg schlagartig an. „Sie haben den Kerl geblitzt?“

„Logisch", grinste Peterle breit. „Mit Starporträt. Wenn des emol kei Beweis isch! Mir liefere Ihne de Täter sozusage frei Hus."

„Ist denn der Film schon ausgewertet?" Lüders konnte seine Aufregung kaum verbergen.

„Wisse Sie, mir arbeite ja inzwische au mit moderner Technik. Das neue *Traffipax Speedophot.* Da kriege mir die Aufnahme direkt auf'n USB-Stick. Freitagabend gebe mir den ab, und der Computer verschickt dann die Bußgeldbescheide quasi von allei. Aber noch trag ich des Ding am Mann." Stolz legte Wolfgang Peterle den kleinen Datenträger auf Lalüs Schreibtisch.

„Beweismittel. Beschlagnahmt!", entschied der Hauptkommissar knapp. Keinen Widerspruch duldend nahm er den USB-Stick an sich und ließ ihn in seine Jackentasche wandern – wo er auch noch eine ganze Zeit lang liegen bleiben sollte.

Lüders verabschiedete die beiden *Wölfe*, nicht ohne sie für ihren Einsatz zu loben und ihnen eine Quittung für das konfiszierte Beweisstück auszustellen. Sein Handy summte. Und dann ging alles ganz schnell.

In der sofort zusammengerufenen Besprechung informierte der Leiter der SoKo seine Mitarbeiter, dass sich über das anonyme Telefon ein weiterer Zeuge gemeldet hatte. Der junge Mann, wahrscheinlich ein Stricher, hatte ausgesagt, er habe zur Tatzeit eine verdächtige männliche Person auf einem Damenfahrrad beobachtet. Diese habe sich in großer Eile vom Tatort entfernt und komische Geräusche von sich gegeben. Der Zeuge meinte, im Laternenlicht erkannt zu haben, dass die Person entweder sehr verschmutzt oder aber voller Blut gewesen war.

Die Runde quittierte Lalüs Bericht mit atemlosem Schweigen. Nur die junge Polizeimeisterin Tina Kerner hob den Arm und bat um das Wort. „Ich kenne den Mann", sagte sie. „Er heißt Morten Gutzmann. Hemmungsloser Säufer, ohne festen Wohnsitz – und total plemplem."

13. Juni
Eine Polizeistreife entdeckte den Tatverdächtigen am Samstagvormittag vor dem *Treff*-Discount bei der Hauptpost. Kommissar Lars Lüders reagierte unverzüglich. „Zugriff!", befahl er.

Innerhalb einer Viertelstunde war die Eisenbahnstraße komplett von Polizeifahrzeugen abgeriegelt. Ein schwer bewaffnetes Einsatzkommando rückte auf das Postgebäude zu.

Mit gespanntem Interesse beobachteten die biertrinkenden Kumpels den Polizeiaufmarsch. „Ha! Jetzt weiß ich auch, warum Freiburg Green City heißt", lästerte Kuno Specht.

„Zum Teil sind sie aber auch blau", bemerkte Schnake.

„Du hast eine gute Beobachtungsgabe!", lobte der Professor. „Die Bullen machen eine Metamorphose durch. Vom grünen Männchen zur Blaumeise. Ha!"

„Meisen sind gut!", kicherte die Punklady. „Sind ja auch komische Vögel, oder?"

„Was ist denn das, ne Methanosmose?", fragte Agnes Krumberger treuherzig.

Die Polizeikette bewegte sich stetig auf die Betonplattform vor dem Supermarkt zu. Maschinenpistolen wurden entsichert. „Gutzmann, Sie sind umstellt!", brüllte der Einsatzleiter. „Lassen Sie die Waffe fallen und kommen Sie langsam mit erhobenen Händen die Stufen herunter!"

„Was isch jetzt los?", wunderte sich Schnake.

Der Professor erfasste den Ernst der Lage als Erster. „Moto Guzzi, die meinen dich! Steig auf deine Karre und flieh!"

Es folgte ein unglaubliches Chaos. Mehrere Polizisten brachen aus der Formation aus und sprinteten die Treppen hoch auf die Obdachlosen zu. Kuno Specht stellte ihnen seinen massigen Körper in den Weg. Hunde kläfften. Schon hatte der erste Polizeibeamte eine Bisswunde am Arm. „Wromwrom!", rief Morten und verschwand mit seinem Gefährt in der Postpassage.

Schüsse pfiffen ihm hinterher. Einer zertrümmerte die Scheibe des Telekom-Shops. Panisch brachten sich Passanten in Deckung. Ein Polizeiauto nahm über die Rollstuhlrampe die

Verfolgung auf. Aber Grumbeere, Schnake und der Professor hatten sich inzwischen vor dem schmalen Durchgang auf dem Boden niedergelassen und tranken ihr Bier im Sitzen weiter. Der Streifenwagen musste mit heulendem Martinshorn abstoppen. Bis das Grüppchen mit Schlagstöcken vertrieben war, bog Moto Guzzi bereits in die Bertoldstraße ein. Die Planer des Einsatzes hatten es schlichtweg versäumt, die Passage abzusichern.

Ein Polizeibulli jagte beim Revier Nord los und versuchte den Flüchtigen einzuholen. Aber der sauste schon mit kräftigen Tritten den Fußgängerweg der Stadtbahnbrücke hoch. An der Haltestelle Hauptbahnhof umkurvte er hupend die wartenden Passagiere. Seine Verfolger mussten auf die Schienen ausweichen und blieben hinter zwei gegenläufig haltenden Straßenbahnen hängen.

Als es hinter dem Bahnhof wieder bergab ging, bekam Morten richtig Tempo. Geschickt steuerte er die Maschine durch die rot-weißen Absperrstangen am Ende der Brücke. In diesem Moment schnitt ihm ein aus der Guntramstraße kommendes Einsatzfahrzeug den Weg ab.

Geistesgegenwärtig riss er den Lenker nach links, um über die Schienen zum Stühlinger Kirchplatz zu entkommen. Mit einem dumpfen Knall erfasste ihn der Combino der Linie eins. Blut spritzte an die schnittige Windschutzscheibe. Während der Notbremsung schob der Zug das alte Damenrad noch scheppernd vor sich her. Der blaue *Badenova*-Helm kullerte eiernd über den Gehweg.

14. Juni

Erschüttert saßen die Wohnsitzlosen im Park am Fuß der Stadtbahnbrücke und tranken Pils von der Tanke. Aus einer umgedrehten Bierkiste und mehreren Teelichtern hatten sie in Höhe der Unfallstelle einen kleinen Altar aufgebaut. Sogar die Hunde schienen zu trauern.

Grumbeere nahm einen tiefen Schluck aus ihrer Flasche. „Auf Morten", nuschelte sie schluchzend. „War ja so'n feiner kleiner Kerl."

„In den Tod haben sie ihn getrieben!“, rief Kuno Specht zornig. „Das war eine staatlich verordnete Hinrichtung!“

„Und vorher haben sie ihm noch einen Mord angehängt. Dabei hatte der noch nie in seinem Leben ne Knarre in der Hand“, empörte sich Schnake.

„Die Bullen haben ihren Drogencop doch selber umgelegt!“, tobte der Professor. „Dort sitzen die wahren Verbrecher! Der Moto Guzzi war nur ihr Sündenbock! Die wahren Mörder lachen sich ins Fäustchen!“

„Jetzt aber, du!“, versuchte Schnake ihn zu besänftigen. „Das klingt jetzt schon arg nach Verschwörungstheologie.“

Bei der abschließenden Manöverkritik gab sich Kommissar Lüders zufrieden. „Der Gutzmann war es. DNA und Fingerabdrücke passen. Das Motiv auch: Der Manni hat den schon mal verhaftet wegen Betäubungsmitteln. Trotz des blöden Unfalls hätte es schlechter laufen können. Wir haben den Täter ja relativ schnell gefunden.“

„Trotzdem“, wandte Polizeipräsident Endinger ein. „Der Zugriff war dilettantisch organisiert. Wir hätten den Burschen lebend bekommen müssen. Das gibt nur wieder schlechte Presse.“

„Daran sind die Penner schuld“, rechtfertigte sich Lalü. „Hätten die mal die Festnahme nicht behindert, würde der Scheißkerl noch leben. Aber unter uns: Da hat doch ein Polizistenmörder seine gerechte Strafe bekommen, oder?“

„Was ich aber überhaupt nicht verstehe“, fuhr der Präsident fort. „Dieser Gutzmann war doch vorbestraft, das RD hatte seit Jahren seine Fingerabdrücke. Wieso haben wir den nicht schon am ersten Tag identifiziert?“

„Das müssen Sie schon die Kollegen vom Rauschgift fragen!“, gab Lüders patzig zurück.

„Tja, ich würde sagen, Vernetzungsprobleme“, bemerkte der dicke Hans Riesterer vom Drogendezernat, ohne sich seine gute Laune verderben zu lassen. „Ihr wisst doch, wir arbeiten mit moderner Technologie. Da dauert es eben manchmal ein bisschen länger."

„Ich will jetzt auch nicht meckern", meinte Endinger versöhnlich. „Insgesamt war das gute Arbeit, Leute. Ich bin froh, dass wir den Fall gelöst haben, bevor uns wieder dieser bekloppte Taxifahrer dazwischen pfuschen konnte."

„Taxifahrer?", fragte Lalü verständnislos.

„Na, der mit dem komischen Weibernamen. Annmarie oder so. Annmarie Hämmerle. Der hat doch schon Ihren Vorgänger, den Harry Stefan, fast in den Wahnsinn getrieben."

Am Sonntagnachmittag hatte es den blonden Mann doch noch mal in den Park gezogen. Er rauchte eine Zigarette und betrachtete nachdenklich den Schauplatz des Geschehens. Ihm war durchaus klar, dass es unter normalen Umständen ein grober Fehler gewesen wäre, an den Tatort zurückzukehren.

Aber zum Glück war ja alles super gelaufen. Der einzige Verdächtige war tot. Hätte man den kleinen Penner lebendig erwischt, hätten die Indizien wohl nie ausgereicht, um ihn zu verurteilen. Vor allem, weil es keine Tatwaffe gab. Aber bei einem toten Täter stellte zum Glück niemand blöde Fragen.

Manfred Dold hatte es ja auch nicht besser verdient. Am Anfang hatten sie noch prima zusammengearbeitet. Dold hatte ihm Koks aus der Asservatenkammer organisiert, sodass es locker für seinen Eigenbedarf und auch noch für den Weiterverkauf reichte. Aber dann war der Typ durchgeknallt und hatte ihn erpressen wollen. Da hatte er gar keine andere Wahl gehabt, als das Schwein zu beseitigen. Und er hatte ja auch sauber gearbeitet. Bis auf den Fauxpas mit den Hilfssheriffs ... Jetzt musste er nur noch die blöden Beweisfotos verschwinden lassen.

In Gedanken versunken schlenderte er über den Rotteckring zum Parkplatz des Colombi-Hotels. Per Daumendruck auf seinen Schlüsselbund entriegelte er den schwarzen VW Phaeton. Kommissar Lüders stieg ein und fuhr nach Hause.

Christine Peters

Wir leben noch

Dass Dr. Mansfeldt nicht antwortet, als sie mit dem Tablett in einer Hand an die Tür klopft, ist nicht weiter ungewöhnlich. Der alte Herr ist 98 Jahre alt und hört schon seit geraumer Zeit nicht mehr gut. Sein Geist ist aber immer noch hellwach.

Traurig, wenn der Körper nicht mithält, denkt sich die Pflegerin, als sie nach einigen Sekunden die Tür öffnet. Er lässt sich schon immer das Essen aufs Zimmer bringen, nie hat er am gemeinschaftlichen Mahl teilgenommen. Auch dass der alte Herr im Halbdunkel der frühen Dämmerung in seinem Ohrensessel sitzt, ohne Licht, wundert sie nicht. Seit mehreren Jahren sieht er nur noch schlecht. Drei Mal in der Woche lässt er eine Vorleserin kommen, die ihm aus den Klassikern der deutschen Literatur vorträgt, die das Regal in seinem winzigen Wohnzimmer füllen. Oft liest sie ihm auch aus der Bibel vor. Er ist sehr gläubig, der alte Herr.

Als sie das Deckenlicht angeschaltet hat, fällt ihr Blick auf die Unordnung im Zimmer. Missbilligend schnalzt sie mit der Zunge und stellt das Tablett ab. Papiere liegen ungeordnet auf dem Boden, alte Fotos verstreut auf dem kleinen Esstisch. Eine Schublade steht halb offen. Das sieht dem Doktor gar nicht ähnlich. Er ist immer außerordentlich penibel.

„Herr Mansfeldt", sagt sie mit Nachdruck und legt dabei ihre Hand auf seine Schulter. Der altersfleckige Kopf mit der markanten, gewölbten Stirn und den wenigen verbliebenen weißen Haaren, die an den Flaum junger Vögel erinnern, kippt auf die Brust. Die ganze zierliche Gestalt folgt der Bewegung. In einer einzigen, langsamen, fast zeitlupenartigen Geste sackt der alte Mann nach vorne und landet lautlos in dem tiefen Flor des Teppichbodens. Der Pflegerin entfährt ein erschrockenes Hoppala!", ansonsten reagiert sie schnell und professionell. Sie geht in die Knie und fühlt nach dem Puls.

Nichts.

Sie hebt die Lider.

Keine Reaktion.

Sie richtet sich seufzend auf und drückt den Alarmknopf an dem grauen Plastikgerät, das sie wie eine kleine Handfeuerwaffe am Gürtel trägt. Nur ein rotes Lichtlein zeigt, dass der Ruf aktiviert ist. Dann sieht sie sich in dem kleinen Apartment um. Zwei alte Ölgemälde an der Wand, romantische Landschaftsansichten in schweren Rahmen. Familienfotos auf der Kommode. Sie stehen etwas durcheinander, nicht wie sonst gerade aufgereiht. Ein aufgeschlagenes Buch liegt auf dem Beistelltisch neben dem Sessel, die große Leselupe darauf. Ein halb volles Glas Wasser neben einem bereits etwas welken Blumenstrauß. Der Blick aus dem Fenster in den großen Garten mit seinem See ist schön, im letzten Abendlicht leuchtet die Wasserfläche vor der Silhouette des Schönbergs.

Ein friedlicher Tod, denkt sie. Ein schöner Tod. Sie gönnt es ihm, der Doktor war stets freundlich und höflich, jeden Tag säuberlich gewaschen und rasiert, immer ordentlich gekleidet, mit Weste und gebundener Krawatte. Ein gebildeter, ein feiner Herr.

Dann sieht sie, wie die Gardine sich im Lufthauch bauscht. Sie geht zögernd zur Balkontür und drückt leicht dagegen. Sie ist nur angelehnt, schwingt träge nach außen. Jetzt erst sieht sie den Schmutz von Schuhabdrücken im eierschalenfarbenen Teppich.

In diesem Moment treten zwei kräftig gebaute Männer in weißen Kitteln ins Zimmer. Sie setzen eine Trage ab und gehen wortlos zu der Gestalt, die vor dem Sessel zu kauern scheint. Sie stellen keine Fragen, das hier ist Tagesgeschäft in einem Altenstift, so etwas wird schnell, leise und unauffällig durchgeführt. Niemand will die anderen Gäste beunruhigen.

Margarethe, die Pflegerin, hält den Größeren der beiden am Arm fest: „Wartet einen Moment. Hier stimmt was nicht.

Schaut mal, die Balkontür ist offen, da ist Dreck auf dem Teppich. Der Mansfeldt ist nie auf den Balkon gegangen. Und er wäre nie mit schmutzigen Schuhen in seinem Zimmer herumgelaufen.“

Der Sanitäter stupst die Tür an. „Vielleicht hatte er Besuch?“

Margarethe schüttelt den Kopf.

„Du meinst, es ist eingebrochen worden? Ist denn etwas weg?“

Sie sieht sich im Zimmer um. „Ich weiß nicht. Aber ich muss das erst klären.“

Der Mann zieht die Augenbraue hoch, blickt seinen Kollegen an, der nur mit der Schulter zuckt, die Aluminiumtrage greift und wortlos das Zimmer wieder verlässt.

„Es wird wohl nichts nützen, die Nachbarn zu befragen“, stellt Hauptkommissar Fuhrich mehr fest, als dass er fragt, und tappt mit dem Kugelschreiber auf seinen Block.

Die Pflegerin atmet hörbar missbilligend aus. Sie hat ihm bereits erklärt, dass alle auf diesem Flügel ebenso wenig hören wie der Verstorbene selbst. Es ist ausgeschlossen, dass hier irgendjemand irgendetwas gehört hat. Mit dem Sehen ist es genauso. Sie hat ihm klar zu verstehen gegeben, wie unsinnig es ist, hier alle verrückt zu machen mit Fragen wie: *Haben Sie was Ungewöhnliches gesehen? Haben Sie etwas gehört?*

„Hatte Herr Mansfeldt Wertsachen in seinem Zimmer? Bargeld unter der Matratze? Oder alten Schmuck in der Keksdose? Vielleicht alte Uhren, so etwas?“, versucht es Fuhrichs Kollege Meyer.

„Das kann ich nicht sagen“, antwortet Margarethe leicht pikiert. „Ich mische mich nicht in die Privatsphäre meiner Gäste.“ Sie ist in keiner guten Stimmung, ihr Feierabend ist ruiniert, sie hätte schon vor Stunden zu Hause sein müssen, ihr Mann wird eine Laune haben und die Alten sind ganz aufgeregt von der Präsenz der Staatsmacht, sie wird nachher herumgehen und Beruhigungstabletten für die Nacht verteilen müssen.

Sie bereut es bereits, nicht einfach die Balkontür geschlossen und das Zimmer aufgeräumt zu haben. Welchen Unterschied macht es, wo diese Sachen sind? Ob in der Familie oder bei Fremden? Am Ende kann man doch nichts mit hinübernehmen. Der Doktor jedenfalls braucht sie nicht mehr.

Draußen auf dem Flur stehen zwei gebeugte alte Frauen in Morgenmänteln, sie lehnen an ihren Rollatoren und versuchen mit vorgereckten dürren Hälsen einen Blick ins Zimmer zu erhaschen.

Margarethe schließt die Wohnungstür.

„Wir haben einen Tresor, in den unsere Gäste ihre Wertsachen einschließen können. In den Zimmern sind kleine Safes. Aber natürlich steht es jedem frei, ob er ihn nutzen will. Wir raten selbstverständlich dazu, denn es kommt immer wieder zu Aufregung, wenn etwas fehlt. Meistens tauchen die Dinge von alleine wieder auf. Weil die Besitzer vergessen, wo sie etwas hingelegt haben. – Dr. Mansfeldt hatte nichts im Tresor bei uns“, fügt sie an.

Mit einem Blick, der so viel sagt wie *ich hoffe, dass ich nie alt werde,* wendet sich Kommissar Fuhrich an seinen Kollegen, der inzwischen in die Hocke gegangen ist und die Balkontür untersucht. „Von draußen aufgebrochen, ganz banal, mit einem Schraubenzieher“, sagt er über die Schulter und zeigt auf die Kratzer am Rahmen. Er hält das Tatwerkzeug in der gummibehandschuhten Hand. „Keine Profis“, schließt er, als er mit einem Stöhnen wieder aufsteht, mit Bedauern in der Stimme. „Ein Kinderspiel, hier einzubrechen. Vom Garten kann man quasi direkt über diesen Balkon ins Zimmer spazieren.“

Die Wohnung liegt nur etwa einen halben Meter über dem Gelände. Das macht es nicht einfacher. Gelegenheitsdiebe sind schwer zu fassen, sie sind in keiner Kartei, kein Verhaltensmuster gibt Hinweise auf ihre Identität. Fuhrich sieht einen Fall für die Akten auf sich zukommen. Sein Kollege wendet sich der Pflegerin zu.

„Ist Ihnen vielleicht irgendetwas aufgefallen in der letzten Zeit? Leute, die nicht hierher gehören? Unangemeldeter Besuch?“

Margarethe will protestieren, schon aus Prinzip, denn hier passiert nichts Außergewöhnliches, hier darf nichts Außergewöhnliches passieren. Die Menschen hier brauchen ihre Routine. Aber sie schließt den Mund wieder und fängt neu an.

„Also, vor etwa drei Wochen hatte Herr Doktor Besuch von seinem Enkel. Der kam vorher nie. Sonst kam immer nur sein Sohn aus München, manchmal auch alte Arbeitskollegen. Deshalb ist mir das aufgefallen. Es gab einen ziemlichen Streit. Der war nicht zu überhören. Der Doktor war ganz aufgewühlt davon und hat seitdem fast gar nichts mehr essen wollen. Ich weiß nicht, ob das etwas zu bedeuten hat“, schiebt sie nach, denn sie will nicht geschwätzig erscheinen. Aber der Mann war ihr unsympathisch gewesen. Kam ihr irgendwie nicht koscher vor.

Die beiden Beamten sehen sich vielsagend an. „Die Angehörigen sind schon benachrichtigt, sagten sie? Ich denke, wir sollten direkt hier mit der Familie sprechen. Um herauszufinden, ob etwas gestohlen wurde.“

„Natürlich. Wir haben Herrn Mansfeldt gleich unterrichtet. Die Familie will morgen Mittag hier sein“, bestätigt die Pflegerin.

Fuhrich klappt sein Notizbüchlein wieder zu. „Gut. Lassen Sie bis dahin bitte alles so, wie es ist. Nichts anfassen, nichts aufräumen. Und gut abschließen.“

Das wird ein kurzer und wenig spektakulärer Fall werden, wenn die Rechtsmediziner morgen bestätigen, dass es ein natürlicher Tod war, woran Fuhrich keine Sekunde zweifelt, denn wer in aller Welt käme schon auf die Idee, einen fast Hundertjährigen umzubringen? Selbst bei einem Einbruch wäre das völlig unnötig gewesen. Der alte Mann hätte wahrscheinlich ohnehin nichts davon mitbekommen. Und was wird wohl gestohlen worden sein aus einem Altersheim! Etwas Bargeld?

Eine goldene Uhr? Er wird den Bericht morgen abschließen und sich wieder den widerwärtigen Graffiti-Schmierern widmen können, die ihm seit der Fertigstellung des neuen Hauptbahnhofes das Leben schwer machen.

Früh am nächsten Morgen geht Fuhrich die Liste der Angehörigen durch. Der Sohn lebt mit seiner Frau in München. Einer ihrer Söhne lebt in Frankfurt, aber der jüngere, Tim, wohnt hier in Freiburg. Im Stadtteil Wiehre, sehr beliebt bei Studenten.

Fuhrich schaut auf die Uhr: kurz vor acht. Er könnte direkt hinfahren und ihn gleich zu dem Streit befragen, noch bevor Tim erfährt, dass sein Großvater gestorben ist. Vielleicht ist der ganze Einbruch nichts als ein banaler Familienstreit.

Mit seiner Kollegin Küpper macht sich Fuhrich im blauweißen VW-Golf auf den Weg. Das Grün-weiß hat ihm zwar besser gefallen, aber heutzutage entscheidet ja alles die EU. Er parkt den Wagen vor einem viergeschossigen Mietshaus, einem unauffälligen gelb gestrichenen Wohnblock an einer viel befahrenen Straße. Er kratzt sich am Schnurrbart, während er darauf wartet, dass die Gegensprechanlage ihren Dienst tut und spricht.

Küpper geht mit dem rot lackierten Daumennagel die Namensschilder neben der Tür durch. Nach längerer Zeit, sie will schon erneut auf den abgewetzten Knopf drücken, neben dem ein Kleber mit der Aufschrift *Mansfeldt T, Almiz Y, Brown G* prangt, meldet sich eine verschlafene Stimme:

„Ja ...?"

„Polizei", sagt Küpper mit ihrer autoritärsten Stimmlage und lässt das einige Sekunden wirken. Es freut sie immer noch, das zu sagen, es verursacht jedes Mal einen kleinen wohligen Schauer. „Kann ich mit Herrn Tim Mansfeldt sprechen, bitte?"

Fuhrich rollt die Augen.

Nach kurzer Pause meldet sich die Stimme erneut, diesmal deutlich wacher: „Ist was passiert? Kommen Sie rein! Vierter Stock!"

Die Türanlage summt. Fuhrich drückt gegen die Glastür und die beiden gehen die nach Seife riechende Treppe hinauf. Einen Aufzug gibt es nicht.

Oben am letzten Treppenabsatz steht ein junger Mann, Fuhrich schätzt ihn auf Anfang zwanzig. Er ist nackt bis auf die bunten Boxershorts. Die dichten schwarzen Haare stehen in alle Richtungen ab. „Ich bin Yusuf Almiz", sagt er mit ausgestreckter Hand und in akzentfreiem Deutsch. „Ist was passiert mit Tim?" Er hat die Augen besorgt aufgerissen.

Fuhrich ist überrascht. „Mit ihm passiert? Nein, warum? Wir wollen nur mit ihm sprechen. Es geht um seinen Großvater."

„Seinen Großvater?", murmelt Yusuf und fügt einige leise, für Fuhrich unverständliche Worte hinzu. Türkisch, mutmaßt er. Yusuf zeigt auf die offene Tür. „Entschuldigung, kommen Sie doch rein. Es ist nicht aufgeräumt. Tut mir leid. Ist ein bisschen spät geworden gestern. Ich war noch im Bett."

Fuhrich folgt ihm durch den mit Tüten, Kartons und allerlei Gerät vollgestopften Flur, der selbst leer zu eng wäre, in eine saubere aber winzige Küche. Yusuf wischt mit dem Handrücken über die Tischfläche und lässt sich in einen runden Plastiksessel fallen.

„Tim ist nicht da. Ich weiß nicht, wo er steckt. Er ist die ganze Nacht nicht hier gewesen. Gestern Abend ist er mit einem Typen weggegangen und nicht wiedergekommen. Dabei wollten wir eigentlich zusammen Fußball gucken. Der SC hat gestern gegen Berlin gespielt. Wir haben mit ein paar Kumpels hier bei uns geguckt, *private viewing*, sozusagen. Ich wusste überhaupt nicht, dass er einen Großvater hat!"

Fuhrich zupft sich nachdenklich am Ohrläppchen. „Hat er ihn nie erwähnt? Er wohnte hier in Freiburg, gar nicht weit weg, in St. Georgen."

Yusuf scheint überrascht. „Nein. Wusste ich nicht. Er hat nie was gesagt über einen Opa. Aber er spricht überhaupt nicht viel über Familie. Familie ist den Deutschen insgesamt nicht so wichtig."

Fuhrich überlegt, ob das stimmt. Wann hat er selbst das letzte Mal mit seiner Mutter telefoniert? Der Junge hat vermutlich recht.

Er legt seine Visitenkarte auf den Tisch. „Ich müsste wirklich mit Tim selbst sprechen. Sagen Sie ihm bitte, er soll sich melden, sobald er auftaucht, ja? Er soll gleich anrufen. Es ist wichtig.“ Aus einer Eingebung heraus erwähnt er den Einbruch nicht. Wer weiß, wie eng befreundet die zwei Jungs sind. Vielleicht würde Yusuf denken, er müsse Tim schützen und ihn warnen? Wenn Tim etwas mit dem Einbruch zu tun hat, wäre das nicht gut.

„Warum? Was ist mit dem Großvater?“

„Er ist gestorben“, sagt Frau Küpper, bevor Fuhrich sie stoppen kann. „Reine Routine“, fügt sie mit ihrer sonorsten Beruhigungsstimme an, als sie seinen zornigen Blick sieht. „Wir überbringen Angehörigen die Nachricht gern persönlich. So läuft das bei uns.“

Yusuf bleibt oben an der Treppe stehen, während sie das Haus verlassen.

Draußen sagt Küpper ohne das Gesicht zu verziehen: „Lecker!“

Fuhrich zieht eine Augenbraue hoch. Er missbilligt diese Emanzipation.

Es ist Montag, halb neun. War hier nicht irgendwo eine Bäckerei?

Der Tag wird grau und regnerisch. Über dem Schwarzwald türmen sich dicke Regenwolken. Der Kaiserstuhl ist schon gar nicht mehr zu sehen. Die Altstadt duckt sich im Regen. Die Auslagen vor den kleinen Läden, die die kopfsteingepflasterten, für den Autoverkehr gesperrten Straßen säumen, sind durch Plastikfolien von den Wasserstürzen geschützt, die von den hübsch geziegelten Dächern fallen. Durch den Niederschlag flussaufwärts ist der kleine Bach, der sonst freundlich und klar kniehoch über runde Flusssteine murmelt, zu einem reißenden, tosenden, schlammbraunen Fluss geworden.

Fuhrich stapft durch die Pfützen zum Eingang des Altenstifts. Der Regen stanzt tausend kleine Löcher in den See vor der Anlage. Drinnen ist es warm, die Luft riecht nach nasser Wolle, gemischt mit einem Hauch Reinigungsmittel und Lavendel. Fuhrich hängt seine völlig durchnässte Jacke an die Garderobe des Empfangs und nimmt die wenigen Treppenstufen in den Wohntrakt im Erdgeschoss immer zwei auf einmal. Die Eingangstür zu dem Apartment steht offen. Er hört gedämpfte Stimmen aus dem Wohnzimmer und klopft höflich an, woraufhin das Gespräch verstummt. Drei Augenpaare blicken ihm ernst entgegen. Er hat das unpassende Gefühl, drei Menschen bei etwas Verbotenem ertappt zu haben.

Die ältere Frau bricht das Schweigen zuerst, mit einem kurzen Seitenblick zu ihrem Mann tritt sie mit vor der Brust verschränkten Armen auf ihn zu. „Mansfeldt. Wir haben gestern telefoniert. Wir versuchen gerade, aus unserem Gedächtnis eine Art Inventur zu machen. – Wir wissen noch nicht, ob etwas fehlt“, kommt sie seiner Frage zuvor.

Neben dem Ehepaar, das selbst schon im Rentenalter ist, stellt sich der Jüngere als deren Sohn vor. Er ist aus Frankfurt mit dem Auto gekommen. Fuhrich schätzt ihn auf etwa vierzig. Keiner sagt etwas, es ist offensichtlich, dass er stört.

„Kommt Ihr Sohn Tim auch?“

Die Familie wechselt kurze Blicke, dann ergreift erneut Frau Mansfeldt das Wort. „Nein. Wir haben ihn noch nicht erreicht. Er geht nicht an sein Handy. Ich weiß nicht, wo er ist.“ Das klingt eher defensiv als besorgt.

Fuhrich macht sich eine innere Notiz, diesen Tim etwas näher unter die Lupe zu nehmen. „Ich will Sie nicht stören. Sobald Sie wissen, ob etwas aus dem Besitz Ihres Vaters fehlt, wäre ich Ihnen dankbar, wenn Sie uns eine Liste zukommen lassen könnten. Je konkreter, desto besser. Je schneller wir wissen, wonach wir suchen, desto eher haben wir Chancen, etwas sicherzustellen, bevor es über die Grenze geht.“ Er weiß selbst, wie schal das klingt – die Grenze, die ohnehin keine mehr ist,

ist in Freiburg nie weit: eine halbe Stunde, Frankreich. Eine dreiviertel Stunde, die Schweiz. Er nickt kurz mit dem Kopf, denn niemand hier scheint besonders darauf erpicht, ihm die Hand zu geben. Die Drei bleiben stehen, ohne ihr Gespräch wieder aufzunehmen und blicken ihm nach, bis er die Wohnung verlassen hat.

Draußen wartet er einige Minuten. Erst nach geraumer Zeit beginnen die Drei leise, aber hörbar angespannt miteinander zu sprechen. Er kann nicht verstehen, was sie sagen, aber sie scheinen sich uneins über irgendetwas zu sein. Er hört sie durchs Zimmer gehen und Schränke und Schubladen öffnen. Leise geht er zur Treppe. Der Regen hat aufgehört. Über dem Schwarzwald liegen Dampfwolken.

Zurück im Präsidium lässt er sich die polizeilichen Akten von Tim ausdrucken. Einschließlich der Jugendakte kommt einiges zusammen. Er pfeift leise durch die Zähne, während er blättert. Tim war bereits als Teenager mehrfach mit dem Gesetz in Konflikt. Mit 13 erstmals beim Ladendiebstahl erwischt, mit 15 als vermisst gemeldet, aber offenbar nur von zu Hause ausgerissen, denn später wird er wegen Hausfriedensbruchs und Widerstands gegen die Staatsgewalt angezeigt, weil er sich in einer ungenehmigten Zeltsiedlung auf einem privaten Grundstück der Räumung widersetzt, und nach Hause zurück verfrachtet. Ein Punk. Mit 17 ohne Abschluss die Schule verlassen. Über die Jahre folgen weitere Diebstähle und Anzeigen wegen Erregung öffentlichen Ärgernisses. Erstaunlich ist, dass offenbar keine der Anzeigen je zu einem Verfahren geführt hat. Höchst ungewöhnlich, bei dieser Liste! Jemand muss Einfluss gehabt haben, um diesem jungen Wilden den Knast zu ersparen. Nach verschiedenen Aufenthalten in Jugendeinrichtungen schließlich Zivildienst in einer Behinderteneinrichtung. Im selben Jahr mehrfach bei Demonstrationen gegen rechte Aufmärsche festgenommen und wegen Nötigung sowie fahrlässiger Körperverletzung angeklagt. Auch das hat aber zu keiner Verurteilung geführt. Alle Verfahren gegen ihn wurden irgendwann gegen ein Bußgeld und Sozialarbeit eingestellt. Er hat nachweislich einer militanten, gewaltbereiten linken Gruppierung angehört. In den letzten Jahren war allerdings nichts mehr vorgefallen. Er hatte schließlich das Abitur auf einer Berufsschule in Berlin nachgeholt und studiert nun an der Freiburger Universität Soziologie. Seitdem ist er nicht mehr aufgefallen.

Aber das muss nichts heißen. Vielleicht ist er nur geschickter geworden. Ein Einbruch beim reichen Opa passt hier nicht schlecht ins Bild. Wenn er sich bis heute Abend nicht meldet, wird Fuhrich ihn suchen lassen.

Eine Stunde später klingelt das Telefon und Frau Mansfeldt ist am Apparat.

„Wir haben eine Liste der Wertgegenstände zusammengestellt, die aus der Wohnung fehlen“, sagt sie kühl. „Kann ich sie Ihnen persönlich vorbeibringen?“

Fuhrich nimmt zwanzig Minuten später die handgeschriebene Liste entgegen. Frau Mansfeldt sitzt ihm gegenüber, sehr aufrecht, und blickt auf die gefalteten Hände in ihrem Schoß. Fuhrich liest: eine Münzsammlung, eine Schatulle mit Bargeld – etwa 5000 Euro –, eine goldene Uhr, goldene Manschettenknöpfe. Dann stutzt er. Eine Pistole aus dem Zweiten Weltkrieg.

„Er hatte eine Pistole im Altersheim?“, fragt er ungläubig. „Hatte er einen Waffenschein? War das Ding funktionsfähig?“

Frau Mansfeldt blickt ihm gerade in die Augen. „Sie wissen doch sicher, wer er war.“

Fuhrich ist verdutzt. „Wer er war?“, echot er. Ein kranker, alter Mann? Ein einsamer, kranker, alter Mann?

Sie legt die Hände vor sich auf den Tisch. Nach einigen Sekunden sagt sie, den Blick zum Fenster gewandt: „Sie wissen es wirklich nicht. Ich dachte, jeder weiß es. Es stand im *Spiegel*. Vor zwei Wochen erst. Mein Schwiegervater war ein Nazi und ein Kriegsverbrecher. Er war bei der Waffen-SS. Für das Baltikum zuständig. Er wurde in Nürnberg zum Tode verurteilt, aber nach sieben Jahren begnadigt. Die Journalisten haben ihn vor drei Wochen in Freiburg ausfindig gemacht. Wir hatten keine ruhige Minute mehr seitdem."

Fuhrich liest den *Spiegel* nie. Die *Badische Zeitung* reicht ihm vollkommen.

„Und er hatte immer noch seine Waffe? Nach sechzig Jahren?"

„Ja. Er hatte zwar mit dieser Zeit abgeschlossen, aber er fühlte sich nie wirklich sicher. Die NPD wollte ihn, die Journalisten wollten ihn. Es ist erstaunlich, dass all die Jahre nie etwas geschrieben wurde. Erst jetzt, so spät."

„Und ist die Waffe noch funktionsfähig?"

Das würde ein gänzlich anderes Licht auf den kleinen Einbruch werfen. Und vielleicht auch auf den Tod des alten Mannes. Hat er es jetzt mit bewaffneten Einbrechern zu tun? Einer Gruppe asozialer Jugendlicher mit einer SS-Pistole? Oder gab es womöglich ein politisches Motiv für den Raub?

Es ist Mitte April, rechnet Fuhrich. Adolfs Todestag rückt näher. Irgendwelche glatzköpfigen Idioten versuchen jedes Jahr, das Datum für ihre Zwecke zu besetzen. Hat jemand versucht, den alten Doktor dafür zu rekrutieren?

Frau Mansfeld zuckt mit den Schultern. „Ich weiß es nicht. Er hielt sie jedenfalls für einsatzbereit."

Fuhrich kritzelt kleine Hakenkreuze auf seinen Notizblock. „Frau Mansfeldt, ich muss Sie das jetzt fragen. Wie stand Ihr Sohn Tim zu seinem Großvater? Die Pflegerin hat einen Streit der beiden gehört. Vor wenigen Tagen erst. Ich habe Tims Akte gelesen. Er dürfte ein Problem gehabt haben mit dieser Ahnengeschichte. Das muss nichts mit dem Einbruch zu tun haben, aber es wäre gut, wenn wir bald mit ihm sprechen könnten."

Frau Mansfeldt sieht ihm jetzt direkt in die Augen. „Tim? Im Altersheim? Niemals. Tim war nie im Altersheim. Er hat seit Jahren keinerlei Kontakt mehr mit seinem Großvater. Die beiden hatten sich nichts zu sagen. Mein Schwiegervater hat nie über seine Vergangenheit gesprochen, zu niemandem. Wir haben das irgendwann akzeptiert, vielleicht war es auch gut so. Aber Tim hat das verrückt gemacht. Er hat als Junge immer wieder versucht, ihn zum Reden zu bringen, er hat das Schweigen nicht ertragen. Als ihm klar wurde, dass er nichts erreichen würde, hat er den Kontakt ganz abgebrochen. Martin hat nie, niemals, zu irgendjemand über die Zeit damals gesprochen. Auch zu uns nicht."

Fuhrich lehnt bei seiner Kollegin Küpper am Schreibtisch und zupft sich nachdenklich am Schnurrbart. „Ich weiß nicht, was ich weniger mag: die Vorstellung, dass eine dieser kleinen Banden jetzt vielleicht eine Pistole hat, oder dass wir irgendeine verrückt gewordene Glatze suchen, die damit wer weiß was vorhat."

„Wie wäre es mit einem fundamentalistischen Linken, der seinen Opa, den Altnazi, ermordet?", entgegnet Küpper.

„Mord am Großvater ist statistisch ziemlich selten. Und warum jetzt erst, hätte er doch vor Jahren schon tun können, als er noch wild war."

Küpper blättert gedankenverloren im *Spiegel*-Magazin. „Ich weiß nicht, wenn ich es mir recht überlege, warum nicht? Ich meine, stell dir vor, du bist ein überzeugter Linker, Antifa-Aktivist und studierst Soziologie in Freiburg und auf einmal erscheint dieser Artikel. Da zeigen alle deine Freunde und Kumpane und Kommilitonen mit dem Finger auf dich. Ein Nazi. Und nicht irgendeiner, der war ein großes Tier, kein Mitläufer wie alle anderen."

Fuhrich bringt das Bild von dem alten Mann, der zusammengesackt vor einem mit grünem Samt bezogenen Sessel auf dem Teppich des Altenheims liegt, nicht mit der Geschichte des Menschen in Übereinstimmung, die das Magazin in seinem Bericht ausbreitet. Der Alte war 1943 als Offizier der Waffen-SS direkt Heydrich unterstellt, als Kommandeur im Baltikum gewesen. Er hatte eine Sondertruppe angeführt, die zusammen mit den Milizen in Estland die Region für das Tausendjährige Reich vorbereiten und von unerwünschten Menschen säubern sollte. Sie hatten nach Vorschrift und systematisch gemordet. Glaubte man dem Bericht, hatte dieser alte Mann die Deportation und Ermordung Tausender Zivilisten angeordnet. Gelehrte, Intellektuelle, Kommunisten, Juden, Zigeuner wurden erschlagen oder erschossen. Er soll laut Anklage in Nürnberg persönlich an der Erschießung von mindestens 300 Menschen beteiligt gewesen sein. Der Artikel lässt viele Fragen offen – unter anderem die, warum sich die Presse erst jetzt, mehr als fünfzig Jahre nach Nürnberg und den öffentlichen Debatten um die zweite Schande dieses Landes für Mansfeldts Geschichte interessiert. Ein halbes Jahrhundert hatte dieser Mann völlig unbehelligt in Deutschland gelebt, als Anwalt für Steuerrecht Karriere gemacht und ein gutbürgerliches Dasein geführt. Und das ganz offensichtlich nicht etwa versteckt, unter falschem Namen, sondern in aller Öffentlichkeit, ordnungsgemäß registriert und gemeldet. Auch das Namensschild am Apartment im Altersheim ist gut leserlich gewesen.

Und genau zwei Wochen nach diesem Artikel wird der Mann überfallen und womöglich ermordet! Fuhrich verflucht leise den Personalabbau in den Polizeibehörden. Er wird erst am Donnerstag erfahren, woran der alte Mann gestorben ist. Da ist nichts zu machen – in der Rechtsmedizin geht ein Grippevirus um.

Missmutig hebt er den Hörer ab und versucht erneut die Nummer von Tim Mansfeldt. Es ist inzwischen fast fünf, die Vorlesungen müssten vorbei sein.

Nach wenigen Klingeltönen nimmt Yusuf Almiz ab: „Er ist immer noch nicht heimgekommen. Bei den Vorlesungen war er auch nicht. Er hätte heute ein Referat gehabt. Ich mache mir langsam Sorgen!“

„Was meinst du?“, fragt Fuhrich seine Kollegin, als er wieder aufgelegt hat.

„Wir müssen ihn zur Fahndung ausschreiben. Und wenn es nur als Zeuge ist“, antwortet Küpper.

Es widerstrebt Fuhrich, es ist pietätlos den Eltern gegenüber. Er kann den missbilligenden Blick von Frau Mansfeldt vorausahnen. Seufzend hebt er den Hörer erneut ab. Während er wählt, sagt er: „Aber wir sollten mit diesem Redakteur sprechen. Ist doch merkwürdig, dieser Zufall, oder? Dass der gerade jetzt da aufgetaucht ist. Wer weiß, was für eine Geschichte der im Gepäck hatte. Das hier ist doch uralt, wen soll das interessieren?“

Mitten in der Nacht klingelt das Telefon. Fuhrich verheddert sich in seiner Bettdecke und stößt sich beim Aufstehen den kleinen Zeh an die Bettkante. „Scheiße!“, flucht er, als er endlich den Stuhl in der Ecke erreicht und das Telefon aus der Jackentasche gefischt hat.

„Geht's auch ein bisschen leiser?“, nörgelt seine Frau gedämpft aus den Kissen. Als Ärztin in der Universitätsklinik hat sie Schichten, die nach der Genfer Konvention verboten sein müssten. Sie ist bestimmt erst vor wenigen Stunden ins Bett gekommen und hat alles Recht der Welt zu schlafen.

„Entschuldige, muss ein Notfall sein“, murmelt er und geht auf schmerzenden Zehenspitzen ins Badezimmer. Was für ein Leben! Sie sehen sich eigentlich nur noch am Wochenende.

„Fuhrich?“, spricht er schließlich in der akustischen Abgeschiedenheit der Toilette ins Telefon.

„Endlich! Wie groß ist deine Wohnung eigentlich? Ich glaube, du kommst besser her. Wir haben hier eine Wasserleiche“, brüllt es am anderen Ende, sodass sich Fuhrich das Telefon einen halben Meter vom Ohr halten muss. Im Hintergrund ist Wasserrauschen zu hören.

„Eine Wasserleiche? Was habe ich damit zu tun? Lass die Wasserschutzpolizei das machen! Was weckst du mich!“, poltert er zurück.

„Diese könnte dich interessieren. Sie hat ein Loch im Kopf, das zu einer P.38 passt wie *Amy Winehouse* zu *Blake Fielder*. Aber wenn du meinst, ruf ich eben Weinrich an.“

Fuhrich versteht kein Wort. „Was faselst du, Kaufmann? P.38, Wasserleiche, was willst du von mir?“

„P.38, Fuhrich, ist eine Pistole aus dem Zweiten Weltkrieg. 9 Millimeter, würde ich blind im Dunkeln erkennen. Und das Loch gehört zum Kopf eines jungen Mannes.“

„Okay, okay, ich komme“, brummt Fuhrich, bevor er die Spülung betätigt, jetzt hellwach.

Eine halbe Stunde später steht er am Ufer der immer noch tosenden Dreisam und betrachtet den Toten, der hier angespült wurde. Die Leiche ist auf das grasige Ufer gezogen worden und sieht im grellen Licht der Polizeischeinwerfer wenig appetitlich aus. Der Weg über Wehre und Steine hat böse Spuren hinterlassen. Das Schlimmste ist das große Loch an seiner Schläfe, das den Blick in das Innere des hohlen Schädels freigibt.

„Solche Munition benutzt heute kein Mensch mehr“, erklärt der Kriminaltechniker mit dröhnender Stimme, um das Getöse des Flusses zu übertönen. „Solche Kugeln sind heute verboten. Die flachen beim Eintritt ab und reißen riesige Wunden. Der hier muss aus nächster Nähe erschossen worden sein. Siehst du die Verbrennungen?“

Fuhrich sieht sie.

„Für wie alt hältst du ihn?“, ruft er.

„Mitte, Ende zwanzig. Schwer zu sagen bei den Verletzungen. Wird nicht einfach sein, den zu identifizieren. Die Piercings und Tattoos könnten allerdings hilfreich sein.“ Er deutet auf das eine dem Körper verbliebene Ohr, das mehrere Löcher und einen übrig gebliebenen Stecker aufweist.

„Piercings? Verdammt. Hatte er Papiere bei sich?“

Müde lächelnd deutet der Techniker auf die Reste der zerfetzten Kleidung: „Machst du Witze? Ich bin froh, dass der noch Haut bei sich hat! Den hat es mindestens drei Kilometer runtergewaschen. Wir könnten uns an die Zähne halten. Er hat doch noch Zähne?"

Ohne auf die Antwort zu warten, klappt er den Kiefer auf.

Auf dem rostfreien Stahl der Pathologie sieht der misshandelte Körper weniger erschreckend als bemitleidenswert aus. Ihm wurden – nachweislich nach seinem Tod – durch den rasenden Ritt im Wasser beide Beine und ein Arm gebrochen. Das Gesicht ist durch Prellungen und das Einschussloch entstellt. Aber was trotz der Abschürfungen deutlich sichtbar ist, sind die Tätowierungen. Ein großer Drache auf dem linken Schulterblatt, auf dem rechten Oberarm ein keltischer Ring, am Knöchel des rechten Fußes eine fünfstellige Nummer, wie von Hand eingeritzt. Die Kugel fehlt. Der Schuss muss direkt an der Schläfe angesetzt worden sein, die Kugel ist aus dem linken Auge wieder ausgetreten. Der Fluss hat den Kopf fein säuberlich ausgewaschen.

Fuhrich wählt die Nummer von Tims Wohnung. Er fragt die völlig verschlafene Stimme, die sich meldet: „Herr Almiz, hatte Tim Tattoos?"

Es ist vier Uhr morgens. Yusuf hebt immer wieder die Kaffeetasse an den Mund, ohne einen Schluck zu nehmen. Sein Mitbewohner, ein Amerikaner, ist mit ihm hergekommen, nachdem Fuhrich ihn mitten in der Nacht aus dem Bett geklingelt hatte. Er sitzt betreten neben Yusuf und murmelt „Shit, man. Shit."

Yusuf hatte Tim sofort identifiziert. Sie hatten ihm nur den Rücken und den Knöchel gezeigt, den Kopf und die Gliedmaßen abgedeckt gelassen, aber das hatte genügt, den jungen Mann völlig aus der Fassung zu bringen.

„Ich verstehe das nicht. Ich verstehe das nicht! Sonntagabend ist er weg und heute ist er tot. Was ist da passiert, Mann? Was ist da passiert?"

„Fuck, man. Fuck", trägt sein Kumpel mitfühlend bei und klopft ihm den Rücken.

Fuhrich streicht sich über den Schnurrbart. Er muss die Familie unterrichten, sie müssen hier irgendwo in einem Hotel untergebracht sein. Aber wo? Frau Mansfeldt hat das Handy offenbar ausgeschaltet. Er weiß, er müsste jetzt einen Arzt holen, Yusuf steht ganz offensichtlich unter Schock. Psychologische Betreuung wäre sicher auch angezeigt. Bevor er aber das Telefon vor sich auf dem großen Tisch ergreift, stellt er trotzdem seine Fragen. Wenn er es jetzt nicht tut, wird er diesen Mann hier mehrere Tage überhaupt nichts fragen können, da ist er sich sicher.

„Herr Almiz, wissen Sie, ob Tim in irgendwas Illegales verwickelt war? Mit irgendwelchen Banden zu tun hatte? Einbruch, Diebstahl, Derartiges? Sie wollen ihn schützen, aber es könnte helfen, seine Mörder zu finden."

Yusuf blickt ihn aus geröteten, müden Augen an. „Was? Bist du völlig verrückt, Alter? Was willst du? Tim war kein Dieb! Bist du völlig durchgedreht?!"

„Shit, man, shit", beruhigt der Ami und greift seinen Freund fester an der Schulter. Yusuf schüttelt ihn ab und springt auf, fuchtelt mit den Armen.

„Dieser Pole oder was! Den müsst ihr suchen! Mit dem ist der Tim weg, Sonntagabend, und jetzt ist er tot! Dieser scheiß Polacke!"

„Fuck, man, fuck", sagt sein Freund traurig, und guckt Fuhrich entschuldigend an.

Fuhrich hebt den Hörer ab und wählt die Nummer des Polizeipsychologen.

Nach wenigen Stunden Schlaf auf seinem Bürosofa kocht sich Fuhrich in der Teeküche einen starken Kaffee. Er ist todmüde, aber dieser Fall ist auf einmal etwas Großes geworden. Er wird das BKA informieren müssen. Er will die Spur verfolgen, solange sie noch warm ist, bevor sie ihm den Fall entziehen werden.

Küpper erscheint pünktlich um sieben. Gemeinsam telefonieren sie die Hotels der Stadt ab. Nach kurzer Zeit machen sie die Mansfeldts im *Hirschen* in der Altstadt ausfindig. Sie fahren über den Stadtring zum Schwabentor, wo sie den Wagen parken und die letzten Meter zu Fuß in die Fußgängerzone gehen. Am Empfang werden sie freundlich in die Stube gebeten, wo sie das Ehepaar Mansfeldt beim Frühstück antreffen. Die beiden sind die einzigen Gäste um diese Zeit, die Touristen schlafen noch. Aus den Lautsprechern über dem reichhaltigen Büffet rieselt leise klassische Musik.

Frau Mansfeldt legt das Messer hin und tupft sich mit der großen Serviette den Mund, als sie die beiden Uniformierten zur Tür hereinkommen sieht.

„Wir haben Tim gefunden", fängt Fuhrich vorsichtig an, ohne sich zu setzen. Diese Gespräche werden nie zur Routine.

„Tim gefunden? Was hat das mit der Sache zu tun? Deswegen kommen Sie hierher, in aller Herrgottsfrühe? Ich habe Ihnen bereits gesagt, dass mein Sohn überhaupt keinen Kontakt zu meinem Schwiegervater hatte. Würden Sie ihn bitte in Ruhe lassen! Und würden Sie bitte aufhören, eine Staatsaffäre aus dem Tod eines alten Mannes zu machen! Es ist uns egal, wenn da irgendwer Sachen mitgenommen hat! Ganz egal! Würden Sie uns BITTE in Ruhe lassen!"

Fuhrich ist so überrascht von diesem Ausbruch, dass es ihm kurz die Sprache verschlägt. Seine Kollegin erfasst die Situation rascher. Sie setzt sich an den Tisch und legt eine Hand auf den Arm der aufgebrachten Frau.

„Frau Mansfeldt, es tut uns sehr leid, dass wir Sie und Ihre Familie in Ihrer Trauer stören. Ich weiß, dass das eine schwere Zeit für Sie ist. Aber es geht um Tim. Es fällt mir nicht leicht, Ihnen diese Nachricht zu überbringen. Tim ist tot. Wir glauben, dass er mit der Pistole erschossen wurde, die aus dem Altersheim entwendet worden ist."

Beide Mansfeldts erstarren. Erstmals bleibt die Frau stumm. Sie blickt reglos auf die fremde Hand, die da auf ihrem Arm ruht. Herr Mansfeldt spricht als Erster.

„Verzeihung? Was sagen Sie da? Das ist sicherlich ein Missverständnis.“ Er ist sehr blass geworden. Seine Stimme ist überraschend tief und voll. Seine Frau blickt zu ihm auf. In ihre Augen treten Tränen.

„Was ist mit Tim? Was hat die Frau gesagt?“

„Meinst du, der Junge hat sich umgebracht?“, fragt Meyer, der um elf das Büro betreten hatte. „Nur wegen dieses *Spiegel*-Artikels? Ich weiß nicht, was soll das sein: die späte Sühne der Kinder für ihre Väter? Eine Art Blutschuld? Oder was?“

„So etwas soll's geben“, antwortet Küpper, aber sie klingt selbst wenig überzeugt.

Fuhrich kritzelt auf seinem Block. Aus den Hakenkreuzen sind gänseblümchenartige Gebilde geworden.

Möglich ist es. Das Ehepaar Mansfeldt war völlig zerstört von der Nachricht. Der Junge hatte sich Zeit seines kurzen Lebens gegen seine Familiengeschichte aufgelehnt. Seine Mutter hatte erzählt, dass es angefangen hatte, als das Dritte Reich Thema im Geschichtsunterricht wurde und sein Name plötzlich der ganzen Schule bekannt geworden war. Er hatte erst mit höflichen, aber beharrlichen, dann mit immer aggressiveren Angriffen auf seinen Großvater Antworten gesucht. Hatte sich später von der Familie losgesagt und sich in antifaschistischen Gruppen radikalisiert. Dass ausgerechnet sein Großvater mit seinen alten Verbindungen in die Juristenkreise, die heute noch genauso gut funktionierten wie einst, ihn immer wieder vor dem Gefängnis bewahrte, egal wie weit er ging, hatte ihn in ohnmächtigen Zorn versetzt. Die Eltern waren immer offen und kritisch, nie beschönigend mit der Vergangenheit umgegangen, aber auch sie fanden keine Antwort auf die Wut ihres Kindes. Tim wollte wissen. Der Großvater blieb hart, nie sprach er über seine Vergangenheit. Als Kinder hatten sie ihn geliebt und verehrt, wie Herr Mansfeldt sagte. Theo, sein älterer Sohn, hatte diesen Zwiespalt mit sich selbst ausgemacht. Tim musste das Gefühl gehabt haben, er allein kämpfe für Gerechtigkeit. Hätte er, durch die erneute Veröffentlichung seines Familiennamens in die Ecke getrieben, seinen eigenen Großvater ermordet? Und sich dann aus Verzweiflung selbst gerichtet – mit der Pistole der Waffen-SS?

„Wir müssen mit dem *Spiegel*-Redakteur sprechen. Vielleicht hat der bei seiner Recherche etwas herausgefunden, das uns weiterbringt. Die Geschichte da ist so dünn, das kann doch nicht alles gewesen sein, was er aus dem Gespräch rausgeholt hat", sagte Fuhrich.

Meyer wirft ihm einen skeptischen Blick zu. „Wer soll jetzt nach Berlin fahren? Ich etwa? Oder meinst du, der kommt, wenn wir rufen?"

Fuhrich wischt den Einwand mit einer ärgerlichen Bewegung beiseite. „Wir laden ihn als Zeugen vor, wo ist das Problem?"

Er hat Kopfweh. Wo sind die Sachen, die aus dem Altersheim gestohlen worden waren? Wie passt das alles zusammen? Küpper hat inzwischen Fotos und Beschreibungen der Sachen in die Fahndung gegeben. Vor allem die goldenen Manschettenknöpfe könnten auffindbar sein. Sie stammen noch aus den 30-er Jahren und sind heute selten. Auch die Uhr hat eine Chance. Bei den Münzen machen sie sich keine Hoffnungen. Von dem Bargeld gar nicht zu reden.

Der *Spiegel*-Redakteur ist ein Hoffnungsschimmer. Er muss einer der Letzten gewesen sein, die mit dem alten Mann gesprochen haben. Abgesehen von Tim, den sie nun nicht mehr fragen können. Und der Pflegerin, natürlich.

Fuhrich sucht aus dem Artikel den Namen des Redakteurs, findet die Nummer des Verlages und ruft an. Zu seiner Überraschung wird er sofort auf das Mobiltelefon von Konstantin Wehrmann durchgestellt.

„Ich bin froh, dass Sie sich melden. Ich wollte Sie auch sprechen. Ich bin schon auf dem Weg nach Freiburg. Sitze im ICE nach Karlsruhe. Wir haben etwas Verspätung. Aber in zwei Stunden müsste ich da sein. Ich muss Ihnen dringend etwas geben. Wo können wir uns treffen?"

Gegen Mittag sitzen sie sich in einem Café in der Altstadt gegenüber. Wehrmann hat darauf bestanden, sich außerhalb des Präsidiums zu treffen. Er schiebt schweigend einen braunen A5-Umschlag über den Tisch und nippt an seinem Bier.

Fuhrich zieht sich die Gummihandschuhe über und sieht sich den Umschlag an: kein Absender; Adressat: Konstantin Wehrmann, *Der Spiegel*, Berlin. Er schüttet den Inhalt auf dem Tisch aus und lässt den leeren Umschlag in eine sterile Plastiktüte gleiten.

Vor ihm liegen zwei Fotos und ein zusammengefalteter, handgeschriebener Brief. Das eine Foto ist ein altes, zerknittertes Schwarz-Weiß-Bild. Das andere ein farbiges, das eine glückliche Familie zeigt: einen älteren Herrn an einem sommerlichen Gartentisch, ein Kleinkind auf dem Schoß, die Eltern lächelnd rechts und links von ihm. Er dreht das Foto um: „Tims erster Geburtstag, München, 1987".

Die Familie Mansfeldt. Das muss der kleine Tim sein da auf dem Schoß seines Großvaters. Sein älterer Bruder steht neben Großvater und Mutter.

Er glättet das zweite Foto, es ist brüchig und bereits leicht vergilbt. Es zeigt im Vordergrund Männer in Hemdsärmeln, die mit schweren Stangen in den Händen in die Kamera lachen. Vor ihnen knien und liegen alte und junge Männer vor einem, den Erdhaufen nach zu urteilen, frisch ausgehobenen Graben, in dem bereits viele weitere Körper liegen. Im Hintergrund stehen, im Halbschatten und leicht verschwommen aber deutlich an ihren Uniformen erkennbar, eine Reihe SS-Leute mit Gewehren über ihren Schultern. Sie feixen, einer hat die Hand zum „V" erhoben. Ein Gesicht, das ernst schaut, ist mit schwarzem Filzstift umrandet. Die hohe Stirn und das markante Kinn lassen keinen Zweifel zu: Das muss der junge Mansfeldt sein.

Fuhrich dreht das Foto vorsichtig um. In alter Sütterlinschrift steht da, verblasst aber leserlich: Kalevi-Liiva. 1943.

Als Fuhrich nach dem Brief greifen will, legt Wehrmann seine Hand darauf. „Ich will Ihnen erst den Hintergrund erklären. Bitte."

Fuhrich zieht die Hand zurück und blickt ihn fragend an. Sein Gegenüber ist ein Mittvierziger mit bereits schütterem Haar und einer großen Hornbrille im Stil der 50-er Jahre, wie sie wieder Mode ist.

„Ich habe mehrere Monate für diese Geschichte recherchiert. Das sollte eine Serie werden, im Vorfeld des Prozesses um John Demjanjuk, Sie wissen schon. Ich hatte mich gefragt, wie viele der wirklichen Täter, die, die nicht nur Befehle befolgen mussten, heute noch leben. Darüber wollte ich schreiben. Vor ein paar Wochen habe ich herausgefunden, dass dieser Mansfeldt noch lebt. Unglaublich. Selbst die Staatsanwältin in Karlsruhe war überrascht. Ich bin also in dieses Altersheim gefahren und habe mich als sein Enkel ausgegeben. Er war gerade mit einer Vorleserin in seinem Zimmer. Die ging dann irgendwann, der Alte hat mich überhaupt nicht wahrgenommen. Als ich ihm sagte, wer ich bin und was ich will, hat er nur gesagt: *Was ich denke, ist gänzlich unbedeutend*, immer wieder, wie eine alte Schallplatte, ich habe nichts, aber auch rein gar nichts aus ihm herausbekommen, selbst als ich ihm gedroht habe, ihn anzuzeigen und den ganzen Prozess neu aufzurollen. Es war sehr frustrierend. Ich bin nicht stolz darauf."

Fuhrich sagt nichts.

Wehrmann seufzt. „Dann habe ich diese halbgare Geschichte geschrieben, irgendetwas musste ich ja schreiben. Und gestern kommt dieser Brief." Er hebt die Hand und gibt das Stück Papier frei. Fuhrich nimmt es vorsichtig und entfaltet es.

Sehr geehrter Herr Wehrmann,
ich habe mit großem Interesse Ihren Artikel über den NS-Verbrecher Mansfeldt gelesen. Leider bekommen wir in Vilnius deutschsprachige Magazine erst mit einiger Verspätung. Sie kennen mich nicht, und Sie werden mich auch nie kennenlernen. Ich habe Ihnen ein Foto beigelegt, das

ich jetzt nicht mehr brauche. Wen Sie darauf nicht sehen, ist mein Großvater. Oder vielleicht doch? Er wurde 1943 in Kalevi-Liiva erschlagen. Oder vielleicht erschossen, wer weiß das so genau? Mehr als fünftausend Menschen wurden damals hingerichtet.

Ich habe das Foto aus einem israelischen Archiv entwendet. Ich bin der einzige Nachkomme einer einst großen und weitverzweigten Familie. Keiner hat überlebt. Alle meine Angehörigen wurden an diesem Tag ermordet. Meine Onkel und Tanten, meine Großeltern, Großonkel und Großtanten. Alle. Nur mein Vater überlebte, weil er mit sieben Jahren an Tuberkulose erkrankt und ins Krankenhaus in die Hauptstadt gebracht worden war. Freundliche Krankenschwestern haben ihn gerettet und bis nach Kriegsende versteckt. Nur deshalb gibt es mich.

Meine Familie lebte in Estland, mein Großvater Viesturs hatte dort eine Maschinenfabrik. Er war den Deutschen wohl zu reich. Mein Vater starb 1988.

Ich kannte die ganze Geschichte, aber erst nach der Wende öffneten sich die Grenzen und sehr langsam auch die Archive für uns. So habe ich lange, zu lange, gebraucht, um die Mörder meiner Familie zu finden.

Stellen Sie sich also meine Überraschung vor, als ich Ihren Artikel las! Ich bin sofort nach Freiburg gefahren. Schön ist es dort, finden Sie nicht?

Als ich ankam, war es zu spät. Der Mörder war bereits tot. Einfach gestorben. Friedlich in seinem Sessel. Können Sie sich meine Gefühle vorstellen? Nein? Ich habe die lange, lange Reise gemacht, 44 Stunden bin ich ohne Pause gefahren. Für nichts!

Ich war sehr aufgeregt. Und sehr zornig, ja. Zornig, als ich die Fotos in seinem Zimmer sah. Der Mörder hatte Familie! Ich dagegen habe keine Familie mehr, keinen Menschen auf der Welt. Können Sie sich vorstellen, wie ich mich gefreut habe, als ich herausfand, dass einer seiner Enkel in Freiburg wohnte? Er stand im Telefonbuch! Einfach so!

Ich habe ihn sofort aufgesucht. Ein netter junger Mann. Er ist gleich mitgekommen, interessierte sich sehr für meine Geschichte.

Ich hatte nichts gegen ihn. Aber er war der Spross dieses Mörders, der meine Familie ausgelöscht hat. Halten Sie das nicht auch für ungerecht? Ich hatte diese Pistole, eine schöne Pistole, acht Schuss, neun Millimeter, eine Carl Walther, die ab 1935 Standardausstattung der Waffen-SS war.

Sie sehen, ich kenne mich aus. Eigentlich wollte ich nur die Szene auf diesem Foto nachstellen. Ich habe mich nie für einen Mörder gehalten. Aber der Fluss war so laut, niemand konnte den Schuss hören.

Nun bin ich einer wie sie. Ein Mörder. Und ich werde Familie haben. Das Gleichgewicht ist wieder hergestellt. Sie werden mich niemals finden, Sie müssen sich nicht bemühen. Wenn Sie dies lesen, bin ich längst verschwunden. Ich bin ruhig jetzt, es ist vollbracht.

Janis

Cornelia C. Anken

Adrian van Leyden

Jetzt ist er einsam. Jetzt hat er neben dem Singen kein weiteres Hobby. Sein Leben ist ihm zum Gefängnis geraten, das zu schließen man vergaß. Adrian Jürgens belauert den Eingang der ehemaligen Buchhandlung *Herder* in der Kaiser-Josef-Straße, die jetzt zum Handelsriesen *Thalia* gehört. Eine Notwendigkeit inzwischen, beileibe kein Zeitvertreib.

In der Innenstadt befindet sich ein neuer Handyshop; auf dem Weg zu seinem Beobachtungsposten hat Adrian die Gerberau umgangen. Nachdem er dort über vier Jahrzehnte als selbstständiger Buchhändler gearbeitet hat, meidet er nun jede Erinnerung an sein früheres Leben. Jetzt ist er arbeitslos, wird aber wieder tätig. Bald auch wieder tätlich … Eine korpulente Frau verlässt mit schwerer Plastiktüte das Buchkaufhaus.

Adrian ist ein distinguierter Herr, den die meisten Menschen nur im dunkelblauen Anzug mit goldener Krawatte kennen und erkennen. Der Trenchcoat mit hochgeschlagenem Kragen verleiht ihm Unsichtbarkeit. Auch seine ehemalige Stammkundin, die er soeben als nächstes Opfer auserkoren hat, stellt keine Ausnahme dar. Sie bemerkt nicht einmal den kleinen Bogen, den sie um ihn schlägt, und sie wird ihren zweiten Schatten nicht wahrnehmen, der ihr nach Hause folgt. Adrian weiß vieles über sie – ihren Namen und die Adresse, ihre Vorliebe für die Bücher John Grishams. Bald wird sie zu einer *Akte*, dann nämlich, wenn die Kriminalpolizei die Ermittlungen im Falle ihres gewaltsamen Ablebens aufnehmen wird.

Als Annes Sohn bei ihr klingelt, um ihr das Buch zurückzugeben, das sie seiner Mutter geliehen hatte, ist Beatrix Brüning bestürzt. Nicht nur, weil sie die Blumenhandlung am Münsterplatz vermisst, die seit dem Mord an der Inhaberin geschlossen ist. Ihr fehlen die Gespräche mit der zierlichen Anne, die ihre

Freundin war. Umfangen von der feuchtwarmen Luft und angeregt durch den schweren Pflanzenduft, hatten sie oft über gemeinsame Leidenschaften gesprochen: das Kochen und das Lesen. Beatrix bedankt sich und schließt die Tür hinter dem jungen Mann, ohne passende Worte gefunden zu haben.

In letzter Zeit grübelt Beatrix häufig. Eigentlich hat sie ein spezielles Interesse am Tod. Besonders am gewaltsamen. Dass sie Kochbücher schreibt, ist allgemein bekannt, kaum jemand hingegen weiß von den Krimis, die sie unter dem Pseudonym *Martin Reichwald* veröffentlicht. Anne war eine der wenigen Eingeweihten und Beatrix macht es wahnsinnig, dass ausgerechnet ihr Mörder nicht gefasst wurde.

Mit einer Tasse grünem Tee setzt sie sich nun auf ihr Sofa mit Blick auf den Garten ihres Hauses in der ruhigen Längenhardstraße. Immer noch hält ihre Hand das Buch – das letzte, makabre Verbindungsglied. Sie weiß, auf der ersten, unbedruckten Seite klebt ihr *Memento mori*-Exlibri mit dem Totenkopf. Darunter steht ihr Name in Schönschrift. Das Buch bleibt geschlossen. Beatrix ertastet eine Unebenheit auf dem Cover, wendet das Buch und entdeckt den Aufkleber der Buchhandlung *van Leyden*. Ein weiteres Stammgeschäft, das nicht mehr existiert. Der Tod geht um dieser Tage in Freiburg, denkt Beatrix, unter Menschen und unter Läden.

Herr van Leyden sagt man zu ihm; nur in der Chorgemeinschaft *Herz Jesu/St. Josef* und in der Nachbarschaft nennt man ihn Herrn Jürgens. Ilka hatte ihn Adrian gerufen. Ilka hatte er kündigen müssen. Auch ihretwegen plant er den nächsten Mord exakt. Die fette Grisham-Freundin, die in der Poststraße hinter dem Colombischlössle lebt, wird er vergiften. Die Lyrikliebhaberin hingegen – eine Blumenhändlerin – hat er mit einem Holzscheit erschlagen, das er hernach in seinem Kamin verbrannte. Er tötet Frauen nicht unbedingt lieber, doch kaufen sie Bücher gesprächiger. Man erfährt mehr über sie. Das macht es so einfach. Einst hatte sein Geschäft einem Bienenstock geglichen – mit einer Drohne an der Spitze. Das emsige Treiben, das Summen der Geschäftigkeit, es fehlt ihm unendlich. Seine Tage sind nun lang. Was im Fernsehen gezeigt wird, empfindet Adrian meistenteils als Geschmacksbeleidigung. Immerhin gibt es nun Anlass, die Zeitungen gründlicher zu lesen. Er erfährt, was über ihn gedacht wird. Man nennt ihn eine schreckliche Welle der Gewalt, die über Freiburg hereingebrochen ist, den Monatsmörder oder den Serienkiller, den die Polizei leugnet.

Finanziell hat Adrian ausgesorgt. Er hätte auf Reisen gehen können, doch scheut er jedweden Ortswechsel. Er hätte sich einen Hund anschaffen können, doch er fürchtet die Abhängigkeit. Man hat ihm zwar den Beruf genommen, seine neue Berufung kann man ihm nicht nehmen: die Rache an denjenigen, die seiner Buchhandlung hoch und heilig die Treue geschworen hatten, nur um dann doch dort einzukaufen, wo das Angebot größer ist oder die Bücher als Reste und im Outlet billiger sind.

Beatrix schaut aus dem Fenster ihres Büros zu, wie ihr Mann ins Auto steigt, um zur Arbeit zu fahren. Sie fühlt sich noch immer elend. Tags zuvor hat sie die Bibliothek einer Ermordeten für den Kirchenbasar abgeholt. Der Witwer liest nicht gern und hat somit keine Verwendung für diese Hinterlassenschaft. „Sie können sich gerne auch privat etwas nehmen“, hatte er angeboten. Beatrix hatte sich bedankt und höflich verschwiegen, dass Grisham ebenso wenig ihr Geschmack ist wie die anderen Bücher, die sie mitnahm.

Beatrix setzt sich an ihren Schreibtisch und weiß, sie wird auch heute nicht an ihrem neuen Krimi arbeiten können. Mord und Totschlag sind ihr viel zu dicht, viel zu real auf den Fersen.

Ihr Blick fällt auf ihre Korrespondenzmappe, der das Freiburger Wappen aufgedruckt ist: auf weißem Grund ein rotes Kreuz. Vier Enden - wie Mörder und Opfer, Polizei und Aufklärung. Als *Martin Reichwald* ersinnt Beatrix diese vier Komponenten immer wieder neu. Die fünfte Komponente ist das Zentrum, von dem alles ausgeht – das Motiv. Wenn Beatrix die von ihr erdachte Kommissarin Karen Lorenz auf ein Verbrechen ansetzt, so gestaltet sie die Auflösung möglichst kompliziert. Der Spannung wegen. Am Ende jedoch ist immer alles eine Frage der Perspektive. Und Kommissarin Lorenz findet immer die Richtige. Lorenz hat ein Gespür dafür, wie Dinge zusammengehören, die scheinbar nichts miteinander zu tun haben. Was die realen Morde betrifft, so drängt sich Beatrix gerade der Eindruck auf, es hinge so einiges mit einigem zusammen. Doch sie ist keine Kommissarin und der flüchtige Eindruck nimmt keine konkrete Gestalt an.

Er hatte seine Buchhandlung nach seiner Heimatstadt Leiden benannt. Früher einmal war Adrian seine Geburt sehr bedeutsam erschienen. Bald würde er sein erstes Solo im Kirchenchor singen – irgendwann begnügt man sich wohl mit kleineren Bedeutsamkeiten. Seitdem er tötet, singt er besser. Mit jener Leidenschaft, deren Fehlen ihn früher in hintere Chorreihen bannte. Er singt zwischen Apothekern, Köchen und Schreinern. Auch ein Polizist singt mit. Dieser hat neulich erst gesagt, er wisse ja, wie schwer die Zeiten jetzt für Adrian seien. Der Polizist, so findet Adrian, hat keine Ahnung. Mit der Zeit fällt ihm das Morden nämlich leichter.

Sein Blick streift sein Regal. Er hat viel über Bücher gelesen, aber nicht viele Bücher; er kennt Autorenporträts, aber persönlich nur eine Kochbuchautorin. Er blickt auf seine wenigen Bände über das Segeln, Golfen, Reiten, Fechten. Sportarten, die er ausgeübt hätte, wenn er ein stattlicher Mann gewesen wäre. Leider ist er ein schmächtiger Ex-Buchhändler. Früher hatte er Männern gesagt, wie groß doch ihre Söhne geworden seien, und Frauen, wie fein ihre Schuhe und Taschen harmonierten. Er nannte für jede Gelegenheit das passende Buch, verpackte es gern auch als Geschenk. Eiliges brachte er abends noch selbst vorbei.

Adrian holt das Kundenregister hervor: Namen, Interessen, Geburtstage. Sterbedaten weiß er nun manche. Er trägt sie nicht nach, obwohl er doch so nachtragend ist. Seine Finger picken eine Karte heraus, darauf steht *Kochbücher.* Karteileiche, denkt er, lacht laut auf, erschrickt sich.

Es ist Donnerstag. Donnerstags hat Beatrix ein gewisses Arrangement mit einem Mann. Stefan darf vor ihrer Garage parken, wenn er seinen Sohn in die Karateschule im Nachbarhaus bringt. Während der Sohn sich in fernöstlicher Kampfkunst übt, besucht Stefan Beatrix auf einen Kaffee, dann plaudern sie, auch über Bücher. Stefans Regal ist einmal unter den vielen PC-Handbüchern zusammengebrochen. Die benötigt er als Programmierer haufenweise. Sie wiederum hat ihm von der Signierstunde für ihr vorletztes Kochbuch erzählt, die Herr Jürgens für sie arrangiert hatte. In der Buchhandlung *van Leyden* haben sie einander auch kennengelernt und beide fanden sie Herrn Jürgens ein wenig zu bemüht, zu gefällig.

Nun ist Stefan seit vier Wochen überfällig. Beatrix klingelt im Haus nebenan. Joop trägt schon den Karateanzug, und sie will auch nicht lange stören, nur mal fragen, was mit Stefan ist. Joop weiß nicht, wer Stefan ist. Beatrix fällt kein Nachname ein. Beide wissen den Namen von Stefans Sohn: Es geht also um Svens Vater. Aber Sven kommt nicht mehr zum Unterricht. „Das ist tragisch“, findet Joop, „der Sven war gut in Karate.“ Sein Vater leider nicht, denn das hätte ihm das Leben retten können. Dass er erstochen wurde, hätte doch in der Zeitung gestanden, sagt Joop und fragt, ob Beatrix die Morde nicht verfolgt.

„Doch, doch“, sagt sie, nur habe sie das mit Stefan nicht kapiert.

Beatrix bahnt sich einen Weg durch die wild johlenden Jungs, die durch die Tür drängen. Ja, sie verfolgt die Morde sehr wohl! Oder ist es nicht doch eher umgekehrt?

Kein Mensch zwingt Adrian mehr zu irgendetwas, und was er tut, bereitet ihm inzwischen Vergnügen. Um die häufige Abwesenheit ihres Mannes wissend, hat er der Grisham-Frau vergiftete Pralinen mit der Post geschickt. Angefangen hatte es mit dem Eisenbahnliebhaber, den er im Hauptbahnhof vor den Zug gestoßen hat, um danach – unerkannt – zwischen den Reisenden unterzutauchen. Die Fantasy-Fanatikerin hat er von ihrer Dachterrasse gestoßen. *Herr van Leyden! Sie?*, waren ihre letzten Worte, die sie zusammen mit dem Gleichgewicht verlor. Ihre Fantasie hatte nicht gereicht, um rechtzeitig zum richtigen Schluss zu gelangen. Zuletzt hat er den Computer-Mann mit einem Fischmesser erstochen, das über zwanzig Jahre unbeachtet im Angelkasten von Adrians Vaters gelegen hatte. Nun ruht es einsam auf dem Grund der Dreisam und sieht wieder Fische von Nahem.

Adrian bedauert die armseligen Kreaturen, mit denen die Zeitungen ihn vergleichen: Serienmörder, die zwanghaft ähnliche Opfer nach gleichem Schema töten. Der Vergleich hinkt, denkt Adrian. Denn er variiert sein Vorgehen stets, und die einzige Verbindung zwischen seinen Opfern ist das Interesse am Lesen. So erlangt er zwar keine Routine, dafür aber Befriedigung. Und Berühmtheit, die eher unfreiwillig. Er geht unnötige Risiken ein, doch bleibt es so auch für ihn spannend. Eigentlich wie ein gutes Buch. Und was hat er schon zu verlieren?

Die Kochbuchautorin wird er erdrosseln, das weiß er schon. Ihr Hals ist zart. Und sie dreht jeden Abend beim Joggen die gleichen Runden durch den Wald am Schlossberg.

„Sag mal“, sagt Hannes beim Frühstück, „deine Buchhandlung ist ja dicht.“ Typisch Mann, denkt Beatrix, es fällt ihm erst nach – sie zählt an den Fingern ab: Juli, August, September, Oktober, November – fünf Monaten auf. „Wie es wohl dem sonderbaren van Leyden geht?“, fragt ihr Mann.

Typisch Hannes, denkt Beatrix und korrigiert: „Keine Ahnung, wie es *Herrn Jürgens* geht.“

Später am Tag stellt sie den jungen Verkäufer bei Rombach in der Bertoldstraße auf die Probe. Erfolglos. *Reichwald, Lorenz?*

Die Namen sind ihm nicht geläufig. Dabei liegen Beatrix' Bücher stapelweise auf dem Regionaltisch aus. Sie wird nicht belehrend, doch bildet sie sich ein, Karen Lorenz sagte leise ‚blöde Kuh!' zu ihr. Beatrix wird dabei bewusst, dass sie die Kommissarin immer unsichtbar im Schlepptau mit sich führt.

Beatrix verlässt das Buchgeschäft. Wegen des Regens laufen die Menschen gesenkten Hauptes schnell oder mit Regenschirm langsamer durch die frühe Dämmerung. Ende November hat die kollektive Wehmut Einzug gehalten, doch ist der Gedanke an Weihnachten noch kein Trost. Beatrix steht unschlüssig unter dem Vordach des Buchgeschäftes: Soll sie eilen oder den Schirm nehmen? Da entdeckt sie ihn. Zumindest glaubt Beatrix, der Mann, der schräg gegenüber vor dem Schaufenster der BZ-Redaktion steht, als ob er die Zeitung lese, sei Herr Jürgens. Der Mann im Trenchcoat blickt sie kurz an und geht dann mit hochgestelltem Kragen Richtung Rathausplatz davon, als habe er sie nicht erkannt. Dabei ist sie sich nun sicher. Er war es. Es fröstelt Beatrix mit einem Mal. Nun hat sie es wirklich eilig, nach Hause zu gelangen.

Adrian ist vor der Generalprobe beschwingt zumute. Den ganzen Tag schon übt er sein Solo aus *When I go to heaven*, weil er weiß, dass bald eine andere gen Himmel fahren wird. Er denkt an die Signierstunde und an die Herablassung, mit der Frau Brüning ihn dabei behandelte. Er erinnert sich auch an ihr geheucheltes Bedauern angesichts seiner Geschäftsaufgabe: „Herr Jürgens – ein Bestellschein von Ihnen erfüllt mich immer mit Vorfreude!", hatte sie gesagt. Nun fühlt er die Vorfreude darauf, ihr zu zeigen, was er von ihrer Kundentreue hält. Er hat sie beobachtet. Sie ist wie alle anderen. Vielleicht schlimmer.

Es ist fast Abend und Beatrix' Rücken schmerzt. Schon seit sieben Uhr steht sie am Bücherstand. Sie hat nur ein belegtes Brötchen gegessen, dafür aber eine Kanne Kaffee getrunken. Seit Jahren leitet sie zweimal jährlich das Antiquariat des Kirchenbasars, einmal im Juli und einmal im Dezember. Dieses Jahr erfüllt sie die Arbeit mit Unbehagen, viele Bücher entstammen dem Nachlass von Mordopfern. Einige hat sie selbst gespendet. Aus diesen hat sie fein säuberlich das Exlibris mit dem *Memento mori* entfernt. Ihre Gedanken kreisen um den Tod und um Zahlen: sechs Monate, erst fünf Tote. Das bereitet ihr Unbehagen. Mechanisch sortiert sie den Inhalt der Kisten, sie würde sehr gerne an etwas Erfreulicheres denken … das Heimatkundewerk aus der Ramschkiste zu wertvoll für die Zwei-Euro-Kiste. Wie ihre Korrespondenzmappe trägt es das Freiburger Stadtwappen auf dem Umschlag: ein rotes Kreuz auf weißem Grund. Und wie das Buch, das sie Anne geliehen hatte, trägt es den Aufkleber der Buchhandlung …

Übelkeit überkommt Beatrix. Sie setzt sich auf einen Hocker und richtet die Augen zur Decke. Das grelle Licht der Lampen blendet sie. Wie ein Scanner rutscht ihr Blick über den Strichcode der Wandpaneele des Pfarrbüros. Beatrix schließt die Augen. Das eckige Muster erinnert sie an Tetris, mit dem sie manchmal zur Entspannung das Schreiben unterbricht. Ein Spiel, bei dem man Dinge rasch an einer richtigen Stelle platzieren muss. Beatrix überkommt das Gefühl, als müsse sie dringend etwas erledigen, habe aber vergessen, worum es sich handelt. Irritiert verlässt sie den Raum. Vor der Tür schnappt sie ein wenig frische Luft und überlegt, ob sie nicht besser etwas essen sollte. Von der Kirche her hört man den Chor für den morgigen Auftritt proben. Beatrix hat noch nie eines der Konzerte besucht, nun erweckt eine wunderbar klare Solostimme ihre Neugier. Sie öffnet die Seitentür der Kirche, um einen Blick auf die Empore zu erhaschen. *I want to go to heaven, Oh Lord, when I die!* – Großes Erstaunen: Herr Jürgens singt das Solo. Sieh an, denkt sie, was für eine Leidenschaft!

Dann schließt Beatrix sehr vorsichtig die Tür – vielleicht ist sie in diesem Augenblick auch Karen Lorenz, denn Gewissheit überkommt sie: So eben fallen sehr viele Dinge zusammen, die scheinbar nichts miteinander zu tun haben. Sie fürchtet allerdings, die Polizei wird ihr keinen Glauben schenken.

Adrian wartet auf die schnellen, rhythmischen Schritte, die er inzwischen gut kennt. Er ist mäßig nervös, hat alles durchdacht, rechnet dennoch mit Unwägbarem. Seine Hände in den Lederhandschuhen halten das Seil locker an den Enden. Wieder und wieder hat er mit der Schneiderpuppe seiner Mutter geübt. Er ertappt sich dabei, leise sein Solo zu singen, und verstummt rasch. Das Konzert war perfekt gewesen, sein Auftritt triumphal. Noch heute, vier Tage später, trägt ihn die Freude. Er ist ein Mann mit unterschiedlichen Talenten. Der Takt der Musik geht ihm nicht aus dem Ohr – nein, dieser ist zu schnell. Frau Brüning kommt! Adrian beißt die Zähne, spannt seinen Körper und tritt aus dem Gebüsch.

Beatrix läuft den dunklen Weg entlang, ein Mann tritt heraus. Sie erschrickt, doch überrascht ist sie nicht: Herr Jürgens versperrt ihr den Weg. Er hebt seine Arme, in den Händen hält er ein Seil. Anstatt zurückzuweichen, macht sie einen entschlossenen Schritt auf ihn zu. Es ist aus, denkt sie. Er weiß es auch, das erkennt sie an seinem Blick. Sie sieht es auch an der nachgebenden Gebärde, mit der sich seine Hände senken – noch bevor die Polizisten aus ihren Verstecken stürmen und ihn festnehmen. Beatrix sieht, wie ihre Worte ihn mit hellen Atemwolken angreifen: „Es ist aus!“ Sie sagt es kalt und mit ungewohnter Härte. In diesem einen Augenblick ist sie ganz gewiss eins mit Karen Lorenz.

Melanie Lahmer

Der gordische Knoten

„Das wird eine Herausforderung!"

Dominik spürte schon seit Tagen dieses Kribbeln in den Fingerspitzen, die Unruhe, die sich in seinen Gedanken breitmachte. Die letzte Woche war anstrengend und nervenzehrend gewesen und er brauchte dringend einen Aufstieg, um seine Gefühle und Gedanken zu sortieren. Und um sich von alten Lasten zu befreien. Wenn er die Schwarzwälder Riesen sah, konnte er nicht widerstehen und er rief bei Florian an.

„Natürlich habe ich morgen Zeit!" Florians Begeisterung war ansteckend und Dominik freute sich auf diesen besonderen Moment. Seine Ausrüstung lag noch im Keller, und es musste lediglich eines der Seile ausgetauscht werden seit dem letzten Mal.

Flo neben ihm rasselte mit den Schnappverschlüssen am Hüftgurt und sah aus wie ein drogenabhängiger Tanzbär auf Entzug. „Alles klar, Karabiner, Schlingen und Ösen sollten halten, was sie versprechen."

Das hoffte auch Dominik.

„Lass mich anfangen."

Dominik bat nicht darum, er forderte einfach den Vorstieg. Meist warfen sie eine Münze, weil jeder von ihnen der Erste sein wollte. Doch Flo schien Mitgefühl mit ihm und seiner Situation zu haben, denn er nickte gönnerhaft.

„Du hast es dir verdient, Kumpel. Wenn sonst alles schiefläuft, dann kannst du dir wenigstens hier einen Kick holen."

Einen Kick holen.

„Das sagt Lissy auch immer."

Doch leider *kickte* es wohl bei ihm nicht mehr genug und sie hatte sich woanders abreagiert. Und er war so vertrottelt, dass er es nicht merkte. Erst als sie es ihm entgegenschrie, letzten

Samstag auf dem Seenachtsfest in Freiburg, da hatte er es begriffen. Ach was, *gehört* hatte er es an dem Abend. Kapiert hatte er es erst am nächsten Tag. Als sie verschwunden war und er wieder nüchtern.

Dominik ließ die Fingerknöchel knacken, Flo legte den Kopf in den Nacken und schirmte die Augen mit seiner Hand gegen die Sonne ab. Der Felsen schmiegte sich harmonisch in den Fichtenwald, als hätten sie schon immer eine Einheit gebildet. Die Gleitschirmflieger am Horizont ließen diesen Anblick fast vom Schönen ins Kitschige kippen. Ein leises Gefühl von Melancholie breitete sich in Dominik aus; er liebte dieses Tal mit all den Schätzen, die sich erst auf den zweiten Blick erschlossen. Doch Flo machte in seiner unwiderstehlichen Art wieder alles kaputt.

„Diese Kost gfällt mir!"

Flos Wortspiel war alt und albern. Schon bei ihrem ersten Besuch am Kostgfäll hatte er den Spruch aufgesagt und seither gefühlte hundert Mal wiederholt.

„Ja, Flo, ich weiß. Und das Prechtal war die erste Spucktüte des Schwarzwalds. Du brauchst neue Sprüche, Mann."

Das konnte ja heiter werden. Dominik griff in eine kleine Felsmulde und zog sich nach oben, weg von Flos Geschwätz. Aber er brauchte ihn jetzt, also schluckte er weitere Kommentare und sammelte sich für den nächsten Schritt.

Dominik genoss den Vorstieg, weil er sich auf jeden Schritt konzentrieren musste. Seine Aufgabe war das Einhaken der Seile in die Ösen im Fels. Das Wissen, bei Unachtsamkeit abstürzen zu können und über dem Boden zu baumeln, erregte ihn. Da beide Kletterer durch ein Sicherungsseil miteinander verbunden waren, musste Florian ihn halten, um nicht selbst nach unten zu fallen. Erst wenn Dominik eine sichere Position gefunden hatte, konnte Flo nachkommen, ihn überholen und selbst in den Vorstieg gehen. Dann war Dominik für die Sicherheit des anderen verantwortlich.

So würden sie einander abwechseln, bis sie die Spitze des Kletterfelsens erreichten und das Panorama des Simonswälder Tals genießen konnten. Sie waren ein eingespieltes Team, seit Jahren. Bedingungsloses Vertrauen bildete das Fundament ihrer Klettertouren.

Dominik hakte sich in eine Öse in der Wand ein. Wenn er das untere Drittel des Felsens überwunden hatte, läge sein Leben in Florians Händen. Und Florians in seinen.

„Ich habe Lissy vertraut, ich hätte alles getan, um sie glücklich zu machen. Und was war der Dank?"

Achtlos weggeworfen hatte sie ihn, wie einen Zigarettenstummel, aufgeraucht bis zum Filter. Und dann hatte sie ihn mit spitzem Absatz zertreten, sein Inneres zerdrückt und plattgewalzt. Als wären ihre gemeinsamen Monate nicht mehr wert als die Lippenstiftspuren auf der orangegelben Hülle.

„Ach Dom, denk' doch nicht mehr dran. Genieß' lieber den Aufstieg und freu' dich auf das Panorama!"

Ja, er freute sich auf das, was es zu sehen gäbe. Sehr sogar.

Doch er tat, als höre er Flos Beschwichtigungsversuche nicht.

„Ich bin gleich soweit, dann kannst du nachkommen!", rief er nach unten.

Flo gab langsam das Sicherungsseil nach und Dominik machte den nächsten Schritt, entfernte sich ein weiteres Stück vom sicheren Boden. Er hakte die Expressschlinge in die Öse und zog kurz am Seil. Es hielt.

„Flo, du bist dran!"

Florian kam von unten, Dominik sah seine Finger, die sich an die Vorsprünge im Fels klammerten und deren Spitzen weiß waren vor Anstrengung. Die gleichen Finger, die sich in Lissys Haut graben würden, in die weiche Senke neben ihrem Hals. Die ihre verborgenen Stellen entdeckten, ihre Wölbungen umschlossen. Klettererhände, geübt und kräftig. Am liebsten hätte er sie mit seinen Füßen zerquetscht, hier oben, im Felsen. Dann wäre endlich Schluss mit den dummen Sprüchen und dem verlogenen Getue.

„Mir tun jetzt schon die Schultern weh. Mensch Dom, wir müssen wieder öfter klettern, wir kommen sonst völlig aus der Übung."

Flo ächzte und stemmte sich nach oben, das Seil spannte sich kurz beim Umhaken.

„Tja, jetzt habe ich ja auch wieder mehr Zeit." Dom versuchte, locker zu klingen.

Florian konzentrierte sich auf das Seil, flocht einen neuen Knoten ein. Der Vorherige hatte sich gelockert. „Das Klettern lenkt ab. Ich kann dann jedenfalls an nichts anderes mehr denken. Je weiter ich mich vom Erdboden entferne, desto größer wird der Abstand zum Alltag. Cool ist das!"

Es war nicht zu fassen! Florian plauderte, als wenn nichts wäre. Und er tat noch, als hätte all das nichts mit ihm zu tun!

„Sollen wir am Sonntag am Kandel klettern? Das Kostgfäll ist mir zu langweilig, ich brauche mehr", fragte Dominik, obwohl er nicht wusste, ob er überhaupt jemals wieder mit Flo klettern würde.

„Ich wär' auch lieber am Kandel oder in Todtnau. Aber für heute reicht das Kostgfäll doch aus."

Oh, Flo war so ahnungslos. Hatte er immer noch nicht begriffen, dass Dominik alles wusste? Es konnte doch gar nicht anders sein! Flo hatte schon immer ein Auge auf Lissy geworfen, seit Dominik mit ihr zusammenkam. Doch er würde sie nicht teilen. Mit niemandem.

Flo kletterte an ihm vorbei, ging nach oben in den Vorstieg. Dominik hörte ihn schnaufen und ächzen. Es klang pervers. So hatte er sicher auch mit Lissy gestöhnt, während er zu Hause saß und heulte und wütete. Und Lissy? Hatte wahrscheinlich geschrien, vor Lust, unter diesem affigen Typen. Und er hatte ihr blödes Foto auf dem Desktop angebrüllt, sich vor Schmerzen auf dem Küchenboden gewälzt und nicht mehr gewusst, wohin mit dem ganzen Leid.

„Hier ist kein richtiger Halt, es fehlen Griffe!“ Florian schimpfte von oben, und Dominik musste sich zusammenreißen, um nicht zu lachen. Na und? Dann siehst du mal, wie es sich anfühlt, keinen Halt mehr zu haben, hätte er am liebsten gerufen.

„Wann hast du Lissy das letzte Mal gesehen?“, fragte er stattdessen. Bildete er sich das ein, oder verharrte Florian kurz in seiner Bewegung?

„Ach Dom, hör’ doch damit auf. Wir sind zum Klettern hier, nicht zum Problemwälzen. Achte lieber auf das Seil und gib mir genug nach, sonst spannt es und zieht mich runter!“

Das war keine Antwort auf seine Frage.

Flo blickte zu ihm nach unten. „Ich habe sie seit dem Seenachtsfest nicht mehr gesehen. Sie ist am Samstag einfach weggelaufen und hat sich seitdem nicht mehr gemeldet. Auch nicht bei Kathi oder Johanna.“

Lüge! Ganz bestimmt waren Lissy und Flo nach dem Streit zusammen nach Hause gefahren, hatten über ihn gelacht und waren im Bett gelandet. Um sich einen Kick zu holen oder sonst was.

„Habt ihr seither nicht mehr miteinander gesprochen?“, fragte Flo und Dominik schüttelte den Kopf.

„Sie geht nicht ans Telefon, öffnet keine Tür und liest keine E-Mails. Fast, als wäre sie wie vom Erdboden verschluckt.“

Hatte Flo versucht, sie zu erreichen?

„Komisch ist das schon, dass sie sich von allen fernhält.“ Flo hielt beim Klettern inne. „Ich hätt’ gedacht, dass sie zumindest mit den Mädels über eure Probleme spricht.“

„Jaja“, mehr wusste Dominik nicht zu sagen. Er gab Seil nach, Florian stieg weiter nach oben. Die Füße in den Gummischuhen klebten in der Wand, als gehörten sie zu Spiderman, die Wadenmuskeln traten deutlich hervor. Wer weiß, was er sonst noch alles mit diesen Beinen anstellte. Am liebsten hätte Dominik ihm ein spitzes Messer in die Wade gestochen,

Hauptsache, er musste nicht diese Szenen in seinem Kopf durchspielen. Nicht Florian, nicht mit Lissy.

Aber er musste aufpassen. Wenn Flo jetzt etwas passierte, wenn er den Felsen hinabstürzte, dann fiele er selbst mit. Das war das Risiko ihrer gegenseitigen Sicherung.

„Dom, ich warte hier an dem Vorsprung. Das Sicherungsseil reicht nicht weiter, du bist wieder dran mit dem Vorstieg."

Flo hakte sich in eine Öse ein, klammerte sich an das überhängende Felsstück und lächelte ihm zu. Tja, Dom, Chance verpasst, schien er zu höhnen.

„Es ist immer wieder geil! Natur! Um uns herum nur Bäume, Wiesen und Flüsse. Hörst du das Rauschen aus der Schlucht? Der absolute Wahnsinn!"

Florian hing in der Wand, blickte über die Schulter in Richtung Haslachsimonswald ins Simonswälder Tal und tat, als gäbe es nichts Wichtigeres auf der Welt als den Schwarzwald mit seinen dunklen Bergen und den zusammengedrückten Tälern.

Dominik schaute zu Flo empor, doch vor seinem inneren Auge sah er andere Bilder an sich vorüberziehen, einen ganzen Fotostreifen von Lissy. Ein Schnappschuss auf einer Party, sie lachte in die Kamera und flirtete mit dem Fotografen. Ihr Grübchen in der rechten Wange, die leicht schiefen Schneidezähne. Die vollen Lippen, weich, feucht, wohlschmeckend. Er konnte ihr Haar riechen, fruchtig und süß, den Klang ihrer Stimme hören. Die Trauer saß wie ein giftiger Kloß in seinem Hals, schnürte ihm den Atem ab und brachte ihn zum Keuchen. Schwerfällig stieg er weiter nach oben.

„Alles klar, Dom? Oder ist dir der Aufstieg zu anstrengend? Sollen wir wieder runter vom Felsen?"

„Nee, geht schon. Ein kleiner Schwindel, sonst nichts. So kurz vorm Ziel gebe ich doch nicht auf!"

Er wies mit dem Kinn nach oben. Keine zwei Meter trennten ihn noch von der Kante. Zwei Meter, dann wäre es soweit.

Oder sollte er stattdessen unauffällig seinen Karabiner vom Sicherungsseil lösen und dann reden? Über Lissy, über zerstörtes Vertrauen und das Gefühl, ins Bodenlose zu stürzen.

Er zog sich noch ein Stück nach oben, stemmte seine Füße gegen die Wand. Über sich sah er nichts weiter als den Himmel, blau und wolkenlos. Ein erhabenes Gefühl überkam ihn, fast, als hätte er seine Probleme hinter sich gelassen, sie abgelegt und vergessen. Und über all dem lag die Aufregung, die Vorfreude auf das Ziel, das Felsplateau.

„Und, was siehst du?“, fragte Flo von unten, doch Dominik reagierte nicht. Seine rechte Hand erreichte die Kante, er griff zu, drückte sich empor, bis er den Felsvorsprung erreichte. Ein schneller Schwung und er war oben, versuchte, seine Atmung wieder zu normalisieren. Am Horizont zeichneten sich schier unendliche Hügelketten ab, dunkel und mächtig. Aus der Vogelperspektive betrachtet, konnte der Schwarzwald gar keinen anderen Namen haben.

Auch Flo hatte das Plateau erreicht, stand schwer atmend hinter ihm. Fehlte nur noch sein dummer Spruch, dass sie ja auch den Weg von hinten, durch den Wald, hätten nehmen können.

„Dom, schau mal …“

Flos Arm wies zu den Sträuchern. Ein unbekleideter Fuß lugte zwischen den Büschen hervor. Die rot lackierten Nägel wirkten wie eingedrückte Tasten im violett unterlaufenen Fleisch. Plattgedrücktes Gesträuch, wie von Schleifspuren, bildete eine lange Schneise zum Wald, offenbarte das Unglaubliche. Vor ihnen lag ein Frauenkörper. Nackt, in obszöner Pose, bleich auf einem kargen Dornenbett drapiert. Ein Bein war seltsam verdreht, der Bauchraum geöffnet. Die Eingeweide kräuselten sich als blutiges Geschenkband auf der weißen Brust der Toten. Geronnenes Blut lag wie ein verschütteter Farbklecks im zarten Grübchen auf der rechten Wange. Florian neben ihm erstarrte, klammerte sich an seinen Arm und stöhnte. „Lissy!“

Ein stechender Schmerz fuhr Dominik ins Herz. Als zerbräche es in tausend Splitter und schnitte ihm in die Eingeweide.

Die Erkenntnis kam unerwartet, wie ein Springteufel aus einer hübschen Geschenkschachtel. Lissy war plötzlich kein Geschenk mehr, sie war ein böser Geist. Er griff sich an den Brustkorb.

„Das habe ich nicht gewollt!"

Flo starrte ihn an, die Augen schienen aus ihren Höhlen zu quellen. „Was …?" Seine Stimme klang unnatürlich dumpf.

„Ein Geschenk, siehst du? Extra für dich!" Dom wies mit zitternden Fingern auf Lissys Körper, der grellweiß zwischen den Büschen leuchtete. Flo kam auf ihn zu. Die Karabinerhaken an seinem Hüftgurt klapperten rhythmisch aneinander, als gäben sie den Takt an für das, was jetzt kommen würde.

„Du kannst sie haben, sie gehört jetzt dir, dir allein. Ich möchte sie nicht mehr, ich teile nicht gern."

Flo sah ihn noch immer an, erstarrte in der Bewegung. Seine Augen glänzten wie im Fieber und ein Krächzen kam aus seinem Mund, überdeckte die Worte, die er nicht sagen konnte.

Eine unendliche Leere machte sich in Dominik breit, verdrängte alle Gedanken und Gefühle, ließ nur noch Platz für die schreckliche Gewissheit: Florian war es nicht, er war nicht der andere Mann in Lissys Leben.

Flo wankte auf ihn zu und schüttelte seinen Kopf, die Augen starr auf ihn gerichtet. Wieder schlugen die Karabiner gegeneinander, gaben den Takt an. Dominik wich zurück. Nur wenige Schritte trennten ihn vom Abgrund.

„Du hast sie getötet, um sie mir zu schenken?"

Das Entsetzen und die Ungläubigkeit in Flos Stimme verursachten ihm eine Gänsehaut. Dominik nickte und schloss die Augen. „Das Sicherungsseil", flüsterte er und spürte Florians Hand auf seiner Schulter. Im Fallen spürte er, wie sich das Seil kurz spannte und wieder lockerte, als auch Florians Körper über den Felsrand stürzte.

Das Echo der Schreie brach sich an den Granitfelsen, hallte vielfach von den Bergen wider und wogte bedrohlich über das Simonswälder Tal. Nur langsam verebbte es, wurde leiser und sickerte endlich als seichter Klang in die dichten Wipfel des Schwarzwalds.

Danach war es totenstill.

Gitta Edelmann

Jugendliebe

Freiburg hat sich auf den ersten Blick kaum verändert. Aber meine Heimatstadt und ich sind uns fremd geworden. Seit dem Unfall war ich nie wieder hier, habe sogar jedes Mal die Augen geschlossen, wenn ich mit dem Zug nach Basel oder zurückfuhr. Und heute ... Ich wundere mich, wie ruhig ich bin. Nur ein winziges Flattern in der Magengrube. Frau Dr. Rösch hat wohl doch recht: Das Gras von zwanzig Jahren ist hoch genug gewachsen.

Ich steige vorsichtig aus dem Bus. Nach der langen Sitzerei schmerzt mein Bein. Zurück zum Hotel werde ich mir ein Taxi rufen, abends fährt ja kein Bus mehr hier raus, oder vielleicht nimmt mich einer der anderen mit.

Ich schlendere durch den Eingang des Mundenhofs. Wenn ich langsam gehe, sieht man mein Hinken fast gar nicht. Na ja, im Moment sehen mich sowieso nur die Damhirsche, ich bin sicher wieder viel zu früh und kein Schwein ist da. Außer den echten im Tierpark natürlich. Der Gedanke, mich zu den ungarischen Wollschweinen zu gesellen, lässt mich grinsen.

Eine näherliegende Möglichkeit wären die Affen – die haben sie hier sicher auch noch.

Eilige Schritte hinter mir, zwei blonde Frauen überholen mich. Beiden sieht man an, dass sie frisch vom Friseur kommen und nagelneue Klamotten tragen. Die eine dreht sich um.

„Bisch du's wirklich?", ruft sie. Ich nicke, obwohl ich keine Ahnung habe, wer mich da erkennt.

„Ey Susi, des isch die Tine!"

Aha, alles klar. Wenn die eine Susi ist – meine Güte, ist die alt geworden! – dann muss die andere Katrin sein.

Wir begrüßen uns herzlich mit viel „Wie geht's?" und „Was machsch jetzt?" Der badische Tonfall fühlt sich nach zwanzig Jahren im Rheinland gleichzeitig fremd und urvertraut an.

Während Katrin noch witzelnd von ihrer gerade geschiedenen Ehe erzählt, erreichen wir die Gaststätte. Ein großer Teil der Biertische ist mit roten Papiertischdecken als unser Abi-Treff-Bereich gekennzeichnet. Zwei Männer und eine Frau sitzen schon da. Bettina erkenne ich sofort an ihren noch immer feuerroten langen Locken, wer der Mann neben ihr ist – keine Ahnung. Er hat eine Glatze, einen Vollbart und eine Brille und keinerlei Ähnlichkeit mit den Jungs auf meinem Abifoto. Er strahlt uns an und steht auf. Patrick. Das ist genau die Bewegung, mit der er aufstand, wenn er in Mathe an die Tafel gerufen wurde! Erwartung, Freude und totale Selbstsicherheit.

Der zweite Mann dreht sich um und sein Blick trifft mich wie ein Dolchstoß. Marco. Mein Herz schlägt schneller, genau wie damals. Jetzt weiß ich, wie es ist, wenn man seine Jugendliebe wiedersieht.

Ich setze mich neben Bettina, während sich Katrin und Susi rechts und links von Marco platzieren.

„Der schöne Marco!“, sagt Katrin genießerisch. Er lacht. Lacht noch genau wie damals. Und ja, er sieht fantastisch aus. Eigentlich noch besser als früher. Reifer, männlicher.

Als ich meinen Kaffee geholt habe, legt Bettina mir die Hand auf den Arm.

„Schön, dass du da bisch, Tine. Isch scho lang her.“

Ich weiß, dass sie nicht das Abi meint. Auch sie war mit Yvonne befreundet.

Nach und nach trudeln die anderen ein. Einige kenne ich wirklich nicht mehr, weil sie erst in der Oberstufe zu uns an die Schule kamen und nicht mit mir in den gleichen Kursen waren. Trotzdem ergibt sich ein nettes Gespräch mit einem dieser Fast-Fremden. Ich nehme es gerne wahr, um nicht ständig hinüber zu Marco zu schauen.

Da bist du. Tine. Gut siehst du aus. Dein Mund lächelt, aber deine Augen – deine Augen sind so ernst.

Frank ist ein ruhiger, schlaksiger Typ, der immer noch ein bisschen schüchtern und schuljungenhaft wirkt. Er hat Medizin studiert.

„Und jetzt hast du eine gut gehende Praxis in Herdern?", rate ich.

Frank lächelt verlegen. „Nicht ganz."

„Chefarzt an der Uniklinik?", rate ich weiter.

„Gewissermaßen", sagt er. „Institut für Rechtsmedizin."

„Bah, schnippelst du da die Leichen auf?", fragt Andi, der uns gegenübersitzt.

„Wir machen auch gerichtliche Obduktionen, ja", sagt Frank kurz.

„Wenn ich mal 'n Krimi schreib', ruf' ich dich an!", sagt Andi und lacht. Dann winkt er einem Neuankömmling zu und steht auf. Damit ist das Thema abgeschlossen.

Ich hole mir ein Stück Apfelkuchen. Es ist schön, hier so ruhig in der Sonne zu sitzen. Auf Andis Platz sitzt jetzt Holger und unterhält sich mit Frank. Bettina und die anderen lästern über alte Lehrer. Immer wieder heißt es „Weisch' noch?"

Ich weiß noch – oder wieder? Weiß genau, wie wir hier sitzen, vor zwanzig Jahren, wenige Wochen nach dem Abi, um noch einmal zu feiern, bevor uns Ausbildung oder Studium in alle Winde verwehen.

Yvonne trägt ihr weißes Kleid und ein plötzlicher Windstoß zaust ihre dunklen Locken. Irgendwann stehen wir auf und gehen zwischen den Tiergehegen spazieren. So können wir ungestört reden. Einmal kommt uns Marco entgegen und versucht, uns beide zu umarmen und zu küssen. Er hat ziemlich viel getrunken und ist schon am Nachmittag nicht mehr nüchtern.

Mir ist das egal, ich würde mich in jeder Situation von ihm küssen lassen. Ich bin schon seit Ewigkeiten in ihn verliebt. Doch Yvonne windet sich geschickt aus seinem Arm, läuft ein paar Schritte weiter und lacht. Einen Moment lang hält er mich noch fest, ich spüre seine Muskeln unter dem T-Shirt, dann lässt er mich plötzlich los. Ich stehe da wie bestellt und nicht abgeholt.

„Vielleicht ein anderes Mal?“, sagt Marco und zwinkert mir zu. Ich nicke wie hypnotisiert und er grinst.

Grinst genauso, wie er jetzt Katrin angrinst, die ihn mit dick getuschten Wimpern anhimmelt. Hab’ ich damals auch so ein blödes Gesicht gemacht?

Er schaut kurz zu mir rüber. Ob alles anders gekommen wäre ohne den Unfall? Ob es ein anderes Mal gegeben hätte? Ich weiß es nicht, aber der Gedanke an alles, was ich verloren habe, tut plötzlich unglaublich weh. Ich hätte nicht kommen sollen.

Tine – ich habe dich nie vergessen. Bis heute sehe ich dich vor mir, wie du dein Abizeugnis entgegennimmst. Deine Haare glänzen und deine Beine in den hohen Schuhen sind unendlich lang.

„Erzähl’ mal von dir“, fordert mich Katrin auf und schielt auf meine nackten Finger. „Hasch’ du Familie?“

Ich schüttle den Kopf. Ich illustriere Kinderbücher, obwohl ich nie ein eigenes Kind haben werde. Männer sind gekommen und gegangen. Ich habe in Bonn meinen kleinen Freundeskreis, meine Zeichenschüler und mein Opern-Abo. Ich reise oft in den Süden, weil Sonne und Wärme meine Schmerzen lindern. Katrin erzähle ich nur von meiner Arbeit, die sie total faszinierend findet. Marco wendet sich zu uns und hört zu. Seine Augen gleiten forschend über mein Gesicht. Mir wird heiß.

Eines der Fotos von damals liegt bis heute in meinem Nachttisch, weil du darauf bist.

Patrick hat zwei Flaschen Gutedel und zwei Flaschen Mineralwasser mit einem Tablett voll Gläser geholt und mixt sich eine Weinschorle.

„Bedient euch“, sagt er.

Marco greift nach dem Gutedel, lächelt und gießt mir mein Glas bis zum Rand ein. „Zum Auftauen.“

Susi grinst. Mache ich einen so spröden, kalten Eindruck? Der Geschmack des Gutedels passt hierher. Sonst trinke ich nie Weißwein. Ich leere das Glas zu schnell, ich merke das in den Oberschenkeln, die irgendwie schwer werden. Der allgemeine Aufbruch zum Spazierengehen kommt für mich genau zum richtigen Zeitpunkt.

Wir lösen uns in kleine Gruppen auf und verteilen uns zwischen den Tiergehegen. Ab und zu treffen wir aufeinander, mischen uns neu und gehen weiter, von oben muss es aussehen wie ein sorgsam abgestimmtes Ballett. Nun habe ich mich doch entspannt und kann die Gespräche genießen. Seltsam, wenn man so lange zusammen die Schulbank gedrückt hat, ist eine ganz besondere Verbundenheit da, eine besondere Vertrautheit. Inzwischen sehe ich im bärtigen Gesicht von Patrick den jungen Patti von damals wieder und wundere mich fast, dass ich ihn nicht sofort erkannt habe.

Eine Weile geht Marco neben mir. Er lebt jetzt in der Schweiz und amüsiert uns mit seinem besten Schwyzerdütsch! Auch er hat nie geheiratet. Er sieht mich von der Seite an, als er das sagt.

Du bist so schön, Tine, noch schöner als früher.

Allein mit Bettina stehe ich schließlich schweigend bei den Trampeltieren, die sich kein bisschen für uns interessieren.

„Ich hätt' Yvonne nit fahre lasse solle. Ich hab doch g'sehe, dass sie getrunke hätt", sagt sie. „Aber dass du kein Führerschein häsch, isch mir erscht i'gfalle, als ihr scho weg wart."

„Hätte mir auch passieren können", lüge ich. Yvonne ist nicht gegen den Baum gefahren, weil sie getrunken hat, sondern weil sie es wollte.

Glaub mir, es ist am besten so. Ihre letzten Worte dröhnen in meinem Kopf, bis die Feuerwehr mich aus dem Wrack herausschweißt. Sie hat sich nicht zum ersten Mal nach dem

Tod gesehnt, doch bis heute verstehe ich nicht, warum sie mich mitnehmen wollte.

Bettina legt den Arm um meine Schultern. Wir schweigen.

Es dauert eine ganze Weile, bis wir uns von der Erinnerung an Yvonne erholt haben und wieder zurück zur Gaststätte gehen.

Wenn der Unfall nicht gewesen wäre, wären wir damals zusammen gekommen, Tine, du und ich?

Zum Abendessen setzt sich wieder Frank neben mich. Ich glaube, ich erinnere mich jetzt doch an ihn. Kam neu in der 12 und wurde leicht rot. Reli-Kurs. Damals haben wir kaum miteinander gesprochen, aber heute holen wir alles nach. Ich bekomme bestimmt Muskelkater vom vielen ungewohnten Lächeln und Lachen.

Unsere Nachbarn wechseln; die meisten zirkulieren, um möglichst viele alte Freundschaften und Bekanntschaften aufzufrischen. Es wird langsam dunkel und die Ersten verabschieden sich. Jemand setzt sich uns gegenüber, ich brauche nicht einmal hinzuschauen, um zu wissen, dass es Marco ist. Kein anderer löst diesen heißen Stich in den Magen aus. Ich schaue ihm über den Rand meines Weinglases kurz in die Augen, bevor ich mich wieder Frank zuwende. Es geht mir gut, erkenne ich plötzlich. Zum ersten Mal seit Langem geht es mir richtig gut.

Ich liebe dich noch immer, Tine, noch immer.

Als Frank Richtung Toiletten verschwindet, beugt sich Marco zu mir. „Hast du nachts schon mal die Uhus gesehen? Ihre Augen?“

Seine Augen sind dunkel und es knistert zwischen uns. Er steht auf und reicht mir die Hand. Ich folge ihm den dunkler werdenden Weg entlang. Wir sind allein. Marco zieht mich zu einem dicken Baum und lehnt mich mit dem Rücken an den rauen Stamm. Seine Hände stemmen sich rechts und links neben mir gegen die Borke. Er lächelt und ich weiß, gleich wird er mich küssen. Damals hätte ich einiges für diese Situation gegeben, aber jetzt bin ich mir plötzlich nicht mehr sicher. Marcos Lächeln hat sich verändert, seine Oberlippe ist leicht verächtlich nach oben gezogen und sein Körper bedrängt meinen auf unangenehme Art. Ich suche nach einer witzigen Bemerkung, die die Situation auflockern könnte. Sein Mund nähert sich und seine Zähne beißen in meine Unterlippe.

Ich schreie auf.

„Pst", sagt er, „ich weiß schon, wie es dir gut tut. Besser als dieser langweilige Leichendoktor, dem du schöne Augen machst."

„Marco, bitte ..."

Jetzt hält er meine Arme fest und drückt sie gegen den Baum.

„Sei brav und tu genau, was ich dir sag', dann haben wir beide unseren Spaß. Oder magst du's lieber etwas härter? Soll ich dich laufen lassen und wieder einfangen? Deiner Freundin hat das sehr gefallen."

Da ist wieder dieser heiße Stich im Magen. Doch dieses Mal erkenne ich ihn als Angst.

„Meiner Freundin?" Meine Stimme krächzt.

„Ja, die süße, unschuldige Yvonne! Sie hat sich wunderbar gewehrt!"

Ich sehe Yvonnes tränenverschmiertes Gesicht neben mir im Auto und ihr schmutziges Kleid.

„Er hat mich vergewaltigt", sagt sie.

„Wer?", frage ich entsetzt. Doch sie antwortet nicht.

„Was hast du vor?", frage ich.

Sie starrt durch die Windschutzscheibe hinaus in die Nacht.

„Glaub mir, es ist am besten so", sagt sie und tritt das Gaspedal durch. Der Wagen schießt nach vorne und dann ist da nur noch Schwärze und Schmerz.

„Du warst das also", flüstere ich.

„Hat sie's dir nicht erzählt? Ich dachte, ihr wart beste Freundinnen."

So wie Marco es sagt, klingt es lächerlich.

Doch ich verstehe jetzt, warum sie es mir nicht erzählen konnte. Sie wusste, dass ich Marco liebte und sie kannte mich gut. Hätte ich ihr geglaubt? Hätte ich ihr geholfen? Hätte ich ertragen, dass Marco ... Meine große Liebe und meine beste Freundin. Nein, ich hätte sie beide verloren. Nun verstehe ich ihre letzten Worte: „Glaub' mir, es ist am besten so." Für Yvonne ist der Tod immer ein Ausweg gewesen.

Doch ich habe überlebt. Ich habe überlebt, um heute hier zu stehen und die Wahrheit zu hören. Und um Yvonne zu rächen, nicht um ihr zu folgen. Ich atme tief ein und sehe Marco ein letztes Mal in die Augen. Dann ramme ich ihm mein rechtes, gesundes Knie gegen die Hoden. Stöhnend krümmt er sich zusammen und lässt meine Arme los. Jetzt könnte ich weglaufen, wenn ich schnell genug laufen könnte, wenn mein Bein bei dem Unfall nicht zerschmettert worden wäre.

Neben dem Baum liegen ein paar helle Steine, solche, aus denen man Kopfsteinpflaster legt. Mich durchzuckt die Frage, warum so ein Stein wohl Kopfstein heißt und ich bewundere die Ironie des Namens, während ich mich nach ihm bücke, ihn hochhebe und so schwungvoll, wie ich kann, auf Marcos Hinterkopf schlage. Er bricht seitlich zusammen und bleibt vor meinen Füßen liegen. Seine Augen starren in die Nacht. Sie werden nie wieder etwas sehen.

„Tine?"

Frank steht auf dem Weg und sieht mich an. Ich gehe auf ihn zu.

„Ruf die Polizei", sage ich. „Ich hab' ihn umgebracht."

Frank schüttelt den Kopf. „Du bist schon längst mit mir nach Hause gegangen", sagt er. „Und Marco ist im Dunkeln ungeschickt gestürzt, er hatte ja einiges intus."

Frank zieht ein Paar Einweghandschuhe aus seinem Rucksack und greift nach einem anderen Stein. Vorsichtig drückt er ihn mit einer Ecke in die blutige Wunde und platziert ihn dann so, dass es tatsächlich aussieht, als wäre Marco auf diesen Stein gestürzt. Den anderen Stein, meinen Stein, steckt er in den Rucksack und stopft die Handschuhe hinterher.

„Komm", sagt er und nimmt meine Hand.

Ich schüttle den Kopf.

„Niemand wird es erfahren. Ich habe morgen Dienst und werde die Autopsie selbst übernehmen. Es war ein Unfall. Komm, Tine. Du warst die ganze Zeit bei mir."

Franks Hand ist warm und stark und er wird mir helfen. Ohne mich noch einmal umzuschauen, lasse ich mich zum Parkplatz führen und steige in sein Auto. Ich weiß nicht, ob er getrunken hat und es ist mir egal. Ich habe schon einmal überlebt.

Tine, nun kann ich dir endlich meine Liebe beweisen. Ich werde dich retten und du wirst mir gehören. Endlich.

Thomas Erle

Der Mann auf der Brücke

Der Mann stand auf der Brücke und wartete. In ein paar Minuten würde alles vorbei sein. Vor einer Stunde hatte er sich noch mit einem Anruf bei der Bahnauskunft in Freiburg vergewissert, dass die Fernzüge heute Abend alle normal verkehrten. Es würde keine Fahrplanänderungen und keine Verspätungen geben. Er wunderte sich, wie ruhig er dabei geblieben war.

Dabei durfte nichts schiefgehen. Es war die Krönung seines Vorhabens, das Sahnehäubchen sozusagen. Er hatte einen Intercity Express ausgesucht, um es zum Abschluss zu bringen. Nicht irgendeinen, nein, es sollte genau der sein, den er jetzt erwartete.

Der Mann lächelte. Seit 18:57 Uhr war der ICE von Offenburg aus unterwegs.

Der Mann sah auf die Uhr. Noch elf Minuten. Er holte die Schachtel aus seiner Jackentasche und fingerte eine Zigarette heraus. Zuerst der Regionalexpress, dann der Güterzug, dann der ICE. So war es, seit der Sommerfahrplan in Kraft getreten war, und so würde es auch heute sein. Er zündete die Zigarette an, nahm einen hastigen Zug und schnippte das Streichholz hinunter auf die Schienen.

Der Sturz auf die Gleise würde noch nicht das Aus bedeuten, eine kleine Ohnmacht vielleicht. Aber es würde reichen, das Ganze unumkehrbar zu machen. Es würde kein Zurück geben. Es durfte kein Zurück geben.

Eine Weile war er unentschlossen gewesen. Der Regionalexpress, der im Stundentakt die Strecke von Offenburg bis Freiburg und weiter nach Basel zum Badischen Bahnhof bediente, und der vor ein paar Minuten pünktlich vorbeigekommen war, war von vorneherein nicht infrage gekommen. Irgendwie wäre es ihm zu einfach, zu banal vorgekommen. Es wollte nicht zu dem Kunstwerk passen, zu dem dieser letzte Schritt gehören würde.

Der Güterzug war anders.

Am Bahnhof hatte er oft mit einer Mischung aus Erregung und Respekt die rollende Masse aus Stahl und Eisen gespürt, die in Armeslänge an ihm vorbeiraste, und die etwas von der unbändigen Wucht eines erbarmungslosen Raubtieres hatte.

Doch auch der Güterzug kam nicht infrage. Nein, das Ende sollte anders sein, das war er sich schuldig. Es würde Eleganz und Leichtigkeit haben und ihm etwas von dem zurückgeben, was er entbehrt hatte. Es musste der Intercity Express sein, die neueste Baureihe mit der eleganten Linienführung, mit den Glaselementen und dem dezenten Farbdesign. Dieser Zug war ein vollständiger Genuss, ein Höhepunkt der Ingenieurkunst der modernen Zeit. Wenn er ihn von Weitem durch die wellige Breisgauer Landschaft schneiden sah, war es, als ob ein göttlicher Pfeil durch die Sorglosigkeit der Natur geschossen wurde. In Japan hießen diese Züge *Shinkansen*, sie bewegten sich auf einer neuen Linie, in einer eigenen Welt. So ging es ihm, wenn er sie von Weitem sah, daran dachte er, wenn er an Bord stieg.

Und so würde es ihm jetzt gehen, mit dem, was vor ihm lag. Eine andere Welt, in der er frei sein würde, frei von Regeln und Vorschriften, dem täglichen Gezänke, den Gehässigkeiten, den Demütigungen.

Es war höchste Zeit. Vor über einem Jahr hatte er zum ersten Mal Herzbeschwerden bekommen, die der Arzt mit sorgenvollem Blick, einem Stapel Medikamenten und einem eindringlichen Appell an seinen Lebenswandel kommentiert hatte. Wenn es ihm nicht gelänge, den Stress zu reduzieren, würde etwas Ernsthaftes passieren.

Der Mann hatte genickt, war nach Hause gegangen und hatte die Tabletten weggeworfen. Das würde seine Probleme nicht lösen. Er wäre sich vorgekommen wie ein ruhiggestelltes Kalb, das zum Schlachthof geführt wurde, unerbittlich. Er wollte nicht auch noch seine Selbstachtung verlieren, das Einzige, was ihm geblieben war. Als die Herzbeschwerden wiederkamen und stärker wurden, sah er ein, dass etwas geschehen musste.

Und diese Entscheidung wollte und musste er selbst treffen, mit klarem Kopf.

Der Mann sah erneut auf die Uhr und nickte. Er warf die Zigarette weg und stand auf. Dann trat er dicht an das schmale Eisengitter, das den Brückenrand von den etwa vier Meter unter ihm liegenden Gleisen trennte.

Das stählerne Grau der Schienen erinnerte ihn an eine Januarnacht an der Ostsee, als er nach einer elfstündigen Zugfahrt am Ufer entlanggelaufen war. Der Schnee lag knöcheltief über dem Strand und dem durch den Sturm an die Küste gepressten Eis, das sich irgendwo im Dunkel verlor. Seine Augen hatten sich an die dünne Lichterkette geklammert, die den Uferweg säumte und wie eine mahnende Schrift den dünnen Grat zwischen Leben und Tod begleitete.

Heute würde er ihn überschreiten. Er war bereit.

Hinter dem Kaiserstuhl waren noch ein paar zarte rotviolette Streifen von der untergegangenen Sonne zu sehen, doch auf der anderen Seite, zum Schwarzwald hin, war es bereits dunkle Nacht. Der Mann zündete sich erneut eine Zigarette an und blies den Rauch in die Dunkelheit.

Manche nannten es den Sog. Viele spürten ihn, viele waren ihm gefolgt. Es war dieser Sog, der die Nord-Süd-ICE-Strecke zwischen Offenburg und Freiburg zur traurigen Berühmtheit hatte werden lassen. Der Abschnitt durch Emmendingen galt als besonders brisant. Am südlichen Stadtrand, nur wenige Hundert Meter von den Gleisanlagen entfernt, standen in einem wunderbaren alten Parkgelände die Gebäude des Psychiatrischen Landeskrankenhauses, neuerdings Zentrum für Psychiatrie genannt. Es unterschied sich in seinen Methoden erheblich von den Zeiten seiner Gründung im späten 19. Jahrhundert. Heute wurde es nach modernsten Prinzipien und Therapiemethoden geführt und hatte lange seinen abschätzigen Ruf als Irrenanstalt verloren. Doch das offene Gelände, das einen ungehinderten Zugang ermöglichte und entsprechend genutzt wurde, war Fluch und Segen zugleich. Selbst mit modernsten Mitteln war es den Ärzten und Therapeuten nicht immer möglich, eine Selbstmordgefahr eindeutig festzustellen und entsprechend vorzubeugen.

Es war in jeder Hinsicht eine unangenehme Situation. Die Stadtverwaltung und die Klinikleitung sorgten sich nicht nur um die Patienten, sondern auch um den guten Ruf. Die Verantwortlichen der Deutschen Bahn mühten sich nach Kräften, das Image der Todesstrecke herunterzuspielen und möglichst wenig an die Öffentlichkeit dringen zu lassen. Vom unbeholfenen Umgang mit traumatisierten Lokführern gar nicht zu reden. In stillschweigendem Übereinkommen zwischen allen Beteiligten verzichtete die örtliche Presse seit Jahren darauf, von den zehn bis fünfzehn Fällen im Jahr zu berichten.

Doch die Menschen vor Ort wussten Bescheid. Wenn in Denzlingen oder Herbolzheim eine Regionalbahn aus *technischen Gründen* einen längeren Halt einlegen musste und sich die Ankunft des sonst überaus pünktlichen ICE am Freiburger Hauptbahnhof um 30-40 Minuten verzögerte, wussten die Menschen an den Bahnhöfen, dass der Sog wieder einmal stärker gewesen war. Dass die Strecke gesperrt wurde, bis die Polizei das Unvermeidliche bestätigt hatte, auch wenn es von dem Toten fast keine Spuren mehr gab. Die ungebremste Wucht eines ICE in voller Fahrt war eine Kraft, der nichts widerstehen konnte.

Gegen den Sog konnte keiner etwas tun.

Von dem Moment an, als er die Genialität seines Planes in aller Konsequenz erkannt und durchdacht hatte, war es nicht mehr nötig gewesen, sich irgendwelche Sorgen um die Beseitigung von Spuren zu machen. Es war normal, dass man sie überall finden würde - im Auto, auf ihren Kleidern, den Schuhen, sogar auf ihrer Brille, dem Ehering, ihrer Haut. Schließlich waren sie verheiratet und bewohnten dieselbe Wohnung seit siebzehn Jahren.

Es gab überhaupt nur einen Hinweis auf das, was sich wirklich zugetragen hatte, und das war das Schlafmittel, das er ihr gegeben hatte, als sie wieder diesen abscheulichen Tee getrunken hatte, immer dieselbe übel riechende Sorte, immer zur selben Zeit. Doch man würde nichts mehr davon finden. Man würde noch nicht einmal etwas finden, das auch nur annähernd an den Körper erinnerte, der einmal seine Frau gewesen war.

Als der Güterzug unter ihm durchgekommen war, wandte sich der Mann ab und ging ein paar Schritte die Brückenauffahrt hinunter, bis er zu dem kleinen Feldweg kam, wo er hinter einem dicht gewachsenen Holunderbusch sein Auto geparkt hatte. Die Frau saß auf dem Beifahrersitz, ihr Kopf war zur Seite gefallen, es sah aus, als ob sie schliefe. Er nickte zufrieden. Das Schlafmittel würde noch mindestens eine halbe Stunde wirken, Zeit genug. Mehr als genug. Der Mann öffnete die Tür, bückte sich und löste den Sicherheitsgurt. Dann drehte er sich, fasste die Frau an beiden Armen und nahm sie mit einer geschickten Bewegung auf seine Schultern. Die wenigen Schritte bis zur Höhe der Brücke hatte er rasch zurückgelegt. Oben stützte er seine Last an das Geländer und verschnaufte. Wenn jetzt ein Auto vorbeigekommen wäre, hätte sie der Fahrer im Halbdunkel für ein verliebtes Spaziergängerpaar halten können, das seine Sehnsüchte nach der Ferne auf die in den Horizont entschwindenden Schienen schickte.

Noch fünf Minuten. Der Mann betrachtete ein letztes Mal ihr Gesicht, die zarten Wangen, die fein geschwungene Nase. Seine Liebe war groß gewesen, so groß, dass sie alles überstrahlte. Auch den Dämon, der unbemerkt heranwuchs, und der ihm am Ende das Leben zur Hölle gemacht hatte. Sie hatte ihn beschimpft, beleidigt und bedroht. Zu lange hatte er es ertragen, sogar als sie das stärkste und gemeinste Druckmittel eingesetzt hatte, das ein Mensch dem anderen antun kann. Unüberhörbar waren ihre Selbstmorddrohungen gewesen, die Nachbarn würden es bestätigen können. Nun würde ihm dies auf beste Weise in den Plan spielen. Es war der Zeitpunkt, als er zum ersten Mal an den Tod als Lösung gedacht hatte. An ihren Tod.

Die Frau hatte die Augen geschlossen und stöhnte leise, als er ihr wie zum Abschied die Haare aus der Stirn strich. Als das Schlafmittel zu wirken begann, hatte er ihr gesagt, dass sie sterben würde. Das Gift lähmte ihren Willen rasch und ihre Augen waren das Letzte, womit sie ihm ihren Hass und ihre Verachtung entgegenschleudern konnte. Ihre Augen waren das letzte Zeichen ihres Bewusstseins gewesen, als sie auf dem Sofa zusammengesunken war – fragend, anklagend, verständnislos.

Jetzt war es vorbei. Nie wieder würde er diesen Blick ertragen müssen. Er gab sich einen Ruck, packte die Frau unter den Schultern und schob ihren Oberkörper über das Geländer. Er schaute kurz nach unten, um sich zu vergewissern, dass er genau über den Schienen stand. Dann brachte er mit einem letzten triumphierenden Stoß alles zu Ende.

Wie ein verkrümmter Schmetterling lag die Frau unter ihm auf den Schienen. Es waren die letzten Momente, an denen ihr Körper auf dieser Welt zu sehen war. Der Mann atmete tief ein und aus. Dann sah er die winzigen Lichtpünktchen am Horizont, die auf ihn und die Brücke zukamen.

Er hatte sich entschieden, bis zum Schluss dabeizubleiben. Eine seltsame Erregung hatte ihn schon heute Mittag überfallen, als er sich den dumpfen Schlag vorstellte, den der Aufprall der Stahlmasse auf das Hindernis hervorrufen würde. Noch vor wenigen Jahren waren die Züge einfach weitergefahren, wie es heute noch geschah, wenn ein unvorsichtiges Reh, ein Schaf oder ein streunender Hund auf die Gleise geriet. Heutzutage wurde der Zug angehalten, der Vorgang polizeilich protokolliert und das Lokführerteam ausgewechselt. In Freiburg wurde auf das Laufband der Zuganzeige der Hinweis auf die Verspätung eingeblendet, die Passagiere des Nahverkehrszuges wurden über den knarrenden Bordlautsprecher auf *technische Probleme* hingewiesen, die zu einem kurzen Aufenthalt zwangen.

Die beiden Punkte am Horizont waren zu deutlich unterscheidbaren Lichtkegeln geworden, die sich vor ihm durch die

Abenddunkelheit bohrten. Der Mann schätzte, dass der ICE jetzt etwa bei Lidl auf Höhe der südlichen Unterführung sein musste. Er zog noch einmal an der Zigarette und warf sie dann halb ausgeraucht über das Geländer nach unten. Er war bereit.

Die Zeit begann sich zu dehnen und rückwärts zu laufen. Der Mann sah ihre fröhlichen Locken und ihr mädchenhaftes Lächeln, das sie von allen anderen Frauen unterschied, die er gekannt hatte, er spürte den ersten Kuss, der ihn durchglüht hatte wie ein Sonnenaufgang über dem Kandel. Sie waren emporgestiegen und zu Sternen geworden, die umeinander kreisten und miteinander verschmolzen, Lichter in der Nacht der Einsamkeit, ehe das Dunkel zunahm, größer wurde, stärker ...

Irgendetwas stimmte nicht mit den Zuglichtern. Der Mann auf der Brücke starrte angestrengt in die Nacht. Der Zug hätte längst hier sein müssen. Doch die Lichter wurden nur langsam größer, zu langsam. Seine Augen gruben sich in das Dunkel und ertasteten mühsam die Umrisse des Zuges hinter den Lichtkegeln, welche die Dunkelheit unter ihm auseinanderdrängten und schließlich an den Brückenpfeilern hängen blieben.

Der Mann auf der Brücke stand regungslos. Die sorgsam ausgewogene Inszenierung bekam Risse und begann zu bröckeln. Was er sah, verschwamm vor seinen Augen und breitete sich dann urplötzlich mit kalter Klarheit vor ihm aus. Die Türen des Triebwagens wurden geöffnet. Ein paar Gestalten sprangen heraus und liefen nach vorne zur Spitze der silbrig-weiß verkleideten Lok. Er sah, wie sie hektisch hin- und herliefen, es wurde telefoniert und laut durch die Nacht gerufen.

„Sieh mal, da vorne liegt noch einer!"

Die Gedanken des Mannes lösten sich aus ihrer ungläubigen Starre. Die Erkenntnis traf ihn wie ein Schlag. Die Beine sackten weg, die Hände verloren am nüchternen Metall des Brückengeländers den Halt und er glitt langsam zu Boden. Der stechende Schmerz in der Brust ließ ihn sich ein letztes Mal aufbäumen, ehe die Nacht mit kalten Fingern nach ihm griff.

Aus der Badischen Zeitung vom folgenden Tag:

Drama auf Eisenbahnbrücke
Durch einen technischen Nothalt auf der Strecke zwischen Offenburg und Freiburg kam der ICE 207 im Raum Emmendingen kurz vor der Kollmarsreuter Brücke zum Stehen. Im Zuge der Wartungsarbeiten entdeckten Zugtechniker nur wenige Meter vor der Lok auf den Gleisen eine schwer verletzte 53-jährige Frau. Sie war ohne Bewusstsein und wurde in das örtliche Krankenhaus gebracht. Nach ersten Vermutungen handelte es sich um einen missglückten Selbstmordversuch.

Ein Mann, der sich auf der Brücke aufhielt und offenbar Zeuge des Vorfalles war, erlitt einen Herzinfarkt, dem er noch in derselben Nacht erlag. Möglicherweise hatte der Mann vergeblich versucht, die Frau von ihrem Vorhaben abzuhalten. Die Polizei hofft, bei der ersten Vernehmung der Frau Näheres zu erfahren.

Das Lokführerteam des ICE stand unter Schock und musste noch am selben Abend von Spezialärzten der Freiburger Uniklinik behandelt werden. Am Freiburger Hauptbahnhof ergab sich für alle Reisende in Richtung Basel bzw. Offenburg eine Verspätung von 30-40 Minuten.

Bettina Hellwig

Nebenwirkung Tod

Badische Zeitung, 28. April 2010
Hoffnung für Krebspatienten: Neuer Wirkstoff in klinischer Prüfung
Wissenschaftler der Freiburger Klinik für Tumorbiologie haben einen Impfstoff gegen Krebs entwickelt, der jetzt in einer klinischen Studie an den ersten gesunden Probanden auf Sicherheit und Verträglichkeit geprüft wird

Der Impfstoff mit der Bezeichnung CN 713 soll das körpereigene Immunsystem in die Lage versetzen, Tumorzellen zu bekämpfen. Die Immunreaktion richtet sich gegen ein Protein, das vor allem auf Krebszellen im Übermaß vorkommt. CN 713 soll unter anderem zur Behandlung von Brust- und Lungenkrebs eingesetzt werden.

CN 713 wurde von den Wissenschaftlern der Klinik in Zusammenarbeit mit dem Biotechnologieunternehmen CytoNova entwickelt. Die jetzt gestartete Phase-I-Prüfung mit gesunden Probanden soll im Laufe dieses Jahres abgeschlossen werden.

Ihr Bauch juckte. Sie drehte sich um und scheuerte die Haut an der rauen Unterlage. Das Jucken wurde stärker, still zu liegen war unmöglich. Verzweifelt lief sie hin und her, von einer Ecke des durchsichtigen Kunststoffkäfigs in die andere. Sägespäne wirbelten hoch. Jetzt begannen auch ihre Pfoten zu jucken, stärker und immer stärker. Ein Schluck Wasser aus dem Spender konnte die brennenden Schmerzen nicht lindern. Ihre Beine liefen wie von selbst immer schneller, zwischendurch blieb sie stehen, hob die Pfoten, leckte sie, doch nichts half. Sie knabberte an der schmerzenden Haut, erst vorsichtig, dann heftiger. Das Brennen kam von tief innen. In wildem verzweifelten Zorn biss sie in Pfoten und Bauch, bis die Kratzer sich zu tiefen, kraterförmigen Wunden erweiterten, immer und immer wieder. Blindlings biss sie um sich, bis sie vor Erschöpfung zusammenbrach und ihr Leben am Boden des Kunststoffkäfigs aushauchte.

Als sich die medizinisch-technische Assistentin Franziska am Freitag um 16:30 Uhr zur letzten Kontrollrunde durch die Tierställe der Forschungsabteilung aufmachte, hatte sie mal wieder zwei zusätzliche Überstunden auf dem Konto. Anschließend musste sie noch einkaufen, aber dann wäre für diese Woche endlich Feierabend. Im *Dreisam Ufercafé* konnte man vielleicht schon draußen sitzen.

Der Tierstall roch wie immer nach einer Mischung aus Sägespänen und Mäuse-Urin. Als Franzi die Blutspuren an Käfig Nummer 32a bemerkte, verging ihr schlagartig der Gedanke an die laue Mailuft im Biergarten. Eine Ratte lag über und über mit geronnenem Blut bedeckt in einer Ecke, gegenüber kauerte verängstigt und blutend die zweite Ratte und starrte zitternd auf den zerfleischten Kadaver.

Franzi zog sich ein Paar Plastikhandschuhe über, hob den Deckel der Box an, nahm den blutigen Kadaver heraus und legte ihn auf ein Tablett, das sie in den Kühlschrank schob. Am Montag würde die Forschungsleiterin Dr. Leonore Herbst das verendete Tier sezieren müssen, eine Aufgabe, um die Franzi sie nicht beneidete. Dann griff sie nach dem grauen Ordner über dem Schreibtisch an der fensterlosen Wand. Sie suchte das Blatt heraus, auf dem Käfig 32a verzeichnet war, legte es neben den Kühlschrank und verließ den Raum.

Leonore genoss das Aufheulen der schweren Maschine. Hinter ihrem Bruder in den Windschatten geduckt, folgte sie geschmeidig den Bewegungen des Motorrads auf dem Weg von Günterstal zum Schauinsland, wo die alte ADAC-Rennstrecke lag. Hier waren atemberaubende Schräglagen möglich. Mehr als einmal schrammten die Fußrasten deutlich hörbar über den Asphalt. Vor ihren Augen verschwammen die Bäume und Wiesen am Rand der Straße zu einem einzigen hellen Grün. Bei der Holzschlägermatte unterhalb des Schauinsland verlangsamte Tobias die Fahrt und lenkte die jetzt nur noch dumpf blubbernde Maschine auf den Parkplatz, wo bereits mehrere Grüppchen von Motorradfahrern den Kurvenstil der Vorbeifahrenden in der *Applauskurve* beobachteten.

Leo stieg ab und Tobias kippte das Motorrad auf den Seitenständer. Von hier oben hatte man einen wundervollen Ausblick auf das Rheintal und die Vogesen. Leider standen seit ein paar Jahren zwei Windkraftanlagen im Weg. Man hatte sie hier unten aufgestellt, um die Aussicht vom Schauinsland im Landschaftsschutzgebiet nicht zu stark zu beeinträchtigen.

„Geschwindigkeitsbegrenzungen sind nicht so dein Ding“, stellte Leo fest, nachdem sie den Helm abgenommen hatte. In der Luft lag die typische Geruchsmischung aus Abgasen und Motoröl, die sich hier mit der frischen Frühlingsluft mischte. „Jetzt weiß ich wenigstens, warum die Strecke am Wochenende für Motorräder gesperrt ist“, fuhr sie fort. Früher war hier das legendäre Schauinsland-Rennen ausgetragen worden und seitdem war es auf der Strecke immer wieder zu tödlichen Unfällen gekommen. Ihr Bruder warf einen Blick in den Seitenspiegel und verwuschelte seine blonden Locken.

„Wer bremst ist feige“, grinste er, zog ein Päckchen Tabak *Van Nelle zware* aus der Brusttasche seiner schwarzen Lederjacke, nahm eine vorbereitete Selbstgedrehte heraus und zündete sie an. Zwischen seinen Lippen blieben ein paar Tabakkrümel kleben, die er auf den Asphalt spuckte. Liebevoll tätschelte er den glänzenden roten Tank der Suzuki 650.

„Noch 3000 Euro, dann gehört das Moped mir“, sagte er und sah Leo erwartungsvoll an.

Den Blick kannte sie.

„Versuchs mal mit Arbeiten“, schlug sie vor.

Tobias seufzte: „Ich hab’s versucht, ehrlich. Gibt aber zurzeit kaum Jobs, wegen der Wirtschaftskrise und so.“

Leo kannte ihren Bruder. Er hatte auch ohne Krise kein Interesse an Jobs, die über das Niveau des wöchentlichen Rasenmähens bei ihren Eltern hinausgingen.

„Da kann ich dir helfen. Wir suchen dringend noch einen Probanden für einen klinischen Test. Männlich, jung, gesund, so wie du“, erklärte sie. „Gestern ist uns einer abgesprungen, völlig überraschend. Macht uns den ganzen Zeitplan kaputt. Ohne einen zwölften Mann können wir am Montag nicht beginnen.“

Tobias zog an der Zigarette und blies nachdenklich den Rauch in die Luft.

„Ich hab' ziemlich viel zu tun in den nächsten Tagen, Hausarbeiten und so.“ Das bezweifelte Leo. Die Regelstudienzeit zu überziehen, wurde in Freiburg nicht als verwerflich betrachtet, und dieser Ansicht hing auch Tobias mit seinen mittlerweile 31 Jahren an. Üblicherweise wurden als Gründe höhere Mächte angeführt, zum Beispiel das Wetter im Allgemeinen und die Freiburger Hitze im Speziellen, die oft erst abends durch den Höllentäler Talabwind gemildert wurde. Der Opfinger See galt als anerkannte Alternative zum Hauptseminar.

„Du musst nicht viel tun“, sagte sie, „zwei Wochen lang ein bisschen im Bett rumliegen, dich pieksen lassen, in den Becher pinkeln.“

„Aber ich darf nicht rauchen“, jammerte er.

„Dann sparst du sogar noch Geld“, sagte Leo. „Die Klinik ist ziemlich gut ausgestattet, Fernseher mit DVD und so. Außerdem liegt sie direkt neben den Thermen. 3000 Euro für zwei Wochen Pharmaforschung und die Maschine gehört dir. Rechtzeitig zum Sommer.“ Langsam ging sie um das chromblitzende Gefährt herum und tätschelte die schwarze Sitzbank.

Tobias warf die Zigarette auf den Boden und trat sie aus.

„Was ist das überhaupt für ein Test?“

„Ein neues Krebsmittel. Es hat noch keinen Namen, sondern läuft erst mal unter der Bezeichnung CN 713“, erklärte Leo. Das Kürzel CN stand für die Biotechfirma *CytoNova*, die den Stoff prüfen und später vermarkten würde. Ihr Inhaber, Dr. Stefan Iskarius, hatte früher zusammen mit Leo an der Uniklinik gearbeitet und sie waren weit mehr als Kollegen gewesen.

„Ein Impfstoff gegen Krebs", fuhr sie fort. „Er markiert Krebszellen für die körpereigene Immunabwehr. Die erkennt dann die kranken Zellen und zerstört sie. Bei Gesunden ist er völlig harmlos. Ist meine eigene Entwicklung."

„Warum testest du ihn dann nicht selbst?", fragte Tobias.

„Bei der ersten Anwendung von Arzneimitteln, in den klinischen Studien der Phase I, werden zuerst junge und gesunde Männer gesucht, damit die Daten gut vergleichbar sind. Frauen können schwanger werden, da ist das Risiko zu groß."

Tobias sah sie empört an. „Und für mich ist das Risiko nicht zu groß?"

„Wir haben das Mittel ausgiebig geprüft, in Laborversuchen, an Zellen und natürlich auch an Tieren."

„Aber das Risiko ...", begann Tobias.

„... ist auch nicht größer als am Freitag mit dem Motorrad auf den Schauinsland zu fahren", unterbrach sie ihn und deutete auf die Applauskurve, wo sich drei Fahrer mit röhrenden Motoren eine Verfolgungsjagd lieferten. „Die Durchführung ist vom Bundesinstitut genehmigt. Dazu kommen jede Menge Vorteile für dich, zum Beispiel eine kostenlose Komplettuntersuchung. Und du tust endlich mal was Sinnvolles und bringst die Wissenschaft voran."

Sie kramte Papier und Kugelschreiber aus der Innentasche ihrer Jacke, notierte Anschrift und Telefonnummer von *CytoNova* und reichte ihm den Zettel.

„Hier kannst du dich melden, am besten heute noch."

„Und wenn doch was passiert?"

„*CytoNova* ist gut versichert."

Montagmorgen um acht Uhr spiegelten sich die ersten Strahlen der Maisonne in der Wasserfläche des Seerosenteichs im

Innenhof der Klinik für Tumorbiologie. Leo hatte keine Augen für den liebevoll gestalteten Eingangsbereich, denn in den nächsten Wochen stand eine weitere Verlängerung ihrer befristeten Stelle an. Ansonsten drohte – wieder einmal – Hartz IV. Wenn diese blond gefärbte langhaarige Assistentin damals nicht dazwischen gekommen wäre, würde sie heute gemeinsam mit Stefan die *CytoNova* leiten.

Im Umkleideraum zog Leo den weißen Laborkittel an und trat in die Birkenstocks in Weiß mit Schnalle hinten, wegen der Sicherheit. Dann ging sie zu den Tierställen, um die nächste Versuchsreihe vorzubereiten. Bevor sie die erste Ratte aus ihrem Käfig nehmen konnte, platzte Franzi herein.

„Hast du schon gesehen", fragte sie, „am Freitag ist eine Ratte gestorben, Käfig Nr. 32 a, ganz blutig war die. Ich habe sie in den Kühlschrank gelegt und das Protokollblatt daneben."

Leo fühlte, wie ihr das Blut aus den Wangen wich.

„Das ..., das kann nicht sein. Die Versuche mit CN 713 waren doch schon vor drei Wochen abgeschlossen. Die Tiere hätten gar nicht mehr hier sein sollen." Leo riss die Kühlschranktür auf. „Ich sehe keine Ratte."

„Das gibt's doch nicht, das Protokollblatt ist auch weg", sagte Franzi, nachdem sie den Boden abgesucht hatte.

Leo sah auf die Uhr. „Verdammt, CN 713 geht heute in Phase I. Die ersten Probanden bekommen es gerade jetzt."

„Vielleicht hat die tote Ratte gar nichts mehr mit CN 713 zu tun", meinte Franzi.

„Tobias ist auch dabei. Wir müssen den Test sofort stoppen", sagte Leo und hastete zur Tür. „Ich rufe Stefan an."

Nach dem fünften Klingeln erklang auf dem Anrufbeantworter eine melodische weibliche Stimme. Leo hinterließ ihre Nachricht und knallte den Hörer zurück. Dann rannte sie zur Garderobe, warf ihren Kittel in den Schrank und zog ihre Straßenkleidung an. Auf dem Parkplatz wartete ihr roter Golf. Gut, dass sie heute nicht das Fahrrad genommen hatte.

Die *CytoNova* lag rund 15 Autominuten entfernt neben den Thermen im Naturschutzgebiet Mooswald. Leo fuhr so schnell sie konnte, ohne ernsthaften Ärger zu riskieren.

„Wieso gehst du nicht ans Telefon?“ Leo war außer sich. Unter der Bluse lief ihr der Schweiß den Rücken hinunter. „Wir müssen den Test sofort stoppen.“ Fragend sah Stefan sie an.

„Mit den Tierversuchen stimmt was nicht“, sagte Leo, „ein Tier ist gestorben.“

Beruhigend legte Stefan ihr eine Hand auf die Schulter. Mit seinen 51 Jahren wirkte er schlank und sportlich, aber seit ein paar Monaten mischten sich zunehmend graue Strähnen in sein dunkelblondes Haar. „Wahrscheinlich hat das gar nichts zu bedeuten“, meinte er und ging zur Kaffeemaschine. „Vielleicht hatte die Ratte irgendwas anderes. Die Versuche sind doch schon vier Wochen her.“

„Drei“, verbesserte Leo, „ich wollte den Kadaver untersuchen, aber er ist weg.“

„Wird sich schon wiederfinden“, meinte Stefan. Er reichte ihr eine rote Tasse, die ein dicker, gestreifter Kater zierte. „Mit Milch und wenig Zucker, wie du es am liebsten hast.“ Für sich füllte er eine gelbe Tasse, mit der Aufschrift „Morgen-Latte“.

„Was ist mit Tobias?“ Leos Hand zitterte, als sie nach der Kaffeetasse griff.

„Alles in bester Ordnung“, Stefan umfasste ihre Hand, „Tobias betreue ich natürlich persönlich.“

„Der Test darf nicht weitergehen“, stieß Leo hervor.

„Zu spät“, sagte Stefan. „Wir haben den ersten Probanden den Impfstoff schon gespritzt.“

„Und Tobias?“

„Das kann ich dir nicht sagen.“ Stefan zog seine Hand zurück. „Du weißt doch selbst, dass der Versuch doppelblind läuft. Das heißt, dass weder der Patient noch wir als Prüfärzte wissen, wer den Wirkstoff und wer ein Plazebo erhält.“

„Bitte, Stefan“, flehte sie, „wir dürfen nicht weitermachen. Warte wenigstens, bis ich die Ratte genauer untersucht habe. Vielleicht ist ja wirklich alles ganz harmlos.“

„Das können wir uns nicht leisten. Eine Garantie gibt es ohnehin nie. Jeder neue Wirkstoff muss irgendwann die Schwelle zur Klinik überschreiten, daran führt kein Weg vorbei“, sagte Stefan. „Denk' doch mal an die vielen Krebspatienten, die sehnsüchtig auf ein Mittel wie CN 713 warten. Wir könnten so viele Leben retten, da zählt jeder Tag.“

Und dann hängt auch die Existenz deiner Firma davon ab, dachte Leo. Sie wusste, dass er seine gesamte Hoffnung auf CN 713 gesetzt hatte.

„Ein Stopp kommt überhaupt nicht in Frage“, sagte Stefan. Er stellte seine Kaffeetasse so heftig auf den Tisch, dass sie überschwappte und eine Pfütze auf dem Glastisch hinterließ. „Der Versuch läuft weiter, wie geplant und genehmigt. Das ist mein letztes Wort.“

„Du bist sicher, dass das die einzige Möglichkeit ist?“, fragte Franzi.

Leo nickte: „Die erste Spritze haben die Probanden bereits erhalten, die zweite ist für morgen früh vorgesehen. Da können wir gar nichts machen, nicht auf dem offiziellen Weg. Stefan hat die Genehmigung. Und er hat offenbar ganze Arbeit geleistet und alle Befunde, die ihm nicht passten, verschwinden lassen, wahrscheinlich auch die tote Ratte.“

Franzi senkte den Kopf. „Ich konnte doch nicht wissen, dass ...“

„Es war richtig, dass du ihn noch am Freitag informiert hast“, sagte Leo. „Ich war ja schließlich nicht erreichbar.“ Auf dem Motorrad hätte sie das Handy gar nicht gehört.

„Zum Glück hat er mein Labortagebuch übersehen.“ Franzi wedelte triumphierend mit einem roten Ringbuch, das mit Pferdebildern beklebt war. „Damit können wir beweisen, dass er die Ergebnisse gefälscht hat.“

Von ihrem Parkplatz unter den Bäumen aus konnten Leo und Franzi die gesamte Front des zweistöckigen Klinikgebäudes überblicken. Sie hatten sich Tobias' schwarzen Mini ausgeliehen. Es war 22:45 Uhr und in Stefans Büro brannte immer noch Licht. Die übrigen Fenster waren bis auf den schwachen Schein der Notbeleuchtung dunkel. Als die Lichter im ersten Stock erloschen, duckten sich die beiden Frauen tiefer in die Autositze. Ein Mann trat vor die Tür, stieg in einen goldfarbenen Daimler und fuhr los. Leo setzte sich auf.

„Stefan ist weg“, sagte sie und sah auf die Uhr, „und der Wachmann müsste auch gleich kommen. Um elf gehen sie normalerweise das letzte Mal durch.“

Kurz darauf kam eine männliche Gestalt in dunkler Windjacke aus dem Gebäude. Der Mann trug ein Funkgerät, dessen Zischen und Knacken sie deutlich hören konnten. Leo stieg aus und ging über den leeren Parkplatz auf den Wachmann zu. Unter dem Mantel ließ sie den weißen Arztkittel hervorblitzen.

„Guten Abend“, rief sie und schwenkte ihren Arztausweis, „ich muss leider noch mal rein.“

Der Wachmann griff nach dem Dokument. „So spät am Abend?“ Seine schütteren blonden Haare waren in spärlichen Strähnen sorgfältig über seine Glatze arrangiert.

„Forscherschicksal“, sagte Leo. „Ich schließe dann ab.“ Sie drückte die Tür auf und ging über das schwach beleuchtete Treppenhaus in den zweiten Stock. Es roch nach Krankenhaus, der typischen Mischung aus Reinigungs- und Desinfektionsmitteln. Vor ihr lag ein langer Flur mit grauem Fußboden, von dem rechts mehrere Türen abgingen. Leo wusste, dass sie zu den Zimmern der Probanden führten. Ihre Gummisohlen quietschten, als sie die erste Tür öffnete und auf das Bett zuging, das sich als dunkler Schemen vor der helleren Fensterfläche abhob.

Plötzlich fiel hinter ihr die Tür ins Schloss. Leos Herzschlag beschleunigte sich. Sie drehte sich um und lauschte in die Dunkelheit.

„Tobias?“, fragte sie unsicher.

„Nein, ich bin's.“ Trotz des heiseren Flüsterns erkannte sie Stefans Stimme sofort.

„Hier kann dich niemand hören“, sagte er, „hier sind wir allein. Das Zimmer ist leer.“

Sie zuckte zusammen, als sie einen warmen Atem an ihrem Ohr spürte. Stefan strich ihr über den Arm. „Ich wusste, dass du kommen würdest. Schließlich kenne ich dich seit vielen Jahren.“ Er lachte anzüglich.

„Stefan ...“ Die Angst schnürte ihr die Kehle zu. „Was hast du vor?“

Ein leises Lachen. „Was würdest du an meiner Stelle tun?“

„Stefan, bitte, wir können reden.“ Vorsichtig versuchte sie, sich in Richtung Tür zu bewegen. Dabei stieß sie gegen ihn.

„Das habe ich ja die ganze Zeit versucht.“

Unvermittelt umklammerte Stefan ihren Arm. Leo spürte einen Einstich, der von einem brennenden Schmerz gefolgt wurde. Panisch wirbelte sie herum. Doch da war niemand mehr. Das Lachen schien von einer anderen Stelle des Raumes zu kommen. Blitzschnell hechtete Leo zur Tür, riss sie auf und stolperte in den Flur, doch bevor sie die Tür hinter sich zuschlagen konnte, hatte Stefan seinen Fuß dazwischengedrängt. Drohend hielt er eine Spritze hoch und stieß erneut zu. Innerhalb weniger Sekunden löste sich der Raum in wellenförmigen Bewegungen auf.

Benommen kam Leo zu sich. Sie lag bequem, nichts schmerzte. Vorsichtig wackelte sie mit den Fingern und mit den Zehen und bewegte dann probehalber Hand- und Fußgelenke. Nichts zu spüren.

Als sie zwischen den Wimpern hervorlugte, sah sie in Tobias' und Franzis besorgte Gesichter. Sie schlug die Augen vollständig auf und drehte den Kopf. Die hellgelbe Bettwäsche gehörte zu einem Klinikbett. Über ihr reckte sich das Gestell für die Infusionslösungen empor, von dem jetzt aber nur ein Rufknopf an einem Kabel herabbaumelte.

Tobias fasste ihre Hand. „Ganz kalt bist du“, sagte er besorgt. „Ich bin aufgewacht und habe etwas gehört. Dann bin ich aufgestanden und habe dich liegen sehen. Stefan stand neben dir und hatte die Spritze noch in der Hand. Da habe ich ihm eins übergezogen.“ Er grinste schief und deutete auf eine zusammengekrümmte Gestalt am Boden. „Ist sonst eigentlich nicht so meine Art. Und dann kam auch schon Franzi und hat mir alles erzählt.“

Leo fasste sich an den Kopf. „Was hat er mir gespritzt?“

„Haloperidol, ein starkes Beruhigungsmittel“, sagte Franzi und Tobias fügte hinzu: „Du warst eine Stunde total weggetreten.“

Leo griff nach Tobias’ Arm. „Geht’s dir gut?“, fragte sie.

„Keine Sorge, mir geht es bestens“, meinte er. „Dein neues Krebsmittel hat mich noch nicht umgebracht.“

Erleichtert atmete Leo auf. „Trotzdem – wir müssen den Test stoppen.“

Stefan kam stöhnend wieder zu Bewusstsein.

„Wir haben ihm auch eine Haloperidol-Spritze verpasst, in den Hintern, das hat Franzi prima drauf“, sagte Tobias.

„Wir dürfen CN 713 nicht stoppen“, ächzte Stefan, „zu viele Menschen warten auf ein solches Mittel.“

„Dafür setzt du das Leben gesunder Menschen aufs Spiel?“, fragte Leo.

„Was zählt schon *ein* Leben gegen viele“, sagte Stefan.

„Gut, dass du das so siehst“, sagte Leo. Sie öffnete den Kühlschrank und nahm ein *Eppendorfhütchen* heraus. „Hier ist ganz sicher kein Plazebo drin.“

Leo griff nach Stefans Arm und hielt ihn fest. Benommen ließ er es geschehen. Zuerst betastete sie seine Haut in der Armbeuge mit den Fingerspitzen, versprühte etwas Desinfektionsmittel und stach die Spritze hinein. Sie aspirierte venöses Blut, dann ließ sie langsam die Flüssigkeit in seinen Körper sickern.

„Keine Sorge“, sagte sie und tätschelte seinen Arm. „Hier in der Klinik bist du gut aufgehoben, wir kümmern uns um dich.

Leg' dich ins Bett und genieß die Ruhe. Wenn alles gut geht, sind nächste Woche die anderen Probanden dran."

Zwei Wochen später hörte sie ein fröhliches Hupen. Leo öffnete das Fenster und sah auf die Straße hinunter, wo Tobias mit seiner glänzenden roten Suzuki und einem zweiten Helm am Arm stand und ihr zuwinkte.

„Hallo, Schwesterchen, willst du mit? Es ist Freitag, und die Holzschlägermatte wartet."

Sie winkte fröhlich zurück. „Bin gleich da."

„Ach, übrigens", sagte er, als sie vor ihm stand. „Kannst du dir nachher mal meinen linken Arm ansehen? Der juckt jetzt schon den ganzen Tag, und das wird irgendwie immer stärker."

Anna Schneider

Im schwarzen Wald

Das Klingeln des Telefons zerriss die abendliche Stille.

„Guten Tag. Sitzen Sie, Frau Paul?“, fragte eine wohltönende Männerstimme.

„Nein, ich stehe“, antwortete sie, mit einem gereizten Unterton in der Stimme.

„Auch gut. Sie haben Glück, liebe Frau Paul. Heute ist Ihr Tag! Wir haben Sie aus Hunderten von Menschen ausgewählt. Und Sie werden es nicht glauben: Sie haben gewonnen! Na, wie finden Sie das?“

„Schön, aber ich möchte jetzt essen. Auf Wiedersehen.“ Resolut drückte sie den Anrufer weg. Typisch: Erst war man angeblich ein Gewinner und dann wurde doch nur zur Kasse gebeten. Dennoch blieb ein Zweifel, ob sie nicht zu früh aufgelegt hatte.

„Quatsch, Christine“, sagte sie energisch und schüttelte kichernd den Kopf, als sie merkte, dass sie wieder laut mit sich selbst geredet hatte.

Genüsslich schob sie die Gabel mit der dampfenden Lasagne in den Mund. Ein paar Kalorien mehr oder weniger – na und? Die würde sie gleich wieder abtrainieren, wenn sie mit dem Fahrrad zur Theaterprobe nach St. Märgen fuhr.

Auf dem Rückweg nahm sie wie üblich die Abkürzung durch den Wald.

Aber was war das?

Zunächst konnte sie nur einige Lichtreflexe ausmachen. Während sie sich näherte, erkannte sie, dass der Weg von Friedhofskerzen gesäumt war. Neugierig stieg sie von ihrem Fahrrad. Schon oft hatte sie gesehen, wie an Unfallorten, wo ein junger Mensch sein Leben am Straßenrand verloren hatte, Kerzen und Blumen standen. Aber noch nie war ihr etwas Derartiges auf einem Waldweg begegnet! Sie fand die Gedenkstätte äußerst beunruhigend.

„Reiß dich zusammen, Christine“, sagte sie sich und schob ihr Rad weiter an den Lichtern vorbei. Nach einigen Metern stand am Weg eine Kristallvase mit einem wunderschön arrangierten Strauß weißer Rosen.

„Viel zu schön, um hier zu stehen. Sieht aus wie für eine Hochzeit“, sagte sie und begann laut zu singen. Das hatte sie schon als Kind getan, wenn ihr unheimlich zumute war. Kopfschüttelnd setzte sie sich wieder auf ihr Rad, um gleich hinter der nächsten Kurve erneut zu stoppen: In den Zweigen einer großen Eiche hing ein Brautkleid. Elegant mit zartem Schleier und langer Schleppe.

Mitten im Wald?

Christines Herz raste. So schnell sie konnte, trat sie in die Pedale und fuhr hastig nach Hause, ohne sich noch einmal umzudrehen.

So sah sie nicht die Silhouette des Mannes, der aus dem Wald getreten war und ihr lächelnd nachblickte.

Atemlos erreichte Christine das Haus, in dem ihre kleine Wohnung lag, warf ihr Fahrrad in den Vorgarten und rannte weiter zu ihren Eltern, die gleich um die Ecke wohnten.

„Beruhige dich, Kind“, sagte ihr Vater. „Ich weiß gar nicht, was daran so geheimnisvoll sein soll. Es gibt sicher eine ganz einfache Erklärung für deine Entdeckung.“

„Für ein Brautkleid mitten im Wald?“, konterte sie. „Nachts?“

Sie erwähnte nicht, dass sie das Gefühl gehabt hatte, dieses Arrangement sei eigens für sie erstellt worden. Zumal ihr das im vertrauten Umfeld ihres Elternhauses selbst schon wieder abwegig erschien.

„Ich schau’ mir das mal an“, sagte ihr Vater, der den Dingen gern auf den Grund ging.

„Kind, du solltest nicht so viele Krimis im Fernsehen anschauen“, sagte er bei seiner Rückkehr und tätschelte ihr die Schultern. „Da war nur eine alte Vase mit ein paar weißen Nelken und ein abgebranntes Grablicht. Ich bin noch auf und ab gegangen, aber sonst gab es da nichts.“

„Ich weiß doch, was ich gesehen habe!“, brauste sie auf.

„Der Wald hat vermutlich deine Fantasie beflügelt! Sie hat dir ganz bestimmt einen Streich gespielt und dir etwas vorgegaukelt. Jetzt weißt du auch, warum es so viele Sagen und Legenden über den Schwarzwald gibt! – Keine Rosen, nur Nelken, Liebes.“ Er drückte sie aufmunternd. „Soll ich dich noch rüberbringen?“

„Geht schon, Paps. Aber danke, dass du noch einmal nachgeschaut hast.“

Während sie nach Hause ging, grübelte sie weiter. Sie verstand einfach nicht, was passiert war. Sah sie wirklich Gegenstände, die es nicht gab? - Nein. Sie war sich absolut sicher. Die Szene war genauso real gewesen wie sie selbst.

Nach einer unruhigen Nacht weckten sie warme Sonnenstrahlen. „Ob eingebildet oder nicht: Hauptsache, es ist vorbei“, versuchte sie sich zu beruhigen. Sie brach wie jeden Morgen zu einer Joggingrunde auf, bevor sie zu ihrem Kosmetiksalon fuhr. Schon nach wenigen Schritten spürte sie, wie die frische Luft und die Bewegung die Verspannungen in ihrem Körper lösten. Was blieb, war das Empfinden, der Wald, der stets in Sichtweite war, wolle etwas von ihr.

„Jetzt werde nicht paranoid, Christine“, sagte sie resolut. „Schluss damit!“

Am folgenden Mittwoch nahm sie beinahe trotzig die gewohnte Abkürzung durch den Wald und trat energisch in die Pedale. Undeutlich erkannte sie auf halber Strecke im Lichtkegel ihrer Fahrradleuchte einen Gegenstand auf dem Kiesweg. Langsam hielt sie an und stieg ab. Sie schaute sich um, konnte aber nichts in der Dunkelheit erkennen und hörte keinen Laut, außer dem leichten Rauschen der Blätter im Wind. Eine weiße Rose lag auf einem champagnerfarbenen Umschlag. Rasch gewann ihre Neugier die Überhand. Sie nahm den Umschlag, öffnete die Lasche und zog eine wunderschöne Karte heraus: ein Herz aus roten Rosenblättern. Der Text ließ ihr das Blut in den Adern erfrieren: „Hat Dir Dein Kleid gefallen, Christine?“

Wie sie nach Hause gekommen war, wusste sie später nicht mehr. Ihre Angst trieb sie voran. Weg. Fort aus dem Wald.

Erst als sie hinter der verschlossenen Wohnungstür saß, gaben ihre zitternden Glieder nach und sie begann, hemmungslos zu weinen. Als sie sich einigermaßen beruhigt hatte, wollte sie bei ihren Eltern anrufen, da bemerkte sie, dass die Karte verschwunden war. Sie hatte sie im Wald verloren!

Obwohl sie sich beinahe sicher war, dass ihr Vater wieder mit leeren Händen zurückkehren würde, bat sie ihn dennoch, nach der Karte zu suchen. Kurze Zeit später stand er vor ihrer Wohnungstür.

„Hallo, Liebes. Komm erst einmal her.“

Sie sank erleichtert in seine Arme, die immer schon der Inbegriff von Geborgenheit für sie gewesen waren. Er strich ihr beruhigend über den Rücken. Aber sie spürte noch etwas anderes – eine leichte Distanz, so, als würde er sie beobachten.

„Du hast nichts gefunden?“

„Ich habe wirklich alles abgesucht. Aber es ist auch verdammt dunkel heute. Wenn dir das hilft, suche ich morgen noch einmal den Weg ab.“

Christine sah die Sorge in seinen Augen.

„Du glaubst mir nicht, oder? Warum sollte ich mir denn so etwas ausdenken?“, schrie sie ihn verzweifelt an.

„Ich will dir ja glauben, Liebes. Aber warum ist immer alles verschwunden, was du vorher ganz sicher gesehen haben willst? – Ich finde, du wirkst in der letzten Zeit ein wenig gestresst. Ist es dir vielleicht doch alles zu viel mit deinem Salon? Ich weiß ja, dass die Kunden im Moment ein wenig ausbleiben.“

Enttäuscht sah Christine in sein besorgtes Gesicht. Sie straffte die Schultern, hob den Kopf in den Nacken und sagte: „Du hast sicher recht, Papa. Es wird einfach die Situation sein. Vielleicht sollte ich über einen Urlaub nachdenken."

Später, alleine in ihrer Wohnung, wusste sie nicht, was stärker wog: der Blick ihres Vaters, der sich offenbar Sorgen um ihren geistigen Zustand machte, oder die Tatsache, dass ihr jemand so übel mitspielte. Die Inszenierung galt ihr. Aber warum? Und wer steckte dahinter? Christine schüttelte den Kopf. Nein, sie musste aufhören, darüber nachzudenken. Sonst würde sie verrückt werden.

Die nächsten Tage füllte sie mit Geschäftigkeit aus. Sie machte im Salon mehr Termine als sonst, verabredete sich mit Freunden, vermied aber, über die seltsamen Ereignisse zu sprechen oder in Kontakt zu ihren Eltern zu treten, von deren Reaktion sie fürchterlich enttäuscht war. Je mehr Zeit ereignislos verging, desto eher hatte sie selbst das Gefühl, sie habe alles nur geträumt.

Am Theaterprobenabend fuhr sie nicht durch den Wald. Sie hatte ohnehin in der letzten Woche einige Pfunde verloren. Da konnte sie ruhig das Auto nehmen. Auf dem Rückweg musste sie sogar lächeln: Jetzt hatte sie ihn ausgetrickst. Sollte er sich doch eine andere zum Erschrecken suchen. So schnell würde sie nicht mehr in den Wald gehen.

Sie summte leise vor sich hin und startete den CD-Player. Abrupt verstummte sie bei den ersten Klängen. Klaviermusik? Sie ließ die CD auswerfen und starrte irritiert auf ihre Aufschrift: George Winston's *Forest* lag in ihrer Hand. Sie atmete stoßweise und fuhr rechts ran. Diese CD gehörte ihr nicht. Hastig drehte sie sich um und seufzte vor Erleichterung laut auf, als sie sah, dass sie alleine in ihrem Auto saß. Wieder fiel ihr Blick auf die CD: *Forest – Wald.*

Resolut warf sie sie ins Handschuhfach und raste nach Hause. „Die hat Steffi beim letzten Mal vergessen", sagte sie laut zu sich selbst. Sie hatte der Freundin vor Kurzem ihr Auto geliehen. So musste es gewesen sein. Schluss. Das war nur ein dummer Zufall.

„Ich sollte wirklich über Urlaub nachdenken", beschloss sie. Gleich, als sie zu Hause angekommen war, setzte sie sich mit dem Laptop auf die Couch am großen Wohnzimmerfenster, um eine Reise zu buchen. Sie würde zwar einige Kunden verärgern und hatte eigentlich nicht das Geld dazu. Aber sie musste hier einfach weg. Am besten gleich am kommenden Wochenende.

Die Aussicht auf einen Ortswechsel brachte sie in eine beinahe überschwängliche Stimmung. Sie vergaß die CD und träumte stattdessen von blauem Himmel, Sonne und Sand zwischen den Zehen.

Am nächsten Abend besuchte sie ihre Eltern, um ihnen von der Reise zu erzählen. Schließlich konnte sie ihnen nicht ewig aus dem Weg gehen. Kurz vor dem Abschied fragte ihre Mutter, ob noch einmal etwas Ungewöhnliches passiert sei.

„Schon gut. Paps hat sicher richtig gelegen. Manchmal bildet man sich Dinge ein. Aber nun mache ich erst einmal die Reise. Und in meinem Postfach war gestern eine Mail, ich sei ‚die Auserwählte'. Hab noch nicht reingeschaut, aber vielleicht gewinne ich nun auch noch richtig viel Geld!"

Die Mutter musterte ihre den ganzen Abend ungewöhnlich überdrehte Tochter, die viel blasser war als sonst und die auch mit der weiten Bluse und Marlenehose nicht verbergen konnte, dass sie abgenommen hatte. Aber sie schwieg. Was sollte sie auch sagen?

„Na, mein Liebling, da bin ich aber erleichtert. Das hört sich nach einem guten Plan an", sagte ihr Vater und klopfte ihr aufmunternd auf die Schulter. „Und wenn es Probleme mit dem Geld geben sollte, dann sag uns einfach Bescheid."

„Danke für das Angebot, Paps. Aber ich brauche nichts. Ich hab' euch schon genug Sorgen gemacht. Danke für das leckere Essen, Mama. War wie immer köstlich!" Mit diesen Worten nahm sie ihre Tasche und verabschiedete sich.

„Wenn es so gut war, warum hat sie dann fast nichts gegessen? Ist doch sonst nicht ihre Art", sagte die Mutter, als Christine fort war.

„Nun lass sie doch. Sei froh, dass es ihr wieder bessergeht. Ich sehe jedenfalls lieber eine lachende Tochter, als dieses verschreckte, hysterische Etwas von letzter Woche."

„Ich ja auch, Ernst. Aber ich habe da so ein komisches Gefühl."

„Das hast du doch immer. Denkst du ernsthaft, unsere Christine wird verfolgt? Ein *Stalker* hier bei uns im Dorf? Mach dich doch nicht lächerlich. Diese Karte hat bestimmt nur jemand verloren!"

Hoffentlich, dachte die Mutter.

Der Abend bei den Eltern war entspannter gewesen als erwartet, auch wenn die nervöse Spannung ihrer Mutter Christine irritiert hatte. Zu häufig war der untrügliche Instinkt der Mutter ein zentraler Streitpunkt zwischen den beiden ungleichen Frauen gewesen. Zuletzt bei ihrem Exfreund, den die Mutter schon nach dem ersten Treffen zwielichtig gefunden hatte.

Aber jetzt würde sie erst einmal wegfahren. Nur noch zweimal schlafen, dann war sie schon unterwegs. Ibiza. Was sie dort wohl erleben würde?

Sie erwachte mitten in der Nacht. Ein kühler Luftzug hatte sie geweckt. Sie machte Licht und schlüpfte schnell unter der Bettdecke hervor, um das Fenster zu schließen. Es war noch recht kalt, jetzt, im Mai. Schnell sprang sie zurück in ihr Bett, doch etwas ließ sie jäh in der Bewegung innehalten.

Über ihren Oberschenkel war ein blaues Strumpfband geschoben. Angeekelt riss sie es weg, warf es weit von sich fort und löschte panisch das Licht. Ihre Augen gewöhnten sich schnell an die Dunkelheit und sie beäugte jeden Winkel ihres

Zimmers. Nichts war verändert. Und sie war allein. Das spürte sie. Dennoch legte sich die Angst wie eine Klammer um ihre Brust und schien sie beinahe zu erdrücken.

Was passierte hier?

Die Furcht drückte sie wie ein bleiernes Gewicht in ihr Bett zurück und erschwerte jede Bewegung, doch ihr Verstand wollte, dass sie nicht still hier verharrte. Das Ganze musste ein Ende haben. Jetzt sofort. Sie wollte endlich wissen, woran sie war!

Entschlossen schlüpfte sie in ihre Jeans, band sich die Turnschuhe zu und zog einen grauen Kapuzenpulli über das weiße T-Shirt, das sie immer zum Schlafen trug. Dann raste sie mit ihrem Auto über den holprigen Waldweg durch die Dunkelheit. Aufgrund ihrer überhöhten Geschwindigkeit sah sie den Mann, der ganz in Schwarz gekleidet auf der Fahrbahn stand, viel zu spät. Sie riss das Steuer herum, um eine Kollision zu verhindern. Das Letzte, was sie vor dem Aufprall ihres Wagens auf einen der dicht stehenden Bäume dachte, war: Wieso hat er einen Hochzeitsanzug an?

Niemand sah den Mann, der die verletzte Frau aus dem Wagen hob und sie forttrug. Und niemand sah den grellen Lichtblitz, der kurz darauf die Schwärze der Nacht durchbrach.

Bereits am folgenden Morgen wurde Christines Wagen gefunden. Aufgrund des Wrackzustandes zweifelte die Polizei daran, dass sie noch am Leben war. Mysteriös blieb der Fall dennoch: Warum war sie mitten in der Nacht über einen Weg gefahren, der für den öffentlichen Verkehr nicht freigegeben war? Wie hatte sich die schwer verletzte Frau aus dem Wagen befreien können? Und wo steckte sie jetzt?

Christine Paul blieb unauffindbar.

Nur ein seltsam anmutendes Hochzeitsfoto in einem gut versteckten Fotoalbum erinnerte an das, was in jener Nacht geschehen war.

ANNE ANDRESEN

Stellvertretend

Ich hatte geschwiegen, als verschaffte erst das Erzählen dem Geschehen Eintritt in mein Leben.

„Mädchen, schau mich nicht so an."

Ich schluckte. Wir sollten Kollegen werden. Der Mann hinter der Theke setzte nach: „Du weißt schon, warum du diesen Job hast?"

„Die Kundschaft wird auch älter", so hatte ich es verstanden und mich gerettet gefühlt, denn gelernt hatte ich den Beruf nicht.

„Jork", er schüttelte mir die Hand, ich muss überrascht ausgesehen haben, denn er sagte: „Jork für alles."

Manchen kommt eben ihr Vorname abhanden, überlegte ich, und dass ich in die Gastronomie wollte, weil man in dieser Branche so eigenartig sein kann wie man will und nichts erklären muss.

„Deine Art zu lächeln", sagte Jork, „die ist wie eine Aufforderung zum Tanz."

Ich antwortete: „Ich tanze nicht."

„Sagst du."

Und so wie Jork mich ansah, konnte ich endlich Spaß verstehen, war vielleicht doch noch etwas mit mir los, an diese Möglichkeit hatte ich kaum mehr gedacht. Ich musterte Jork. Mit seiner prominenten Nase und dem langen, dunklen Haar wirkte er wie ein Samurai, und wenn er durch den Saal schritt, wurde seine schwarze Schürze zum Waffenrock. Er erfreute mein Herz wie ein großer Bruder. Später stellte er mir Jeannie und Barbara vor, wir würden zusammen die Spätschicht übernehmen.

Abends kleidete ich mich in Schwarz und trödelte über das Kopfsteinpflaster den Bach entlang, vorbei an einem steinernen Krokodil, das seinen großen Kopf aus dem Wasser reckte und kalt und freundlich jeden angrinste, der es bemerkte, vorbei am Biergarten und dann langsam über den Augustinerplatz. Wenn es nicht regnet oder schneit, macht fast immer jemand Musik dort, dann ein kurzes Stück entlang an Schaufenstern und Straßenbahngleisen und ich betrat das Aquarium, so hatte ich es bei mir genannt.

„Wir füttern Fische", hatte Jork ganz am Anfang gesagt, dabei redeten meist unsere Gäste und wir blieben stumm. Das Café ist in einem Glaskasten neben dem Stadttheater untergebracht. Im Dunkeln leuchtet die Theke wasserfarben und die Flaschen sind Anemonen – wenn man lang genug auf die Regale starrt, wiegen sich die Reihen gläserner Körper in der Strömung. Hannes hatte das gesagt, unser, oder eigentlich mein regelmäßiger Gast – und ich versuchte, den großen dicken Mann zu mögen, obwohl ich mich vor ihm fürchtete.

„Lass sie deine Angst nicht spüren", hatte Jork geraten, und wenn Jork da war, tauchte ich gelassen ein und blieb bis zum Ende der Schicht unter Wasser. Hannes kam immer auf dem Rückweg vorbei. Rückweg sagte er so tonlos, dass ich annahm, er bräuchte eine Pause, weil er nicht nach Hause mochte, als ob er Ärger mit seiner Frau hätte. Und ich besah seine Hände, große, dicke, blond geflaumte Hände mit goldenen Tupfern, sogar auf den wurstigen Fingern. Dass er meinetwegen kommen könnte, daran dachte ich anfangs nicht.

Ein paar Mal in der Woche setzte ich Hannes eine heiße Schokolade vor und machte mich über den Bart aus Milchschaum über seinen Lippen lustig und ich nickte nicht nur und sagte „verstehe", ich hörte ihm wirklich zu. Als Kellnerin erzählte ich nicht von mir. Eines Abends sagte er: „Ich brauche das jetzt, zu dir zu kommen." Da mochte ich ihn, wie man einen dicken Kater mag, der einem dauernd über den Weg läuft und um die Beine streicht. Ich lächelte also weiter, schenkte ihm Aufmerksamkeit und daraus wurde eine Gewohnheit und darüber wurde es Sommer.

Jork machte Ferien und ich stand allein hinter der Theke. Auch wenn ich meine Kolleginnen mochte, Jork fehlte mir wie das Meer im Sommer, in der Stadt beherrschte die Hitze die Tage und Nächte.

Hannes kam jeden Abend, und wenn ich ihn nicht sofort beachtete, hustete er oder schniefte überflüssig, während er sich durch das Café auf mich zu wälzte. Er litt unter der Hitze und seufzte beim Gehen, aber jedes Mal stand er wie mit einem Fingerschnippen plötzlich vor mir und ich bekam nie mit, wie er das machte. Einmal fragte er, wie lange ich diesen Job noch machen wolle, und fügte hinzu, für den Fall, ich wollte eine ordentliche Arbeit, bräuchte ich doch Bewerbungsfotos, er mache sehr gute Porträts und bei Gelegenheit würde er mir gern etwas von seiner Arbeit zeigen. Selbstverständlich nickte ich und lächelte und sagte: „Warum nicht?“, aber ich hatte nicht vor, jemals mit Kundschaft privat zu werden.

Ich hatte von Krokodilen geträumt und war aufgewacht, weil mir ein Fuß fehlte und eine Weile fürchtete ich, ich könnte es nicht zum Frühstück ins *Kolben-Café* schaffen. In der Gerberau lag das Bachbett fast trocken und ich besah das Krokodil in seiner ganzen Größe, nur schauderte ich diesmal vor seinem verfressenen Maul. In einem Café arbeiten und morgens in einem anderen Café frühstücken, man sollte meinen, ich hätte das Bedürfnis nach Ruhe gehabt, aber ich war lang genug allein gewesen und man kann mit viel Arbeit und wenig Schlaf ins Schweben geraten. Im *Kolben-Café* lehnte ich an dem Brett in Brusthöhe, das sie vor dem Fenster zum Innenhof gespannt hatten, und starrte auf die Passanten vor dem Martinstor. Ich kam mir vor, als triebe ich auf einem Floß, vielleicht schwimmen wir alle auf Inseln von Zeit, jeder auf seiner, und es kommt nur gelegentlich zu Zusammenstößen. Ich war froh, neben den anderen Gästen zu träumen und doch alle weit genug weg zu wissen und tunkte eben mein Croissant in die Tasse, als jemand meinen Namen durchs Café rief. Alle konnten ihn hören, was ich nicht ausstehen konnte, auch nicht, dass es Hannes war, der sich vor mir aufbaute und mich anstrahlte, dass sein Bauch sich vor Freude mitblähte. Ich wurde rot. Hannes zuckte unter meinem Blick, als hätte ich ihn mit der Peitsche geschlagen und ich schämte mich. Jetzt sagte er leise und durchdringend noch einmal meinen Namen und: „Ich muss dich sprechen." So versenkte Hannes meine Morgeninsel.

Warum konnte ich nicht sagen, ich kann jetzt nicht, Sie müssen gehen? Nein, ich folgte ihm hinaus, ließ zu, dass er meinen Arm nahm und mich führte, und ging dann mit gesenktem Kopf neben ihm. Das hier war der dicke Hannes, der zu weinen angefangen hätte, wenn ich ihn jetzt stehen ließe und dabei hätte ich sagen müssen, mach das nie wieder, stör' nicht meine Träume, überhaupt, sprich mich am besten nie wieder privat an. Wieso blieb ich nicht stehen und sagte, jetzt reicht es?

Die Fußwege waren zugeparkt. Ich folgte Hannes in die Marienstraße. An der Ecke starrte mich eine Blumenfrau an, vielleicht kannte sie Hannes, aber Hannes übersah sie. Die Linden schwitzten und spendeten klebrigen Schatten, Hannes summte vor sich hin und ich trante hinter ihm her. Hannes drehte sich um und zwinkerte mir zu. Wir gucken Fotos, das ist alles, sprach ich mit mir selbst. Vor dem kleinen Brunnen am Ende der Straße bogen wir in einen Vorgarten. Ich folgte Hannes durch das Treppenhaus, die Stufen ächzten leise unter unseren Schritten. Hannes schloss auf. Ein großer Spiegel zeigte uns in der Tür aus Milchglas, das voller geschliffener Eisblumen war. Wie betörend Kälte sein kann, dachte ich, als ich eintrat. Eine Katze stolzierte mit erhobenem Schwanz voraus in das sommerhelle Arbeitszimmer dem Eingang gegenüber.

Hannes zog eine Schublade auf und breitete großformatige Schwarz-Weiß-Aufnahmen auf dem Schreibtisch aus.

„Wundervolle Frauen“, staunte ich. Ihre Posen beeindruckten mich, aber alle schauten traurig ins Leere. Hannes rückte so nah, dass ich seinen Atem auf der Haut spürte und ich trat ein Stück zurück. „Gute Fotos“, sagte ich, und: „Ich überlege es mir.“ Ob ich noch einen Kaffee mit ihm tränke? Wieder ging die Katze vor uns her, den langen Flur hinunter Richtung Küche, ein Kater mit enormem Bauch, bemerkte ich jetzt und trottete hinter beiden her, als hätte ich alles schon gekannt, und sicher hatte ich die Wohnung nie zuvor betreten.

Nur Streifen von Licht drangen durch die Rollläden in der Küche, kühl wie in einer Grotte … Ich hätte nicht sagen können, was ich noch bei Hannes suchte, vielleicht wollte ich noch ein wenig den traurigen Frauen auf den Fotografien nachspüren, vielleicht hätte ich ihm jetzt doch gern von mir erzählt, vielleicht holte mich die alte Müdigkeit wieder ein, jedenfalls setzte ich mich auf den Küchentisch und ließ die Beine baumeln.

Der Kater schnurrte und rieb sich am Tischbein und ich sah zu, wie Hannes die Kanne mit Wasser und Kaffee füllte und das Gas anzündete. Hannes stellte einen Küchenwecker und ich wunderte mich, wozu er den brauchte, da stand er vor mir und hielt meine Handgelenke fest und war kein bisschen schwach oder unsicher. Ich wollte aus seiner Umklammerung heraus und versuchte, ihn wegzudrücken. Er schrie verhalten: „Du willst es doch auch, sag das, du …“ Ich brachte kein Wort heraus, stemmte mich gegen ihn und verabscheute ihn, als er mich weiter auf den Tisch zwang. Das Katzentier sprang auf den Tisch und starrte mir in die aufgerissenen Augen, als wollte es sie zerkratzen, also presste ich die Lider zusammen. Die Küchenuhr tickte weiter, aber sie schellte nicht. Katzen wollte ich auch nie mehr ertragen, denk irgendetwas, an so was stirbt man nicht. Hannes stöhnte so laut auf, dass der Kater vor Schreck vom Tisch sprang und dabei eine Tasse mitriss.

Die Tasse zerschellte auf den Fliesen, die Katze flüchtete mit lautem Miau und es war, als ob der Krach mich erlöste, oder die eine Sekunde der Stille danach. Es roch verbrannt, etwas rumpelte und brummte und Hannes drehte sich um und schrie: „Scheiße!"

Ich wand mich aus seinem Griff und richtete mich auf. Hannes goss Wasser über die glühende Kaffeekanne und den Herd. Ich rannte aus der Wohnung und stolperte die Treppen hinunter. Vor der Haustür fiel mir mein Rock ein und ich zog ihn nach unten. Dann erreichte ich endlich die Straße. Die Linden stanken nach Schweiß, alles war eklig, am meisten ich. Ich wischte mir die Nase und schaute an mir herunter. Es war nichts zu sehen.

An jenem Abend konnte ich nicht zur Arbeit und als ich das nächste Mal zum Dienst kam, war nichts mehr wie zuvor.

Ich war nun weder Fisch noch Mensch im Aquarium, und wo mein Schwarz vorher eine Farbe war, trug ich nun Trauer.

„Was Schlimmes?", hatte Jork nur einmal gefragt und als ich nickte und nicht darüber sprechen konnte, kam ich mir dumm vor. Dennoch war ich froh, dass er mich in Ruhe ließ.

Der Westwind brachte Regen, ich starrte jeden Abend auf die Kreuzung, die Straßenbahnen, die Tiefgarage, das Universitätsgebäude und die Wiese davor, auf der sich im Sommer Studenten neben Heimatlosen sonnten. Tagein tagaus wie Licht-an-Licht-aus in einem Käfig, beruhigend, regelmäßig und tot, aber der dicke Mann trat immer weiter zurück in meiner Erinnerung, verblasste wie der Ekel und die Wut. Und mit der Routine kehrte die Kraft zurück.

Jork hatte mir das neue Messer gezeigt und mich gewarnt: „Das schärfste, was ich je in Gebrauch hatte", aber das reizte mich eher. Eines Abends schnitt ich Limetten mit dem neuen Messer, mit dem alles wie von selbst geschah, und rätselte über den Schliff in seiner Klinge, da stand Hannes vor dem Tresen, hängte seine Einkäufe an den Haken und drängte mit dem Bauch gegen die Wand, die uns trennte. Er sagte: „Mineralwasser mit einem Stück Limette bitte“, und ich wollte glauben, dass er nicht böse war, nur ein Zwerg, der sich nicht anders zu helfen gewusst hatte, eingesperrt in einer wabbeligen Riesengestalt, da sagte er: „Ich hatte Sehnsucht nach dir“, und legte seine großen Hände auf die Theke.

Ich wusste nichts zu sagen und schnitt weiter Limetten.

Hannes sagte: „Das hat doch noch keiner geschadet.“ Und ich starrte vielleicht zu lange auf den einen Finger, auf dem eine Sommersprosse prangte, die ich vorher nie bemerkt hatte.

Also, muss ich weitererzählen?

Jork war sofort bei mir: „Ist das Hannes, der so jammert?“ Ich wäre gern im Boden versunken, aber ich sah ihn an und sagte: „Er hätte einfach nicht wieder auftauchen dürfen.“

Sibylle Zimmermann

Kleiner Tod

Im Frühjahr weht immer ein leiser Duft von Zwiebeln über die Gräber. Ich kenne die Düfte zu jeder Jahreszeit, denn ich bin jeden Tag hier. Und warte.

Manchmal gehen Touri-Gruppen an dem Grab des Mädchens vorbei und einmal, als sie ehrfürchtig drumherum standen, wehten ein paar Worte der Fremdenführerin zu mir herüber, sie sagte *diese herzzerreißende Geschichte*, und obwohl ich eigentlich dachte, es gäbe nichts mehr in mir, was wehtun könnte, spürte ich in diesem Moment den ganzen Schmerz wieder.

Der alte Friedhof in Herdern ist nur drei Straßen von meiner Kanzlei entfernt, eine kleine Insel der Ruhe mit hohen alten Bäumen. Ideal, um in der Mittagspause die Zeitung zu lesen und etwas zu essen. Oder am Nachmittag ein bisschen zu schlendern und die Düfte aufzusaugen.

So habe ich sie zum ersten Mal getroffen.

Dort drüben hinter der Wiese ist das Grab des Mädchens, auf dem jeden Tag frische Blumen liegen, und angeblich weiß keiner, woher sie kommen. Direkt bei dem Grab gibt es keine Bank, aber offen gestanden ist es mir auch lieber so. Hier kann ich sitzen und beobachten und habe ein wenig Distanz und kann mich wenigstens eine Sekunde oder zwei darauf einstellen, falls sie kommt.

Der Friedhof hat etwas von der Schönheit eines englischen Gartens, aber er ist naturbelassener, der Bärlauch, der im Frühjahr seinen Zwiebelduft verströmt, bedeckt in dichten Feldern den Boden und später im Jahr wird man die Blumenwiese kniehoch stehen lassen. Auf den Bänken die eine oder andere alte Frau, der eine oder andere lesende Student, das eine oder andere Liebespaar. Düfte, Vogelgezwitscher, Insektensummen. Manchmal klingelt irgendwo ein Handy. Egal, wo ich bin, erschrecke ich, wann immer ein Handy klingelt, aber hier ganz besonders.

Wie schon gesagt, ich bin täglich hier. Für eine Stunde. Manchmal spielen in meiner Nähe kleine Kinder, wenn die Mutter auf mich aufmerksam wird, scheucht sie sie weg, so ist das heutzutage, ein Mann alleine auf einer Parkbank ist immer verdächtig. Oder liegt es an meinem Gesichtsausdruck, wenn ich ein Kind ansehe?

Das erste Mal traf ich Christine vor jenem Grab, an dem alle so gerne stehen bleiben.

Sie sah mich an und sagte: „Ich weiß, es ist furchtbar kitschig, aber … es rührt mich so!"

Und ich, weil ich, wenn ich neben einer attraktiven Frau stehe, sehr zu Opportunismus neige, sagte: „Es ist nicht kitschig, es ist romantisch, das ist ein feiner, aber entscheidender Unterschied." Und weil ich merkte, dass ich bei ihr gepunktet hatte, fügte ich noch hinzu: „Man sollte auf diese Platte hier", ich zeigte auf die verwitterte Steinplatte zu Füßen des Mädchens, auf der eine inzwischen unleserliche Inschrift eingraviert ist, „*Kleiner Tod* schreiben, das würde irgendwie passen, finde ich", und kam mir sehr feinsinnig vor dabei.

Während ich hier sitze, beobachte ich aus dem Augenwinkel einen Mann. Es ist nicht das erste Mal, dass er mir auffällt, ich habe fast das Gefühl, als ob er mich beobachtet, mal sitzt er auf einer Bank, mal schlendert er, aber die Kreise, die er anfangs weitläufig um mich zog, scheinen enger zu werden.

Vielleicht bilde ich mir das alles nur ein. Ich weiß, was Schuld und schlechtes Gewissen aus einem machen können, wie verletzlich man wird, angreifbar wie ein enthäuteter Kadaver.

Der Friedhof ist alt und es werden hier schon seit mehr als hundert Jahren keine Menschen mehr beerdigt. Es gibt viele besondere Gräber und Grabsteine, aber das meistbesuchte ist sicher das des Mädchens. Es besteht aus einem länglichen Steinsockel, der ein Bett darstellt, darauf liegt, mit einem steinernen Tuch mit schön herausgearbeiteten Falten bedeckt, ein totes Mädchen. Könnte auch schlafend sein. In ihren Armen liegen täglich frische Blumen. Wenn man sich die Blumen genau ansieht, kann man annehmen, dass nicht alle von einer Person gebracht wurden. Es ist kein Blumenstrauß. Es sieht mehr danach aus, als wären sie einzeln hingelegt worden.

Und das, obwohl sie schon ewig tot ist und niemand mehr leben kann, der sie persönlich gekannt hat.

Nach dem ersten Treffen mit Christine vor dem Grab und einem darauffolgenden Spaziergang über den sonnendurchfluteten Friedhof und einem darauffolgenden heißen gemeinsamen Sommer heirateten wir. Sie war für mich wie ein unwirkliches Waldwesen, entsprungen aus der Natur dieses alten Friedhofs. Sie hatte rötlich-blondes Haar, war zierlich und sommersprossig und hatte immer kalte Hände. Alles an ihr zog mich an, alles, sogar die kalten Hände.

Anfangs sah es richtig gut aus für uns, wenn auch das Geld nicht gerade floss. Ich hatte die Kanzlei neu eröffnet, aber wer glaubt, dass ein Rechtsanwalt in den ersten Jahren nennenswertes Geld verdient, der irrt sich gewaltig. Nicht wenn man selbstständig ist, nicht wenn die meisten Klienten Hartz IV-Empfänger oder alleinerziehende Mütter sind oder beides zusammen.

Zwei Frauen gehen langsam an mir vorbei. „Ich finde es halt schön, dass hier alles so naturbelassen wirkt", sagt die eine, die mit der Tasche über der Schulter, „so ohne Korrigieren, Eingreifen", und macht eine vage Handbewegung über den saftiggrünen Bärlauch hinweg und die gelben Butterblumentupfer.

Ich würde am liebsten hinter ihr herrufen: „Ich bin ganz Ihrer Meinung!"

Früher war ich anders. Ich glaubte mehr an Korrektureingriffe, das Schicksal selbst in die Hand nehmen und notfalls verbessern.

Als wir sechs Monate lang ohne Ergebnis versucht hatten, ein Kind zu bekommen, war ich es, der eines Morgens nach dem Sex in ihr feuchtes Schläfenhaar hineinflüsterte: „Wir könnten doch mal in eine dieser Kinderkrieg-Praxen gehen und uns untersuchen lassen", und als sie ihre rechte Augenbraue hob und zu überlegen schien, sagte ich: „Klar können wir der Natur noch ein paar Jahre ihren Lauf lassen, aber warum nicht jetzt ein Kind bekommen, jetzt wo du es so sehr willst?"

So war ich.

Der Mann, der mich umkreist, hat eine teuer aussehende Lederjacke an. Sie ist angeraut, dunkelbraun, so in Richtung Old Western Style. Wenigstens schließt das aus, dass er mich ausrauben will, um sich nachher Drogen zu kaufen oder Ähnliches. Als er vorbeikommt, sieht er ein wenig zögerlich zu mir hin und versucht ein Lächeln. Ich sehe weg, deutlich genug, hoffe ich.

Bei der Untersuchung in einer Kinderwunsch-Praxis kam heraus, dass wir beide nicht so richtig fruchtbar waren. Mein Sperma war nicht gerade dicht gesät mit tüchtigen und ausreichend beweglichen Individuen und bei Christine hatte in jenem Monat, obwohl es der Zeitpunkt gewesen wäre, kein Eisprung stattgefunden, nicht im linken Eierstock und nicht im rechten. Als wir zu Hause waren, wiederholte Christine die Worte des Arztes immer wieder. „Nicht im linken und nicht im rechten." Wie ein böses Mantra.

Obwohl der Arzt uns eigentlich viel Hoffnung gemacht hatte, weinte sie die ganze Nacht, ich hatte nicht gedacht, dass es sie so fertigmachen würde. Ich selbst wollte auch gerne ein Kind, sehr gerne sogar, aber es war mehr so eine theoretische Sache, ich stellte mir eben vor, wie es mir Fragen stellen würde, eines Tages, und ich ihm die Welt erklärte, oder wie ich später einmal, wenn wir alt wären, Enkel hätte, denen ich Geld zusteckte. Solche Sachen. Sie aber bekam bei jedem kleinen Kind, das sie auf der Straße sah, feuchte Augen.

In der Nacht nach dem Arztbesuch schliefen wir beide nicht. Ich versuchte sie zu trösten, sagte ihr, dass es kein Problem wäre, wir würden das ganze Programm durchmachen, und zwar so lange, bis es klappte und es sei egal, ganz egal, wie viel Geld das kostete.

Zu diesem Zeitpunkt kam der Alte zum ersten Mal so richtig in meinem Leben vor. Ich hatte ihn schon, wie es sich gehörte, kurz vor der Hochzeit kennengelernt, ein Schrank von einem Mann, undenkbar, dass Christine seine Tochter sein sollte. Er war mürrisch, unzugänglich und saß in seinem düsteren alten Haus in Zähringen. Ich wusste von ihr, dass er selten da gewesen war, früher immer auf Montage und alles andere als ein guter Vater.

„Vielleicht", sagte ich zu ihr, als sie immer noch weinte, „drückt ja auch der Alte was ab für sein zukünftiges Enkelkind." Ich sagte das, weil wir beide wussten, dass wir das Geld für die ganze Prozedur, zehntausend Euro oder mehr, je nachdem, wie schnell sich der Erfolg einstellen würde, nicht hatten. Sie hatte nur eine HiWi-Stelle an der Uni und ich hatte jede Menge Schulden und eine teure Miete für die Kanzlei.

„Mein Vater", sagte sie bitter und stützte sich auf ihren Ellbogen, „der gibt uns bestimmt nichts, der wollte ja nicht mal die Hochzeit bezahlen, nicht mal was zuschießen. Wann immer er kann, weist er mich darauf hin, dass alles, was er hat, mit seiner eigenen Hände Arbeit und so weiter und so weiter."

Wir haben es auch ohne ihn geschafft. Mit noch einem Kleinkredit, für den mein bester Freund gebürgt hat.

Und dann kam diese unglaubliche Zeit der Schwangerschaft, in der sie mich immer mit roten Wangen an der Tür empfing und mich erwartungsfroh ins Kinderzimmer zog. Mir alle Secondhandsachen zeigte, die sie für das Kind frisch erstanden hatte und ich wusste, dass ich nichts tun musste, als alles anzupreisen, um dann auf der Stelle auf den Boden gezogen und mit atemlosen Sex belohnt zu werden. Und das so gut wie jeden Tag!

Heute denke ich am liebsten an diese Schwangerschaftsmonate zurück. Christine mit ihrem triumphierenden Blick. Ihre Rundungen, der Sex auf dem Kinderzimmerboden, der Duft zwischen ihren Brüsten.

Nicht weit von hier liegt eine riesige Platane auf dem Boden. Sie wurde wohl bei einem Sturm entwurzelt. Aus irgendeinem Grund lassen sie sie einfach liegen, quer in der Wiese, lang ausgestreckt wie ein zu Boden gegangener Riese. Heutzutage gefällt mir so etwas.

Und dann der Schock. Melanie, unsere winzige Melly. Zu früh, zu klein, zu leicht, zu unreif. Die Wochen auf der Station, der Brutkasten, die Krisen, das Bangen, wird sie überleben, und dann: Wird sie behindert überleben, und dann: Wie groß sind die Schäden, geistige, körperliche. Manches ist gar nicht sofort festzustellen. Vieles nicht. Ob sie hört, ob sie sieht, ob sie sich geistig entwickeln kann. Alles unklar.

Christine veränderte sich in dieser Zeit. Aus der zarten Elfe wurde eine sehnige Kämpferin. Sie wurde zur medizinischen Expertin für Frühchen. Kannte jeden Fachausdruck, wusste Bescheid über jede mögliche Komplikation. Es war ihre Art, wie sie diese schreckliche Zeit überleben konnte. Ich hielt mich aus allen medizinischen Details heraus, es grauste mich zu sehr.

Wir schafften es. Sie schaffte es, unsere Tochter, Melly. Und kam nach Hause. Es kam alles so nach und nach in Ordnung. Keine Krisen mehr, die Atmung funktionierte, sie aß, sie wuchs und war lebhaft und rege und kein bisschen behindert. Sie wurde ein Jahr und sie wurde zwei Jahre.

Und schließlich kam der Tag, als ich nach Hause kam von der Arbeit, spät abends, und Christine am Esstisch saß, den Kopf in die Hände gestützt, und weinte.

Eine Untersuchung beim Augenarzt hatte ergeben, dass Melly extrem schlecht sah und vermutlich würde es mit ihrer Sehkraft immer schlechter werden. Christine hatte bereits im Internet die ganzen Fachbegriffe gegoogelt, es war eine seltene, aber mögliche Spätfolge der ganzen Komplikationen, die mit der Frühgeburt zusammenhingen.

„Sie wird blind", flüsterte sie später im Bett, „unsere Melly wird blind!"

Als ich am nächsten Morgen aufstand, war sie nicht mehr im Bett, meine Hand tastete auf ihrer Seite, aber das Laken war kalt. Ich sprang aus dem Bett und eilte ins Wohnzimmer. Sie saß, mit ihrem Laptop auf den Knien auf dem Sofa und bevor ich etwas sagen konnte, sprudelte es aus ihr heraus. Eine Klinik in den USA, irgendwo in Kalifornien. Sie waren die Einzigen, die spezialisiert waren auf diese Art von Problem, die Einzigen die etwas tun konnten gegen diese seltsame Rückbildung dieses winzig kleinen Häutchens in den Augen unserer Tochter.

Am gleichen Tag noch baten wir den Alten um Hilfe und am Tag darauf fasste ich den Plan. Weil ich nicht wusste, was ich sonst tun sollte – wo das Geld hernehmen, keine Bank zahlte mir noch einen Kredit und meine zwei besten Freunde hatten schon gebürgt, der Alte hatte sich verweigert.

Ich muss dazu sagen, zu meiner Verteidigung, ich war bis dahin ein ganz normaler Mensch. Anständig. Sogar als ich pubertierte war ich nicht kriminell. Klaute nicht mal Kaugummi oder Zigaretten. Das einzige Vergehen, an das ich mich erinnere, ist ohne Rücklicht mit dem Rad gefahren zu sein.

Der Plan entstand aus meiner Verzweiflung heraus. Und heute weiß ich, dass, als ich ihm das allererste Mal erlaubte, in meinem Kopf aufzutauchen, ich schon keine Chance mehr hatte. Es war jetzt nur noch eine Frage der Zeit, wann ich der Versuchung erliegen würde. Nur noch eine Frage der Zeit.

Bevor ich die richtige Lösung hatte, probierte ich im Kopf viele andere aus. Am liebsten wäre mir gewesen, der Alte hätte sich selbst umgebracht. Sozusagen. Aber ein alter Bärbeiß wie er konnte sich eigentlich nur auf eine Art umbringen und das war mit einem Schuss in den Kopf. Ganz sicher nicht mit Schlaftabletten. So schied Gift-Selbstmord aus, obwohl das viel einfacher für mich gewesen wäre. Ein Schuss in den Kopf war definitiv zu gefährlich. Spuren, Unwägbarkeiten. Nein.

Schließlich kam ich auf die zweitbeste Lösung, genau besehen eigentlich der Königsweg. Wo kein Mord ist, gibt es auch keine Untersuchungen.

Ich wählte den Abend mit Bedacht.

Christine und ich waren eingeladen bei Freunden. Sie hatten eine Wohnung gekauft und machten eine Einzugsparty. Wir gingen nicht oft aus, aber wenn, dann brachten wir Melly zu dem Alten. Seltsamerweise mochte sie ihn. Und anscheinend mochte er sie, obwohl er sonst immer hart wirkte wie Granit. Er räumte an diesen Abenden sogar sein Bett für sie und schlief selbst auf dem Sofa im Wohnzimmer. Nach dem Tod seiner Frau hatte er ihr Bett mit dem nächsten Sperrmüll entsorgt. „Typisch“, hatte Christine gesagt, „so lieblos.“

Wenn wir dann zurückkamen nach einem Abend im Kino oder im Jazzhaus, schlief sie immer tief und fest, es hatte nie Probleme gegeben.

An jenem Abend sollte sie wieder bei ihm bleiben und ich hatte keine große Mühe, meinen Plan umzusetzen. Während er und Christine und Melly im Wohnzimmer saßen, ging ich nach draußen, offiziell, um auf die Toilette zu gehen. Ich hatte alles vorbereitet. Ich öffnete, so leise es ging, die Tür zum Keller. Ich schlich mich die Treppe hinunter. Der Keller war gewölbeartig, das Licht war funzelig, es gab nur eine Lampe unten am Ende der Treppe, der Rest des Kellers lag im Dunkeln und auch die Treppe selbst war schlecht beleuchtet. Unten gab es Regale mit Einmachgläsern, „Mirabelle 98“ las ich gedankenverloren. Letzte Erinnerungen an seine Frau. Ich nahm mein Handy heraus, checkte sicherheitshalber noch mal, ob es auch eingeschaltet und auf maximale Lautstärke gestellt war. Ich legte es zwischen die Einmachgläser.

Dann ging ich die Treppe wieder hinauf. Sie war steil und hatte hohe Steinstufen. Stufen mit harten Kanten. Rechts und links ein Holzgeländer. Ich holte die Schnur aus der Tasche und band sie quer über der obersten Stufe auf beiden Seiten am unteren Geländerholm fest. In Knöchelhöhe. Es ging definitiv nicht, ohne zu stürzen. Ich hatte es zu Hause schon getestet. Ich bin Perfektionist.

Ich glaubte nicht, dass er den Sturz überleben würde. Aber wenn, dann bestimmt so schwer verletzt, dass er unten liegen bleiben und so niemals die Schnur entdecken würde. Nach dem Abend, wenn wir heimkämen – er gab uns immer den Schlüssel mit, für den Fall, dass er zu tief schlief auf seinem Sofa – würde ich es so einrichten, dass ich als Erster das Haus betrat und die offene Kellertür entdeckte. Dann zügig über die Schnur steigen und laut „Hallo, Hallo!", rufen. „Bist du da unten oder hast du nur das Licht angelassen?", schnell weg mit der Schnur und dann den Alten entdeckt und „Oh mein Gott!" geschrien. Und irgendwann natürlich auch das Handy wieder einstecken.

Ganz einfach eigentlich.

Es gab ein paar Sicherheitsaspekte, die ich aber im Griff hatte:

Aspekt 1: Dass Melly aufwachte, was bei dem Alten zwar noch nie passiert war, aber ich musste alles bedenken. Sie konnte jedoch die Kellertür nicht öffnen, denn es war eine alte Tür mit hoch angebrachter Klinke, zu hoch für Melly.

Aspekt 2: Dass Christine bei der Rückkehr zuerst ins Haus ging. Ausgeschlossen, denn ich würde gleich zu Beginn, wenn wir das Haus verließen, sagen, sie solle mir den Schlüssel geben, das Glück spielte mir in dem Falle zu, denn sie hatte schon öfter einen Schlüssel verloren.

Ich hatte alles im Griff.

Ich wollte es wirklich nicht tun. Ich hatte viele Wochen darüber nachgedacht. Dass ich Christine für immer verlieren würde, wenn sie es herausbekam. Dass es nicht richtig war. Dieser Aspekt, sonderbarerweise, machte mir am wenigsten aus. Ich hatte kein Mitleid mit dem Alten. Er war Christine kein guter Vater gewesen und seiner Frau ein missmutiger, laut Christine oft boshafter Ehemann. Und als Schwiegervater konnte man ihn sowieso vergessen.

Nur mit Melly zeigte er immerhin so etwas wie Gefühle. Nicht, dass er herzlich war oder so. Aber er ging immer auf sie ein. Wenn sie weinte, nahm er sie auf den Arm und sagte „Was willst du denn, hm?“, und wenn sie auf irgendeinen Gegenstand zeigte, sagte er: „Dann holen wir das mal.“ Umso unerklärlicher war, warum er nicht helfen wollte. Es ging schließlich um sein Enkelkind. Um ihre Augen.

Ich glaube, er war so felsenfest überzeugt davon, dass man eine totale Memme sein musste, wenn man das Geld für seine Tochter nicht auftrieb, und ich denke, er wollte es mir irgendwie zeigen, mir meine Unfähigkeit vor Augen halten.

Ich hatte zwar Angst, aber keine Skrupel. Er war ohnehin alt. Er hatte nicht viel Spaß im Leben, wahrscheinlich nie gehabt. Er war keine Freude, für niemanden.

Ich korrigierte die Natur nur ein wenig. Griff ein.

Moderne Menschen ergeben sich nicht ihrem Schicksal.

Vielleicht war der Fehler der, dass ich Christines Depression nicht als Schicksal hinnehmen konnte. Wann immer ich sie dasitzen und weinen sah, früher wegen der ganzen Frühchenprobleme und später wegen Mellys Augen, war es einfach klar für mich, dass ich verantwortlich für eine Lösung war. Ich suche immer Lösungen und ich finde sie auch. Ich löse die Dinge und Schluss. Heute denke ich, vielleicht hätte es gereicht, sie nur in den Arm zu nehmen und gemeinsam mit ihr unser Schicksal auszuhalten. Vielleicht hätte das gereicht. Aber damals war ich noch anders.

Sie war so schön an dem Abend. Aufgekratzt. Bei dem Alten lief alles genau wie geplant, ich konnte ihm ohne jedes schlechte Gewissen Tschüss sagen und Melly in dem großen Bett schlief bereits. Ich hatte sie mit einem Gefühl der Freude auf ihre kleinen violetten Augenlider geküsst, was die Lider zucken ließ. „Bald“, sagte ich leise „wird Papa auch dieses letzte Problem noch lösen und endlich wird alles gut.“

Draußen im Wohnzimmer lief der Fernseher und der Alte saß auf der Couch, als wir das Haus verließen.

Das Fest bei Kai und Anne war voll mit Leuten, es gab richtig viel Alkohol, die Raucher standen draußen auf dem Balkon und machten Witze, die Garderobe stand noch an die Wand gelehnt da und alle unsere Mäntel lagen auf einem großen Haufen auf dem Boden. Die Küche stand voll mit Flaschen, Salaten und Desserts und Christine hatte rote Wangen und sah so strahlend aus und hübsch. Es war ein richtig schöner Abend.

Es gab eine Minute, in der ich zögerte. Eine Minute lang dachte ich, vielleicht würde es ja auch reichen, wenn wir wieder öfter weggingen und uns nicht immer nur auf Melly konzentrierten. Vielleicht gäbe es noch andere Lösungen, dickere Brillen für Melly und mehr Optimismus für Christine. Aber dann fiel mir wieder ein, was der Augenarzt gesagt hatte, ich sah meine kleine Tochter mit einem weißen Stock in der Hand an einer Wand entlangtappen und ich gab mir einen Ruck. Ich musste es tun. Zu Kai im Wohnzimmer sagte ich: „Ich glaube, ich habe mein Handy irgendwo im Stapel mit den Mänteln verloren, ich rufe mich grade mal schnell von deinem Telefon aus an."

Ich benutze mein Handy fast nie und habe es auch nur selten dabei. Normalerweise liegt es unbenutzt im Flur auf der Kommode. Deshalb sagte ich das zu Kai in einem Moment, als Christine gerade auf der Toilette war. Nur zur Sicherheit. Ich glaube zwar nicht, dass sie irgendwie misstrauisch geworden wäre, aber bei Christine weiß man nie, sie hat eine Gabe, meine Mimik zu lesen, viele Frauen können das, aber Christine kann es besser.

Kai nickte nur kurz und diskutierte weiter, er bemerkte mich kaum und würde sich später wahrscheinlich nicht daran erinnern. Aber selbst wenn, es wäre egal, denn es wird nie jemand danach fragen, weil nie irgendwer irgendwen verdächtigen wird.

Ich wusste, der Alte schaute den Tatort und danach schaltete er den Fernseher ab und machte sich fertig zum Schlafengehen. Ich rief um viertel vor zehn an.

Ich ließ es lange klingeln. Irgendwann setzte der Besetztton ein. Ich wählte noch einmal und ließ es wieder so lange klingeln. Um sicherzugehen.

Danach war ich in einer seltsamen Stimmung, diffus wie flirrendes Sommerlicht.

Ich trank sehr offensichtlich und als Christine mich ermahnte – es war abgemacht, dass ich nichts trank und uns dann heimfahren konnte – sagte ich großspurig und glücklich: „Lass uns das Taxi nehmen, wir feiern so selten." Ich zog sie an mich. Sie hatte ihre Haare hochgesteckt und ich legte mein Gesicht seitlich an ihren Hals und atmete ihren unvergleichlichen Geruch ein. Obwohl es noch nicht der richtige Zeitpunkt war, obwohl es da natürlich noch Unsicherheiten gab, machte sich schon ein Triumphgefühl in mir breit.

Wie schön unser Leben sein würde! Wir konnten das düstere alte Haus verkaufen und es würde reichen für Mellys OP und darüber hinaus noch für eine eigene Wohnung und den Großteil meiner Schulden.

Wir wären die ganze Last mit einem Schlag los!

Christine würde endlich unbeschwert lachen, so wie sie früher immer gelacht hatte auf unseren Spaziergängen über den alten Friedhof, an den warmen Sommerabenden oben auf dem Schlossberg im Kastaniengarten, wo sie immer ganz vorne hatte sitzen wollen, um den Blick auf die Stadt und den Sternwald zu genießen. Unsere Radtouren an den Kaiserstuhl und ihr Gekicher, wenn wir nach einer Weinprobe in Schlangenlinien nach Hause fuhren.

Das alles war gerade erst etwas mehr als drei Jahre her. Wie hatte sich unser Leben nur so verdüstern können.

Ich achtete darauf, nicht wirklich viel zu trinken. Ich tat nur so als ob, denn ich hatte noch einen letzten wichtigen Akt vor mir.

Um kurz vor zwölf riefen wir ein Taxi. Christine sagte „Du bist verrückt, was das kostet", denn es würde ja gleich doppelt viel kosten, die Fahrt zum Alten und von dort mitsamt Melly nach Hause. Aber auch sie war durch den Zauber des Abends lockerer geworden, vielleicht hatte ja auch sie sich an unsere fröhliche, unbeschwerte Anfangszeit erinnert. Damals, als wir noch aufrecht gingen, und hin und wieder sogar hüpften. Sie hatte mir im Laufe des Abends immer wieder so liebevolle, so leise lächelnde Blicke zugeworfen. Vielleicht sogar – aber daran mag ich gar nicht denken – vielleicht fand sie sich an diesem Abend ja ab. Mit ihrem Schicksal. Mit unserem, meinem, ihrem und Mellys Schicksal. Vielleicht. Sie wirkte fast erleichtert.

Der Taxifahrer war aus dem ehemaligen Jugoslawien. „Kroate", antwortete er auf Christines Frage. Hatte einen harten Akzent und Riesenhände. Wir beide saßen hinten auf dem Rücksitz, wie ein junges, frisch verliebtes Pärchen.

Manchmal, wenn ich an alles denke, sehe ich uns beide noch so. Wie von oben her blicke ich auf uns da auf dem Rücksitz des Taxis. Ich weiß noch, der Stoff der Rückbank war rau. Sie hatte ein Kleid an aus dünnem Stoff, der auch rau war. Seltsam, dachte ich, das passte nicht zu dem luftigen Kleid. „Was ist das für ein Stoff?", fragte ich sie und sie sagte „Organza." Ich fand, es war genau der richtige Stoff für eine Elfe wie sie, nur dass er eben rau war.

Sie schlief eine Minute ein, dann regte sie sich wieder und ich spürte ihre Hand in meinem Schritt. „Ich weiß genau, was wir heute Abend noch machen werden", sagte sie und kicherte leise und es tat mir leid, dass ausgerechnet ich es war, der ihren Plan vereitelte.

Dann waren wir da. Ich sagte dem Kroaten, er solle fünf Minuten warten, wir holten nur unsere Tochter und dann würde es weitergehen. Er nickte und stellte den Motor ab. Christine stieg aus und ich rutschte auf ihre Seite, um hinter ihr auszusteigen. Ich ließ extra die Autotür offen, er sollte alles mitkriegen. Christine versuchte sich an mich zu schmiegen, aber ich ging schnell voraus. An der Tür griff ich in meine Manteltasche, fand den Schlüssel und bevor ich aufschloss, sah ich mich um. Christine schlurfte langsam auf mich zu. Der

Taxifahrer stieg aus und zündete im Schutz seiner Pranke eine Zigarette an.

Die armen Raucher, dachte ich. Früher hätte er im Taxi sitzen bleiben können und danach ein bisschen lüften. Ich hätte ewig dastehen und sinnlose Gedanken denken können. Ich hätte über die laue Frühsommernacht nachdenken können. Wie aphrodisierend das Frühjahr auf uns wirkt und wie man plötzlich sein Leben wieder entdeckt und eine Leichtigkeit.

Christine, die den ganzen Abend in ihren hochhackigen Schuhen perfekt aussah, bückte sich jetzt und sagte: „Nichts wie raus aus diesen Folterwerkzeugen" und zerrte an den Riemchen. Das brachte mich wieder zurück und ich rief mich zur Ordnung. Die Schlacht war wahrscheinlich fast gewonnen, aber eben nur fast.

Ich schloss auf, ließ die Tür hinter mir weit offen, damit sie mir folgen und der Taxifahrer alles hören konnte, ich bog um die Ecke, sah die offene Kellertür, aus der das funzelige Licht des Kellers schien, und rief: „Hallo! Ist jemand da unten?", und dann lief der Plan genauso ab wie ich es minutiös ausgeklügelt hatte. Ich sah ihn nur undeutlich unten liegen, bückte mich schnell, die Schnur war gerissen, das war so nicht geplant, aber egal. Ich hatte mein kleines Taschenmesser bei mir, schnitt die beiden Enden schnell ab und steckte sie in die Tasche. Gleichzeitig rief ich laut: „Wilfried!" So hieß der Alte, ich hatte es normalerweise immer vermieden, ihn direkt anzusprechen, weil ich von Anfang an fand, es passte nicht zu unserem distanzierten Verhältnis. Jetzt, zum ersten Mal kam es mir ohne Holpern über die Lippen. „Wilfried um Gottes Willen, was … Christine, komm schnell!"

Dieser Mann ist mir unangenehm. Mir ist jede Art von Nähe zu Menschen unangenehm geworden. Nicht weil ich sie nicht mag. Sondern weil ich mich nicht mag.

Er steht vor mir und ich sehe jetzt, er ist ungefähr zehn Jahr älter als ich. Er hat einen ernsten, vielleicht traurigen Gesichtsausdruck. „Darf ich mich hierhersetzen?“ Er senkt den Kopf dabei ein bisschen.

Ich kann schlecht nein sagen, denn die Bank ist groß, aber als er sich neben mich setzt, rücke ich betont weit nach links. Eine Minute oder so stieren wir beide geradeaus, dann wendet er sein Gesicht mir zu, ich sehe es aus dem Augenwinkel.

„Es ist schön hier“, sagt er, „so ruhig.“

Ich sage nichts und nicke nur, ein kurzes abgehacktes Nicken, ich will ihn nicht ermutigen. Er lehnt sich zurück und sieht wieder geradeaus.

Das Grab des Mädchens besteht zum größten Teil aus dem rechteckigen Steinsockel, auf dem wiederum ihr steinernes Bett, ihr letztes Ruhelager steht. Aber drumherum ist ein schmaler Streifen Erde, bevor dann eine steinerne Umrandung das Grab nach außen hin begrenzt.

Eines Nachts stieg ich über das Friedhofstor, das abends immer abgeschlossen wird. Ich hatte die Asche, in einem dünnen Seidentuch eingeschlagen, und eine kleine Schaufel dabei und grub ein Loch in diesem schmalen Streifen Erde. Auf der rechten Seite. Dort begrub ich sie.

An jenem Abend, als ich noch draußen vor der Haustür des Alten stand, als der Taxifahrer mit einer schlaksigen Bewegung des ganzen Arms rauchte und Christine sich zu ihren schmerzenden Füßen hinunterbückte, erlebte ich den letzten schönen Moment in meinem Leben. Ich war zwar aufgeregt, hatte Angst, aber es war auch Vorfreude drin, Vorfreude auf ein neues richtig schönes Leben.

Dann die Treppe, der Blick hinunter, der dunkle massige Körper unten, verdreht, halb im Lichtkegel der einzigen Lampe, halb im Schatten, jetzt laut rufen, die Treppe hinuntereilen, neben dem groben Klotz niederknien. Christine, die im Licht der Tür erscheint, die Treppe heruntereilt, auf der dritten oder vierten Stufe ausrutscht, aber zum Glück nach hinten fällt und die letzten Stufen auf ihrem Po herunterholpert, mit weit aufgerissenen Augen zu mir stürzt, wie ich da neben ihrem toten Vater knie, und ich will sie fangen und trösten, ich, ihr Beschützer, ihr Problemlöser, und sie stürzt vorbei an mir, sieht mich nicht, stürzt vorbei in den Schatten und schreit entsetzlich wie ein Tier.

Der Mann neben mir kann es nicht lassen. Er dreht sich schon wieder zu mir um. Räuspert sich. „Ich habe gesehen, dass Sie meist eine Blume auf das Grab legen“, sagt er mit einem Fragezeichen am Ende seines Satzes.

„Nicht meist“, sage ich, „immer“, mit einem dicken Punkt am Ende meines Satzes und er sagt nichts mehr.

Ich konnte es mir nicht erklären. Es musste so gewesen sein, dass Melly etwas hörte, dass sie herauskam, verschlafen, ihren Schlabberhasen im Arm. Dass sie und er das Handy im Keller klingeln hörten und er sie auf den Arm nahm und, wie er es immer machte, sagte: „Was willst du? Hierhin? Ja, hierhin“, und sie ihm zeigte wo sie hinwollte.

Was mich wunderte, war, dass sie von dem Handyklingeln aufgewacht und herausgekommen war. Normalerweise, wenn bei uns abends das Telefon klingelte, war sie noch nie, nicht ein einziges Mal, herausgekommen.

Ob sie beide gleich tot waren, weiß man nicht. Ein Unfall. Kein Grund, aufwendige Obduktionen zu machen. Dass es ein Unfall war, wurde nie angezweifelt, immerhin stand der Taxifahrer draußen und hatte alles mitbekommen.

Uns traf nicht der geringste Verdacht. Nicht ein Hauch davon.

Wir beerdigten sie beide nach zwei Tagen auf dem großen Stadtfriedhof. Der Alte kam ins Grab zu seiner Frau und Melly in ein kleines Urnengrab. Wir hatten uns für eine Feuerbestattung entschieden und nachdem klar war, dass es laut Gesetz nicht erlaubt ist, die Asche mitzunehmen und an einem Ort seiner Wahl zu begraben, willigten wir eben in das Grab ein.

Nach der Beerdigung gingen wir ins Haus des Alten, um nachzusehen, ob es dort irgendwas zu tun gab. Wir hatten es seit jener Nacht nicht mehr betreten, wussten nicht mal, ob wir überhaupt die Tür abgeschlossen und das Licht ausgemacht hatten. Im Wohnzimmer setzten wir uns erschöpft auf die Couch.

„Sie wird auf diesem großen, unpersönlichen Friedhof nicht bleiben", sagte Christine.

Ich nickte, ohne genau zu verstehen.

„Das Grab auf dem alten Friedhof in Herdern, das mit dem toten Mädchen, das, das du einmal *Kleiner Tod* nanntest, weißt du noch?"

Ich nickte.

„Wir graben sie aus und beerdigen sie dort noch einmal."

Ich sah sie an. Ihre Haare waren verschwitzt und sie hatte einen Ausdruck im Gesicht, seit das alles passiert war, den ich nie vorher an ihr gesehen hatte. Sie war mir fremd. Ein paar Locken kräuselten sich an ihren Schläfen und ihre Augen waren geschwollen. Die Lippen ein bisschen blutig. Ich sah sie an und sagte ja zu ihrem Vorschlag. Es war das Mindeste, was ich tun konnte. Unsere kleine Tochter in dem Grab zu beerdigen, wo wir uns das erste Mal getroffen hatten und alles so hoffnungsfroh begann.

Ich sah Christine lange an, es war ein Augenblick von so großer Liebe und so großem Schmerz, dass ich dachte, ich würde jetzt gleich in etwas Schwarzem versinken und sterben.

In diesem Moment ertönte ein lautes Miau aus dem Keller. Wir schreckten beide zusammen. Es miaute wieder. Und wieder.

„Ach", sagte Christine nach ein paar Schrecksekunden und lächelte, „das ist dein Handy."

„Wieso?", fragte ich dumm, denn ich verstand nichts.

„Dein Handy!"

Als ich weiter nicht verstand, sagte sie: „Na, das ist dieser Miau-Ton. Ich habe vor einiger Zeit mal Melly alle möglichen Klingeltöne auf deinem Handy vorgespielt. Es lag hier auf der Kommode, du benutzt es ja nie. Und sie fand dieses Miauen am schönsten. Das hat ihr so gefallen, ich musste es ihr immer wieder vorspielen. Und das ist jetzt wohl immer noch als Klingelton eingestellt."

Es dauerte mehrere Minuten bis ich kapierte. Wie eine schlecht geölte Maschine sprang mein Gehirn an. Ich hatte es tatsächlich da unten vergessen. Eines der wichtigsten Details des Plans vergessen. Weil eben alles außer Plan gelaufen war. Ab dem Moment, als Christine an mir vorbei ins Dunkle stürzte und ich dort Melly liegen sah, ihren Schlabberhasen noch im Arm, hatte ich an gar nichts mehr gedacht. Kein Plan mehr, keine Details, gar nichts. Ich hatte nur noch funktioniert. Und während mir so langsam und unendlich grausam klar wurde, dass es mein Anruf auf dem Handy gewesen war, der nicht nur den Alten in den Keller sondern auch Melly herausgelockt hatte aus ihrem Bett, stellte mir Christine die Frage, zu der es nie hätte kommen dürfen, denn sie ist ein Meister im Lesen meiner Mimik und mein Plan war anders gewesen, ich hatte es gar nicht erst drauf ankommen lassen wollen: „Was hat eigentlich dein Handy da unten im Keller zu suchen?"

Wie gesagt, sie ist meisterhaft, wenn es darum geht, in meinem Gesichtsausdruck zu lesen und die Tatsache, dass ich auf ihre Frage tief errötete, ließ in ihrem Kopf ein ganzes Arsenal an Mechanismen anspringen, Zahnräder griffen in andere Zahnräder, Dominosteine kippten um und berührten andere und schließlich kam etwas ins Rollen und ich konnte es nicht mehr halten. Nicht mit meiner tiefen Röte, nicht mit dem furchtbaren Verbrechen in meinem Gesicht.

Sie sah mich an und ihre Augenlider fingen an zu flattern. Sie öffnete den Mund ein Mal und schloss ihn wieder und bei alldem vertiefte sich meine Röte noch mehr und alles trat deutlicher und klarer zutage. Ich weiß nicht, wie lange wir so saßen und wie lange sie brauchte, um das ganze Ausmaß zu kapieren. Sie kapierte wortlos. Ich sah es genau und ich sagte nichts. Es hätte nichts gegeben, was ich hätte sagen können. Gar nichts. Ich saß nur da.

Irgendwann hob sie den Kopf und sah steif geradeaus. Sie erhob sich schwerfällig und ging zur Tür. Dabei wurde sie immer schneller. Die Tür klappte zu und ich hörte, dass sie draußen zum Auto rannte.

Noch Stunden, nachdem sie gegangen war, saß ich einfach nur da. Ich saß nur da. Ich dachte nichts. Ich hielt nur aus.

Schließlich stand ich auf und holte das Handy aus dem Keller und ging zu Fuß nach Hause.

Ich habe sie seither nicht mehr gesehen.

Manchmal fahre ich am Haus des Alten vorbei und neulich sah ich ein Schild davor *Zu verkaufen*.

Ich sitze hier und warte, jeden Tag. Im Winter, im Frühling, im Sommer, im Herbst, jeden Tag.

Meine Art zu büßen.

Ich lege immer eine Blume auf das Grab. Ich bin nicht der Einzige.

Ich warte auf sie und ich weiß nicht warum.

Was kann sie schon tun? Mir verzeihen? Undenkbar. Ich habe ihren Vater und ihre Tochter umgebracht.

Vielleicht warte ich darauf, dass sie mich erlöst. Eine Entscheidung trifft, was aus mir werden soll. Dass ich mich bei der Polizei melden soll oder mich umbringen oder was auch immer. Ich weiß es nicht.

Wenn ich mir diese wunderschöne verwilderte Parklandschaft hier ansehe, muss ich sagen, ich bin froh, dass sie hier nicht so viel eingreifen in die Natur. Woanders, im Stadtgarten zum Beispiel, sieht es anders aus. Aber wo ist die Grenze?

Der Mann neben mir rutscht mittlerweile unruhig auf der Bank hin und her. Er bereitet sich ganz offensichtlich darauf vor, etwas zu mir zu sagen.

Ich will keine Gesellschaft.

Schließlich ist er so weit: „Entschuldigen Sie", sagt er und räuspert sich wieder, „ ich habe schon oft gesehen, dass Sie auch immer am Grab des Mädchens vorbeigehen oder von der Bank aus rübersehen."

Er holt lange Zeit Luft. Ich sage nichts. Er atmet aus.

„Ich", fährt er zögerlich fort und knetet dabei seine Finger auf eine eklige Art, „würde Ihnen gerne etwas erzählen, etwas, das mir … auf der Seele liegt, sozusagen."

Ich sehe hinüber zu dem Grab. Ich weiß, dass auch er immer eine Blume drauf legt, ich habe ihn ein paar Mal dabei beobachtet.

Ich stehe auf und sehe ihn an. „Ich will sie nicht hören Ihre Geschichte", sage ich, „ich will sie wirklich nicht hören" und gehe davon.

Nicole Haas

Schlaflieder

„Patta bum!“

Hajo war sofort hellwach. Angestrengt lauschte er in die Dunkelheit, während er langsam aus dem Bett stieg.

„Patta bum, patta bum!“

Sie waren wieder da! Alles würde von vorn beginnen. Und er hatte es gewusst. Er hatte gewusst, dass es wieder geschehen würde. Dass diese Typen auch in diesem Jahr keine Ruhe geben würden. Er hatte es gewusst.

Und nun war es soweit. In dieser ersten lauen Nacht begannen die Qualen erneut, genau wie er es Luisa prophezeit hatte.

„Patta bum!“

Aber dieses Mal war er vorbereitet. Dieses Mal würden sie ihn nicht kalt erwischen, er würde es ihnen jetzt ein für alle Mal zeigen. So konnte man mit Hans-Josef Friedrichs nicht umgehen! Niemand.

Auch das hatte er Luisa gesagt.

„Patta bum!“

Luisa. Die einzige Frau, die es länger als ein halbes Jahr mit ihm ausgehalten hatte. Sie hatte sein Leben perfekt gemacht. Und diese Idioten drohten nun sein Idyll zu zerstören. Das konnte und wollte er nicht geschehen lassen.

Heute Nacht würde er sich wehren!

Sicherlich, der ein oder andere würde Mord in diesem Fall vielleicht für übertrieben halten. Aber nach allem, was er schon versucht hatte, sah er einfach keine andere Lösung.

Alles hatte damit begonnen, dass Luisa im vergangenen Mai beschlossen hatte, ihm nach Freiburg zu folgen und mit ihm zusammenzuziehen. Begeistert hatte Hajo sich sofort daran gemacht, ein passendes Haus für sie zu finden.

„Natürlich brauchen wir ein Haus“, hatte er zu Luisa gesagt, die eher an eine kleine, gemütliche Altbauwohnung gedacht hatte. Als neuer Verwaltungsreferent der Uniklinik wollte er adäquat wohnen. „Standesgemäß“, hatte sie es genannt.

Und er hatte genau das Richtige gefunden! Ein geräumiges Reihenhaus in ruhiger Wohnlage, trotzdem zentral, links wohnte ein Zahnarzt, rechts ein plastischer Chirurg. Hinter dem Haus gab es einen Garten, gerade groß genug, um sich nicht zu überarbeiten, aber doch standesgemäß. Nur durch eine Hecke und den schmalen Uferweg vom Grundstück getrennt, plätscherte die Dreisam quasi direkt am Haus vorbei. Ein Traum! Eine Oase des Friedens und der Ruhe!

Hans-Josef war 31 Jahre alt, hatte eine wunderbare Frau, einen gut bezahlten Job und ein schönes Heim. Alles war, wie es sein sollte. Alles war bestens.

Aber schon in der dritten Nacht im neuen Heim hatte der Terror begonnen.

Mitten in der Nacht riss ihn lautes Getrommel aus dem Schlaf. Damals war er noch von einer einmaligen Sache ausgegangen. Einer kleinen Feier von Studenten in der Nachbarschaft. Er hatte schlecht geschlafen und es dann beinahe vergessen. Ganze zwei Nächte hatte er Ruhe gehabt, dann war der Tanz erst richtig losgegangen.

Der Sommer, den er sich hier im sonnigen Freiburg so herrlich ausgemalt hatte, wurde zu einer Qual.

Nacht für Nacht lag er wach und wälzte sich in seinem Bett umher, während Luisa neben ihm leise im Rhythmus der Trommeln schnarchte.

Trommel dich frei! – Er wusste, dass so etwas bei vielen Freiburgern ganz groß ankam. Luisa hatte ihn sogar einmal damit aufgezogen, dass es ihm womöglich nicht schaden würde, auch einmal einen solchen Selbstfindungstrip zu unternehmen.

„Vielleicht wirst du dann lockerer“, hatte sie gesagt und ein feines Lächeln hatte ihre Lippen gekräuselt.

„Ich bin locker!“, war seine wütende Reaktion gewesen. „So locker, wie man sein kann ohne Schlaf.“ Während sie tief und fest schlief, lag er jede Nacht wach. Entweder, weil ihn der Lärm nicht schlafen ließ, oder weil er angespannt darauf wartete, dass das Gewummer wieder einsetzte.

Je mehr er sich aufregte, desto mehr schien die Sache Luisa zu amüsieren. Anfangs. Dann hatte sie ihn ausgelacht, ihm Ohropax geschenkt. Später reagierte sie gereizt auf seine Schlaflosigkeit, seine schlechte Laune, die Klagen und Versuche, die Trommler zu vertreiben. „Du bist so was von spießig!“

Sie stritten sich.

Vor einem Monat dann war Luisa zu ihrer Mutter gezogen. „Auszeit!“, hatte sie ihm erklärt. „Wir brauchen Abstand! Ich halte das nicht mehr aus. Du musst erst mal deinen Frieden wiederfinden, du bist ja völlig durch den Wind.“

Seinen Frieden? Wie sollte er den ohne sie finden? Er musste sie zurückholen. Er musste sich seine Ruhe zurückholen. Er hatte ein Recht darauf!

Langsam nahm der Gedanke in seinem Kopf Gestalt an: Diese Freaks mussten aus dem Weg geräumt werden! Wenn nötig mit Gewalt.

Nicht, dass er es nicht im Guten versucht hätte!

Der Zahnarzt, in dem er sich einen Verbündeten im Kampf gegen den nächtlichen Lärm erhofft hatte, verstand erst gar nicht, wovon Hajo redete. Dann aber begann er mit verklärtem Blick zu schwärmen: „Aber genau das ist doch Freiburg! Green-City, südländisches Flair, feiern bis in den Morgen, lockeres Studentenleben, Esoterik! All das macht doch den Charme dieser Stadt aus. Deswegen leben wir hier!“

Hajo war übel geworden.

Ruhe und Behaglichkeit, vielleicht ein wenig Snobismus. Dafür hatte der Name Freiburg für ihn gestanden.
Er hielt sich von dem Zahnarzt fern.

Dann hatte er die Polizei angerufen. Mehrfach. Und mehrfach war eine Streife vorbeigekommen – Stille.

Aber schon nach ein oder zwei Nächten …

„Patta bum!"

Auch die Beschwerde beim Amt für öffentliche Ordnung, seine Leserbriefe in der Badischen Zeitung, seine Eingabe beim Stadtrat und Gespräche mit den Anwohnern des Augustinerplatzes, die ja Ähnliches durchmachen mussten, und, und, und – alles war ohne Erfolg geblieben.

Also blieb eben nur noch Mord. Oder Totschlag. Notwehr eben.

Er war nie ein gewalttätiger Mensch gewesen. Luisa hatte einmal gesagt, dafür fehle ihm die Fantasie. Aber manchmal braucht man eben keine Fantasie, manchmal reicht Wut. Und von gerechtem Zorn fühlte Hajo sich über alle Maßen erfüllt.

Allerdings war das *Wie* ein Problem. Die perfekte Methode.

Am liebsten hätte er jemanden dafür bezahlt und sich den direkten Kontakt erspart. Nur leider kannte er niemanden, der in dieser Branche tätig war. Und in der Zypresse konnte er schlecht inserieren. Nein, er musste es wohl selbst tun.

Er hatte lange überlegt.

Im Januar hatte er sich eine geschlagene Stunde bei Eiseskälte vor dem Waffengeschäft in der Rathausgasse herumgedrückt, sich aber schließlich doch nicht getraut, den kleinen, dunklen Laden zu betreten. Was, wenn ihn der Besitzer später wiedererkannte? Und benötigte man für eine Pistole nicht auch einen Waffenschein? Außerdem hätte er wohl sowieso eher ein Maschinengewehr gebraucht und das konnte man sicher nicht einfach so kaufen. Für sein Anliegen war das wahrscheinlich auch viel zu laut und aufsehenerregend. Und wenn er ganz ehrlich zu sich war – Erschießen war eh nicht sein Ding. Nicht, dass er etwas gegen Schusswaffen oder Blut gehabt hätte, nein, nicht in diesem Fall! Aber er hatte schon als Jugendlicher auf dem Jahrmarkt keine gute Figur gemacht, wenn es darum ging, Rosen oder Teddys an der Schießbude zu erjagen. Nein, Pistole und Gewehr schieden aus.

Aber was dann? – Vielleicht eine Bombe? Damit würde er auf jeden Fall alle sieben auf einen Streich erledigen. Oder waren es acht? Fünf? Erstaunt stellte Hajo fest, dass er gar nicht genau wusste, wie viele er da umbringen wollte.

Dabei hatte er sie schon gesehen. Manchmal saßen diese Typen auch tagsüber dort am Ufer herum und trommelten. Er hatte sie beobachtet, hatte sich ihnen bis auf ein paar Meter genähert, wollte es im Guten versuchen, mit ihnen reden. Aber dann hatte er angewidert kehrtgemacht. Wie die schon aussahen: barfuß, lange, verfilzte Haare, bunte Schlabberhosen oder zerrissene Jeans, T-Shirts, die seit Wochen keinen Schonwaschgang mehr erlebt hatten. Wahrscheinlich standen die auch alle unter Drogen!

Dieses Dreckspack, diese Störenfriede – Störer *seines* Friedens, so müsste es doch eigentlich heißen, dachte Hajo verwirrt. Denn, jawohl, genau das war es – diese Individuen störten seinen Frieden!

„Patta bum!“

Aber, nein, auch die Bombe hatte er verworfen. Abgesehen davon, dass er technisch nicht wirklich ein Held war – das wäre viel zu laut, zu auffällig.

Eines Sonntags hatte er sich mit Luisa den *Tatort* im Fernsehen angeschaut. Da hatte der Mörder einen Kampfhund auf sein Opfer gejagt. Dies schien Hajo eine interessante Idee. Solange, bis ihm bewusst wurde, dass er von Hunden keine Ahnung hatte und ihm das Risiko für seine eigene körperliche Unversehrtheit doch zu groß erschienen war.

Und dann, vor einer Woche, als er morgens zur Arbeit gefahren und vor der Klinik aus dem Auto gestiegen war, da fiel es ihm plötzlich ein. Wieso war er da nicht schon viel früher drauf gekommen? Es lag eigentlich so nahe! Er saß ja quasi an der Quelle.

Auch wenn er sich nicht wirklich mit Chemikalien und Medikamenten auskannte, die Warnhinweise auf den Flaschen konnte jeder Idiot richtig deuten. Es war so einfach!

Sein Plan stand fest.

Kurz nach Feierabend schlenderte er rüber auf die Station und schlich sich in einem unbeobachteten Moment an den Medikamentenschrank. Ohne genau hinzusehen, stopfte er einige gefährlich aussehende Fläschchen in seine Tasche und verschwand. Niemand hielt ihn auf, niemand achtete auf ihn. Das ging einfacher, als er gedacht hatte.

Auf dem Kartoffelmarkt kaufte er sich ein indisch anmutendes Hemd, eine gebatikte Hose und eine Trommel. Der Verkäufer hinter dem Stand hatte ihm versichert, sie sei original afrikanisch. Was auch immer das heißen mochte.

Eine Flasche Wein hatte er im Keller. Dorthinein kippte er die Medikamente. Der Einfachheit halber gleich alle, die er gestohlen hatte. Dazu kam noch ein wenig Unkrautvernichtungsmittel, über das er im Keller gestolpert war. Das sollte wohl reichen.

Er war vorbereitet. Jetzt brauchte er nur noch zu warten.

„Patta bum!“

Und nun steht er in der Dunkelheit und tastet sich vorsichtig den schmalen Dreisam-Uferweg entlang. Zaghaft setzt er einen Fuß vor den anderen, immer in Richtung der trommelnden Idioten. Hier unter den Bäumen sieht man kaum die Hand vor Augen.

Plötzlich nimmt er unmittelbar vor sich in der Dunkelheit eine Bewegung wahr. Überrascht öffnet er den Mund, doch bevor er schreien kann, rauscht etwas an ihm vorbei. Er spürt einen harten Schlag gegen den Knöchel. Dann wird er von den Füßen gerissen, strauchelt, verliert den Halt und stürzt, starr vor Schreck, die Böschung hinunter.

Kurz bevor seine Schläfe mit dem großen Stein kollidiert, hört er das Geräusch von zerspringendem Glas. Eine Scherbe der Weinflasche versinkt direkt vor seinem rechten Auge im Fluss.

Und in dem kurzen Moment, bevor er das Bewusstsein verliert, als sein Kopf schon langsam unter die kalte Wasseroberfläche rutscht, kann er sich gerade noch wundern über den seltsam bitteren Geschmack der Dreisam.

Dann hört er es, von ganz weit her.

„Patta bum!"

Zur Verärgerung des leitenden Kriminalkommissars ergab die Autopsie des Unbekannten, den man tot in der Dreisam gefunden hatte, dass der Mann nicht – wie zuerst angenommen – ganz einfach betrunken ins Wasser gestürzt und an der schweren Kopfverletzung gestorben war. Nein, man hatte zudem noch verschiedene toxische Stoffe in seinem Körper nachweisen können. Der Kriminalkommissar seufzte. Da wartete eine Menge Arbeit auf ihn. Und eine Pressekonferenz. Er hasste Pressekonferenzen.

Paula Stein, Studentin und leidenschaftliche Trommlerin aus Ebnet, liest zwei Tage später von dem tödlichen Unfall in der Zeitung. Sie stutzt und sieht sich das Bild genauer an.

Wahnsinn! Genau an dieser Stelle ist sie in jener Nacht auch vorbeigekommen! Und sie erinnert sich entsetzt, wie sie beinahe gestürzt ist, als ihr Fahrrad über einen Stein oder eine Wurzel geholpert war.

„Scheiße", denkt sie, „so schnell kann das gehen!" Es gruselt sie ein wenig. Sie trinkt einen Schluck Kaffee und nimmt sich vor, nie wieder nachts an der Dreisam entlangzufahren.

Oder zumindest endlich mal das Licht an ihrem Rad zu reparieren.

Mariam Gensdorff

Pechmarie im Vauban

Dr. Maren Schnepfler verschwendete selten ihre Zeit. Es gab immer etwas Sinnvolles zu tun, etwas, das sie weiterbrachte. Kaffeeklatsch mit den Nachbarinnen war eigentlich völlig undenkbar. Sie hätte vor Ungeduld und schlechtem Gewissen kaum still sitzen können. Kaffeeklatsch gehörte in eine andere Zeit, in die Zeit ihrer Mutter vielleicht, die damals das Studium geschmissen hatte, um anschließend als Hausfrau zu versauern. Schon als Teenager hatte Maren ihren Vater wegen so einer Partnerin bedauert. Sie konnte sich nicht mehr genau daran erinnern, wann ihr klar geworden war, dass sie selbst der Grund für diese Entscheidung gewesen war. Beziehungsweise der Zellhaufen, aus dem sie dann hervorgegangen war. Mit ihrer Entwicklung war Maren zufrieden, sehr zufrieden, auch wenn man sich nie zur Ruhe setzen durfte.

Aber heute musste ein Kaffeeklatsch sein, mit der Nachbarin.

Das endgültige Todesurteil über diese Schlampe hatte Eckhart, der ahnungslose Trottel, gestern selbst gefällt, mit einer seiner trockenen Bemerkungen. Maren hatte im hageren Gesicht ihres Gatten keine Regung aufblitzen sehen. Es war fast eine ärztlich sachliche Feststellung gewesen, nach der Eckhart ungerührt in eine Möhre gebissen hatte.

„Die jedenfalls haben noch guten Sex."

Maren hatte daraufhin einen Blick aus dem Küchenfenster geworfen. Da war nur die Rückenansicht ihrer Nachbarn, der Nillers, zu sehen gewesen. Zwei graue Mäuse, rundlich und schlaff. Es war nicht zu verstehen, warum Eckhart sie überhaupt bemerkt hatte. Jeden Abend gingen die beiden gemeinsam spazieren, vermutlich mit einem Notizblock in der Tasche, um die Namen der Nachbarn zu notieren, die ihren Wagen zu lange vor den eigenen Wohnungen stehen ließen. Manchmal hing sie an seiner Schulter, meistens hielten sie Händchen.

Diesmal hatte er seine Hand auf ihrem Arsch platziert. In diesem Moment war das Fass übergelaufen.

Mit zusammengebissenen Zähnen zog Maren nun eine Spritze auf, die sie aus dem Notfallkoffer ihres Gatten entwendet hatte. Reine Luft in die Vene, das reichte für den perfekten Exitus. Der Neurodermitis-Schorf in Helene Nillers Armbeugen würde verhindern, dass man eine Einstichstelle fand. Wenn überhaupt jemand nach einer Einstichstelle suchte.

Maren Schnepfler schnaubte. Eine Hausfrau starb überraschend während eines Nachbarschaftsbesuchs. So what? Es kam vor, dass Menschen aus vermeintlich bester Gesundheit heraus starben. Wer würde da ohne jegliches Motiv eine Straftat vermuten? Über Streitigkeiten zwischen den Familien war absolut nichts bekannt. Im Gegenteil, alle wussten, dass sich Dr. Maren Schnepfler seit Jahren rührend um Lene Niller kümmerte, damit diese beschränkte Kreatur auch einmal aus ihren vier Wänden herauskam. Wem nutzte schon der Tod einer Helene Niller?

Höchstens ihren Töchtern, die fortan keine stupide Hausfrau mehr als Rollenmodell vor der Nase hatten.

Maren schüttelte sich. Ihre Augen verzogen sich zu funkelnden Schlitzen.

Wie süßlich Eckhart gelächelt hatte. Ihr war nicht entgangen, dass sein Blick neulich am schweren Euter der kuhäugigen Lene hängen geblieben war, als diese abends um halb zehn noch zwei Eier ausborgen wollte. Vielleicht stand er ja auf Muttis, die sich gehen ließen. Aber warum hatte er dann SIE geheiratet? SIE, die immer alles richtig gemacht hatte!

Maren schnaubte erneut. Seit Jahren unterwarf sie sich einem systematischen Training aller wichtigen Muskelgruppen, stand extra um fünf Uhr morgens auf dafür. Eckhart konnte sich wirklich nicht beschweren, sie bot ihm einfach alles: einen athletisch straffen Körper ohne Bauchansatz, schöner als ihn manche Zwanzigjährige vorweisen konnte. Drei weizenblonde Söhne, alle gesund und wohlgeraten. Und ein ordentliches

Einkommen als Juristin im Regierungspräsidium! Außerdem konnte er überall mit ihr renommieren, ob im Golfclub oder auf den Partys der Freiburger Society. Wenn sie nicht immer dazu eingeladen wurden, dann lag das ja wohl an ihm und nicht an ihr.

Stellvertretender Oberarzt, das war in einer Universitätsstadt gar nichts. Weiter würde es am Freiburger Uniklinikum wohl nicht gehen. Eckhart, dieser Weichling, war auf der Leiter nach oben hängen geblieben. Es war zum Auswachsen! Wenigstens war es nun nicht mehr peinlich, im Vauban zu wohnen. Der autofreie Stadtteil auf dem Grund der alten Franzosenkaserne hatte sich dank der internationalen Presse zum Vorzeigequartier der gehobenen Mittelklasse gemausert. Die alternativen Spinner, mit denen alles angefangen hatte, würden sich sicher nicht dauerhaft halten können. Maren gab ihnen keine fünf Jahre mehr, dann würden sogar die letzten Wagenburgen der Schattenparker von den Freiflächen und Bauplätzen verschwunden sein. Schattenparker – lächerlich! Maren nannte sie in Gedanken lieber Penner, das fand sie ehrlicher. Dann würde das *Quartier Vauban* endlich zu ihnen, den Schnepfler-Kahns passen! Bislang passten sie nämlich definitiv nicht dazu, aber sie hatten hier ein Reiheneckhaus ergattert, was ihnen sonst nirgends gelungen war.

Beschämt dachte sie daran, wie sie neulich der Niller gegenüber das *stellvertretender* beim Oberarzt unterschlagen hatte. Und die Kuh hatte sich nicht im Geringsten dafür interessiert! Maren legte die Spritze in eine Schale im Wohnzimmerschrank, wo sich bereits das Fläschchen mit dem Inhalationsnarkotikum und ein sauberer Putzlappen befanden. Watte würde auffällige Spuren hinterlassen.

Das synthetische Lärmen der Türklingel schraubte sich in ihre Gehörgänge. Sie schloss die Schranktür, fuhr rasch mit dem Kamm durch das akkurat geschnittene Blondhaar und eilte zur Haustür. Draußen wartete barfüßig Lene Niller und hielt triumphierend einen kleinen Gemüsekuchen in die Höhe. Maren hätte ihr die selbstzufriedene Miene mit einem Fausthieb aus dem Gesicht schlagen mögen. Penetranter Zwiebelgeruch breitete sich im Windfang aus. Die Niller kochte und buk zu jeder Tages- und Nachtzeit. Man konnte das Rumpeln ihrer Getreidemühle bis zum eigenen Küchenfenster hören. Maren hingegen nahm Nahrungsmittel meist nur im Stehen zu sich. Kochen hielt sie für eine reaktionäre Tätigkeit und Essen machte fett, was Niller mit ihrem Cellulitis-Schwabbel ja zur Genüge bewies. Aber jetzt gerade verspürte sie nach einem langen Tag ohne Frühstück und Mittagessen tatsächlich Hunger. Beißenden Hunger sogar und eine leichte Schwäche in den Knien. Sie sog das kräftige Aroma ein und zwang sich zu einem freundlich-herablassenden Lächeln.

„Hallo. Da bist du ja schon!"

„Hei!", grinste Niller unverschämt. „Ich hab dir was mitgebracht, leckere Zwiebel-Quiche mit Frühlingskräutern, extra eine kleine, nur für dich. Deine Kinder sind ja gerade nicht da, oder?"

„Ach, das ist ja nett. Dass du für so etwas Zeit findest!" Sie trat zur Seite, um die Niller vorbeizulassen. „Stimmt übrigens, die Jungs sind auf einem Englisch-Feriencamp am Bodensee."

„Ich nehm' mir die Zeit, weißt du? Gesunde Ernährung und so. Ist einfach wichtig."

Die Niller watschelte ohne Umstände in die fremde Küche, die in der Reihenhauszeile trotz der knallbunten, höchst individuellen Fassadengestaltung am exakt gleichen Ort wie überall sonst zu finden war, und stellte ihr Produkt ab. Sie öffnete eine Schublade, holte ein Messer heraus und teilte das mit gesundem Grün gesprenkelte Backwerk in mundgerechte Sektoren. Der Pappteller, auf dem es lag, hatte sich durch das auslaufende Fett am Rand schon gräulich verfärbt. Maren sah ihr schweigend zu.

„Ich hab tiefgefrorenen Blätterteig genommen, weil du ja kein Vollkorn magst.“ Die Niller drehte sich um und sah ihr gerade in die Augen. „Da, probier mal!“

Marens Magen krampfte sich zusammen. Sie hätte mittags zumindest eine Handvoll Müsli einwerfen sollen, oder eines der Babygläschen ab zwölf Monaten, die sie als kalorienkontrollierte Mahlzeiten im Schrank hortete. Nun war es zu spät. Sie ließ sich das fette Teil in die Hand drücken.

„Du aber auch!“, konnte sie gerade noch herauspressen. Sie schob sich ein viel zu großes Stück des triefenden Zwiebelkuchens in den Mund und konnte ein Schmatzen kaum vermeiden. Blätterteigflöckchen klebten ihr zitternd am Kinn. Sie ahnte dumpf, dass es nicht bei diesem einen Stück bleiben würde.

„Besser nicht“, hörte sie die Niller sagen „Aber ich sehe, dir schmeckt's. Ich hab für meine Familie auch eine Quiche gebacken, mit Dinkelvollkornmehl.“ Die Nachbarin streckte die Armbeugen vor. „Du weißt schon, wegen der Allergie ...“ Maren registrierte voller Genugtuung, dass Nillers Armbeugen blutig rot aufgekratzt waren. Die fette Kuh brachte nicht einen Funken von Selbstbeherrschung auf! Derweil stopfte sie sich selbst den Rest des Gastgeschenks hinein.

Die Niller warf den Pappteller ohne Umschweife in den Mülleimer, wo er eigentlich nicht hingehörte, sondern ins Altpapier. Maren hatte gerade noch das Logo eines stadtbekannten Bio-Imbisses darauf entdeckt. Auf ihr überraschtes Blinzeln erklärte die Niller, dass sie dort einmal aus Versehen zwei Teller für nur eine Portion Essen bekommen und den überflüssigen für solche Gelegenheiten eingesteckt hätte. Der Zwiebelkuchen stamme selbstverständlich von ihr. Sie esse nur selten auswärts.

Maren beschloss, das Thema zu wechseln. Sie griff nach ihrer Designer-Thermoskanne aus gebürstetem Edelstahl und bat Helene, die Aluminiumschale mit klebrig glänzendem Aprikosenkuchen mitzunehmen. Gekauften Kuchen versteht sich, denn als berufstätige Mutter war es für Maren Schnepfler Ehrensache, niemals selbst gemachten anzubieten und damit anderen berufstätigen Frauen in den Rücken zu fallen. Außerdem machte frau sich natürlich nicht übertrieben viel Mühe mit Gästen wie dieser Kuh. Sie traten aus der Küche ins Wohnzimmer, das sich über das gesamte restliche Erdgeschoss erstreckte. Seitlich gab es einen verglasten Wintergarten, den die Mittelhäuser natürlich nicht aufwiesen.

Die Niller musste an dieser Stelle ihren Standardsatz loswerden: „Ach, jedes Mal, wenn ich hier reinkomme … Es ist ja so viel heller als bei uns! Leider waren wir zu spät dran, sonst hätten wir auch ein Eckhaus genommen. Aber wir sind ja nicht von hier. Wir haben es einfach zu spät entdeckt."

Maren lächelte milde. Mit einem Einkommen, dachte sie, mit *einem* Einkommen. Die Niller schwafelte ohne Pause weiter.

„Echt nett, dass wir mal wieder einen Kaffee zusammen trinken. Hätten wir schon viel früher draufkommen können. Jetzt, wo die Kinder nicht mehr so viel draußen spielen, trifft man sich ja gar nicht mehr!" Nillers versonnenes Lächeln verlosch jedoch nach einigen Sekunden, als die Idylle ihrer Erinnerungen durch ein unschönes Detail getrübt wurde: „Na, wenigstens gibt es jetzt auch weniger dieser schrecklichen Bobbycars. Dass die hier erlaubt sind: Ausgerechnet im Vauban, wo wir den Autoverkehr so gering wie möglich halten wollen. Da zieht sich doch die Autoindustrie die Kunden der Zukunft heran!"

Maren wollte nicht allzu viel Bedauern heucheln.

„Ja, diese Phase ist wirklich vorbei. Ich arbeite ja jetzt auch wieder achtzig Prozent und die Jungs sind alt genug, um allein draußen zu sein", erwiderte sie, als sie auf dem Rolf-Benz-Sofa Platz nahmen.

„Achtzig Prozent! Puh, das ist ja fast Vollzeit! So viel Stress! Das würde ich nicht wollen. Ob das wirklich gut für die Kinder ist? Der Philipp ist doch erst sieben! Aber deine Schwägerin kümmert sich viel um sie, gell?"

Unter Marens kühler Oberfläche begann kaum kontrollierbare Wut zu brodeln. Doch ihre Stirn blieb glatt und den Mund umspielte ein spöttisches Lächeln.

„Du hörst dich ja fast an wie meine Mutter! Dabei ist das doch alles eine Frage der Organisation." Sie rückte den Stapel mit den Hochglanzmagazinen gerade, bevor sie weitersprach. „Ich könnte nicht daheim versauern. Wenn du bedenkst, dass selbst in einer so kurzen Zeitspanne wie dem Urlaub die geistige Leistungsfähigkeit messbar zurückgeht!" Sie machte eine Kunstpause. „Wie ist es da erst, wenn man überhaupt nicht mehr arbeitet? Hast du schon einmal was von der Demenz der Mütter gehört?"

„Also *ein* Fulltime-Job reicht mir! Und Hausfrau und Mutter ist ein Fulltime-Job. Schließlich hast du ja auch jede Menge Leute engagiert, die ihn dir abnehmen! Verdienst du darüber hinaus überhaupt etwas? Würde mich echt wundern."

Die Niller goss sich die Kaffeetasse halb mit Kondensmilch voll und schaufelte noch drei Löffel Zucker hinein. Dann benutzte sie den Teelöffel, um von ihrem Kuchenstück die Aprikosen abzuheben. Beim nächsten Satzschwall wartete sie nicht, bis sie heruntergeschluckt hatte.

„Den Teig darf ich leider nicht, weißt du ja. Ich bin übrigens daheim total glücklich. Sonst könnte ich ja gar nicht mehr lesen, wozu hätte ich dann überhaupt studiert? Ich will doch ein Mensch bleiben und nicht nach einem Job außerhalb noch bis abends um halb elf den Haushalt schmeißen. Machen die Männer ja auch nicht. Oder wer bügelt bei euch?"

Maren spürte ihr Gesicht heiß anlaufen und wusste, dass sie wie eine Erdbeere aussah. Um sich zu kontrollieren, starrte sie auf die Fettwülste, die sich unter Lenes viel zu engem T-Shirt abzeichneten. Gott sei Dank bin ich nicht so, betete sie, lass mich nie, nie, nie so werden. Frauen wie die Niller waren Verräterinnen. Sie strengten sich überhaupt nicht an. Yoga und Gesangsstunden im Kulturhaus, bezahlt vom eigenen Ehemann: Das war doch kein Leben! Maren rief sich zur Ordnung.

Ihr Atem war merklich schneller geworden. Sie kontrollierte unauffällig die Festigkeit ihrer Oberschenkel, indem sie sich unsichtbare Krümel von der Hose wischte und beruhigte sich wieder etwas. Jetzt musste sie sich auf ihr Vorhaben konzentrieren. Lene geriet währenddessen wegen der Fotos auf dem Beistelltisch völlig aus dem Häuschen.

„Wie süüüß, lauter friesisch blonde Pilzköpfe! Wo habt ihr denn das geknipst?"

„Ach, das war irgendwo auf dem Schauinsland beim Wandern. Ist mir ja fast peinlich. Die Leute halten uns schon für die Rama-Familie. Kein Wunder, bei drei blonden Jungen! Ich sollte es gar nicht hier rumstehen lassen."

Die Niller glotzte sie verständnislos an.

„Ganz so schlimm ist's nun auch nicht. Die Leute, die dich hier besuchen, haben ja wohl kaum Grund, euch zu beneiden. Oder hast du Angst, dass deine rumänische Putzfrau ausflippt? Die ist übrigens total nett, ich hab neulich mit ihr geschwätzt."

„Ist ja fast eine Kollegin von dir", bemerkte Maren Schnepfler. Sie bemühte sich mit aller Kraft um ein Pokerface.

„Stimmt. Und sie hat mir total gute Putztricks verraten", sagte die Niller ruhig und nippte am Kaffee. Es war nicht zu erkennen, ob der Hieb getroffen hatte. Sie betrachtete Maren aufmerksam und kratzte dabei selbstvergessen in beiden Armbeugen. So etwas hätte sich Maren nie bieten lassen. Plötzlich wollte sie, dass das fette Scheusal wusste, warum es sterben musste. Der salzige Zwiebelkuchen brannte ihr noch im Mund. Sie nahm einen Schluck Kaffee, um den Geschmack hinunterzuspülen.

„Du putzt wohl selber, hm?", fragte sie scheinheilig, obwohl sie die Antwort schon kannte.

„Klar." Die Niller schob das Kinn vor. „Macht aber nichts. Beim Putzen kann ich prima über alles Mögliche nachdenken. Danach fühl' ich mich total super."

„Echt? Kann ich kaum glauben. Das ist doch stumpfsinnig. Wozu hat eigentlich der Steuerzahler dein Studium bezahlt? Damit du deinen Töchtern bei den Hausaufgaben helfen kannst?"

„Wow, jetzt geht's aber ab! Hör mal: Ich bin ein freier Mensch und mache, was ich will. Und wenn's Haushalt und Kinder sind." Sie lächelte undurchdringlich. „Zudem wäre es echt schade gewesen, das Hochbegabtenstipendium verfallen zu lassen. So einfach ist das."

Maren stürzte noch eine Tasse Kaffee hinunter. Am liebsten wäre sie auf die Toilette gerannt und hätte Nillers Gastgeschenk wieder ausgekotzt. Deren Redeschwall war nicht mehr zu bremsen.

„Hast du eigentlich außer Fachbüchern und Akten irgendetwas anderes gelesen in den letzten zehn Jahren?", hörte sie die Niller fragen. „Wenn du mal ein bisschen Zeit hast, rennst du doch gleich ins Fitnessstudio! Das Ergebnis ist, dass man sich mit dir wirklich über nichts, über rein gar nichts mehr unterhalten kann." Niller funkelte sie triumphierend an. „Tja, wie es aussieht, wäre damit meine Anwesenheit hier überflüssig geworden." Sie machte Anstalten, sich aus dem Sessel zu wuchten.

Maren wurde panisch.

„Halt, so hab ich's doch nicht gemeint!" Sie drückte die Niller wieder in den Sessel zurück. „Ehrlich. Manchmal weiß ich vor lauter Stress eben nicht, wo mir der Kopf steht, und wenn ich dann dich in deinem Gärtchen in der Hängematte liegen sehe, dann ... Ach, du weißt schon. Nimm es mir nicht übel! Du musst doch noch meinen selbst gemachten Holundersirup probieren!"

Die Niller zog die Brauen hoch. „Selbst gemacht? Von dir?"

„Ich wollte es mal versuchen. Ist doch so schick gerade. Und Eckhart hat von einer Patientin zwei große Tüten mit Holunderblüten geschenkt bekommen. Unglaublich, was die Leute alles anschleppen. Das Rezept stammt aus dem Internet. Mit einem Schlückchen Sekt?"

Die Niller schien halb besänftigt. „Na gut. Und wenn's das Letzte ist, was du mir anbietest."

Wenn du wüsstest, dachte Maren, und hatte endlich einen Grund, zum Wohnzimmerschrank hinter Helenes Sessel zu gehen und ihn zu öffnen.

„Riecht aber seltsam, dein Sirup!“, war das Letzte, was die Niller sagte. Dann drückte ihr Maren Schnepfler den gut getränkten Putzlappen ins Gesicht.

Olaf Niller fand drei Monate nach dem Tod seiner Frau eine akribische Recherche über das Gift Colchicin auf ihrem Laptop. Zwar war alles gelöscht worden, aber für ihn als Informatiker war die Rekonstruktion der Suchprotokolle und Lesezeichen auf ihrem Benutzerkonto ein Kinderspiel und er hatte der Versuchung nicht widerstehen können.

Colchicin - das Gift der Herbstzeitlose. Leicht mit Bärlauch zu verwechseln, wenn man ihn im Wald selbst sammelte. Helene hatte sich offensichtlich über die letale Dosis informiert.

In der Quiche, die Helene ihrer Nachbarin mitgebracht hatte, waren sogar die Zwiebeln der Herbstzeitlose gefunden worden, die laut der einschlägigen Wikipedia-Seite als besonders giftig galten. Maren Schnepfler hatte die grünen Kräuterstückchen wahrscheinlich sowieso für Schnittlauch gehalten. Bei ihr hatten die Vergiftungssymptome eingesetzt, nachdem der Notarzt, der für Helenes plötzliches Ableben eine natürliche Todesursache bescheinigt hatte, schon längst wieder aus dem Haus war. Ihr Mann Eckhart tippte zunächst auf eine verzögerte Schockreaktion.

Am Ende kam auch für Maren Schnepfler jede Hilfe zu spät.

Olaf Niller atmete schwer. Die giftige Quiche war als Unfall gewertet worden.

Anne Griesser

Jung, dynamisch, nachtaktiv

Einer saß in der Ecke und hörte nur zu.

„Liebe Parteifreunde“, sagte der Vorsitzende gerade. „Das führt doch alles zu nichts. Keine gegenseitigen Vorwürfe, wenn ich bitten darf!“

Im Saal war es unruhig. Nervöses Füßescharren. Husten und Getuschel.

„Und wie stellt er sich das vor, der Herr Landesvater?“, platzte schließlich ein älterer Herr heraus, mit zornesgerötetem Gesicht. „Kennt er unsere Situation überhaupt oder lebt er hinterm Mond?“

Ein anderes Parteimitglied nickte zustimmend. „Ja, wirklich! Als wenn das so einfach wäre! Gegen einen *grünen* Oberbürgermeister! Unsere Fraktion ist viel zu klein. Wie sollen wir ein solch gigantisches Projekt stoppen?“

„Wir müssen uns etwas einfallen lassen“, ergriff der Vorsitzende das Wort. „Wir alle kennen die Konsequenzen, die unser Ministerpräsident angedroht hat. Also, gibt es Vorschläge?“

Einer saß in der Ecke und dachte schweigend nach.

Eine Frau meldete sich. „Ein Gutachten“, schlug sie vor. „Wir müssen das ganze Projekt auf seine Umweltverträglichkeit prüfen lassen. Wenn wir irgendetwas Zweifelhaftes finden – und irgendetwas findet sich immer – können wir die Grünen mit ihren eigenen Waffen schlagen!“

„Ein Gutachten ist vor allem eine konkrete Maßnahme, die wir dem Ministerpräsidenten vorlegen können“, griff der Vorsitzende den Faden auf und tat so, als wäre das Ganze von Anfang an seine Idee gewesen. „Weitere Vorschläge?“

„Ich weiß nicht recht“, zweifelte ein anderes Parteimitglied. „Ein Gutachten kann auch nach hinten losgehen. Was wir brauchen, ist ein Opfer! Eines, das die Gemüter bewegt und das uns hundertprozentig alle Sympathien sichert.“

„Ja, Egon. Das ist wahr. Irgendwelche Ideen dazu? – Keine? Dann werden wir dem Glück vertrauen müssen. Für heute schließe ich die Versammlung."

An diesem Abend wurde noch lange bei Bier, Wurstsalat und Brägele diskutiert.

Nur einer saß in der Ecke und machte sich Notizen.

Einer, den sie noch nicht so recht ernst nahmen, weil er sich seine Lorbeeren erst noch verdienen musste. Einer, der trotzdem ganz genau wusste, was er wollte. Der sich nicht beirren ließ, wenn man ihn mitleidig belächelte, über seinen blinden Ehrgeiz spottete oder seine ungewöhnlichen Ideen als Spinnerei abtat. Einer, der wusste, dass man für eine steile politische Karriere manchmal über Leichen gehen muss.

Es machte ihm nichts aus, zu töten. Nicht, wenn er den Grund dazu gutheißen konnte. Und in diesem Fall waren sich alle einig gewesen, dass sie ein Opfer brauchten.

Die Nacht war mild und sternenklar. Das Gutachten lief bereits. Höchste Zeit für ihn, seine tödliche Mission zu beginnen. Er würde viel Geduld mitbringen müssen. Wenn sein Opfer nicht in dieser Nacht kam, dann eben in der nächsten oder übernächsten.

Während er wartete, saß er im Gras und knabberte an einem Riegel Schokolade, den er mitgebracht hatte. Über ihm summten die Flügel der Windräder, die man auf dem Rosskopf errichtet hatte. Eigentlich mochte er das Geräusch, es lullte ihn ein.

Doch als er *sie* kommen hörte, war er sofort wieder hellwach.

Endlich!

Wochenlang hatte er sie beobachtet, ihre Gewohnheiten studiert, einen Zeitplan ihrer Aktivitäten erstellt. Einen höchst ungewöhnlichen Zeitplan. Aber besondere Maßnahmen erforderten eben besondere Arbeitszeiten, spezielle Methoden. Trotz seiner akribischen Vorbereitungen war er sich nicht sicher gewesen, ob er am richtigen Ort wartete.

Sein Herzschlag beschleunigte sich, als er sie kommen sah. Jetzt war höchste Konzentration gefragt. Vorsichtig schlich er näher heran. Er musste behutsam vorgehen, damit das Ergebnis echt aussah.

Sie bemerkte ihn nicht.

Es ging ganz schnell und viel leichter, als er es sich vorgestellt hatte. Als er nahe genug herangekommen war, warf er ein engmaschiges Netz über sie. Er hatte die Bewegung mehrfach geübt. Natürlich geriet sie in Panik. Sie wehrte sich. Sie schrie. Versuchte zu fliehen.

Vergebens.

Ihre Orientierungslosigkeit kaltblütig ausnutzend, brach er ihr das Genick.

Dann atmete er tief durch.

Aus der Nähe betrachtet, sah sie eigentlich ganz hübsch aus. Sie war kleiner, als er vermutet hatte.

„Es geht nicht gegen dich persönlich“, murmelte er leise, als könne sie ihn noch hören. „Entschuldige.“

Dann sah er sich um. Wohin mit ihr? Der Fundort war enorm wichtig. Er hatte alles genauestens berechnet und auf einen bestimmten Radius eingegrenzt. Es durfte keinen Zweifel an der Todesursache geben. Andererseits durfte sie nicht gar zu offensichtlich daliegen – sonst kam noch jemandem der Verdacht, dass nicht alles mit rechten Dingen zugegangen war. Und natürlich durfte er sie nicht allzu gut verstecken. Wenn man sie zu spät fand, war alles umsonst gewesen.

Bald hatte er den richtigen Platz gefunden. Fast liebevoll legte er sie ins hohe Gras, zerzauste sie noch ein wenig und trat dann ein paar Schritte zurück, um sein Werk zu begutachten.

Ja, es war eine perfekte Inszenierung. Zufrieden packte er seine Kamera aus, fotografierte sie von mehreren Seiten und radelte schließlich zurück nach Hause.

Für heute war es genug.

Das Ergebnis des Gutachtens lag ein halbes Jahr später vor. Es sorgte in der gesamten Region für großes Aufsehen. Die Zeitung widmete dem Thema eine Sonderbeilage.

Bei der Parteiversammlung herrschte Hochstimmung. Man schlug sich gegenseitig auf die Schultern, lachte übermütig, und fast jeder hielt ein Glas Sekt in der Hand.

„Liebe Parteifreunde", jubelte der Vorsitzende. „Ihr habt es alle gelesen, natürlich. Aber weil es so schön ist, möchte ich euch die wichtigsten Passagen noch einmal vortragen:

Windräder auf dem Rosskopf gestoppt! Ein Gutachten stellt die Windrotoren als Todesfallen dar! Insgesamt wurden bei der Langzeitstudie im Umkreis der umstrittenen Windräder 34 tote Zwergfledermäuse entdeckt. Die Dunkelziffer liegt vermutlich noch wesentlich höher. Den Windrädern droht nun das Aus – und der geplante Bau neuer Anlagen wurde vorerst gestoppt.

Der Ministerpräsident des Landes äußerte sich erfreut über diese Entwicklung. Er sei schon immer gegen den Bau der Windräder gewesen, teilte er gestern der Presse mit, die eine Landschaft verschandelten, in der er seit Jahren bevorzugt seinen Urlaub verbringt.

Anhaltender Applaus quittierte die Lesung des Parteivorsitzenden.

„Wir hatten aber auch unverschämtes Glück", sagte die Frau, die den Vorschlag mit dem Gutachten eingebracht hatte. „So viele tote Fledermäuse!"

„Kein Glück", sagte einer, der bisher geschwiegen hatte. „Planung und Ideenreichtum! Der Mut, eine Sache anzupacken. Nichts sonst führt zum Erfolg!"

Stolz rieb er sich die sauberen Hände. Er war einer, der genau wusste, wie man Karriere macht. Wann man reden muss, und wann handeln. Einer, der zur Not auch mal über Leichen ging.

MICHAELA KÜPPER

Das Haus am Lorettoberg

Es gibt nichts Schöneres, als an einem lauen Sommerabend im Garten zu sitzen, die letzten Sonnenstrahlen auf der Haut zu spüren und ihren göttlichen Glanz in einem guten Glas Rotwein einzufangen.

In einem solchen Moment möchte ich einmal sterben: Die tröstende Wärme im Gesicht, den Geschmack des badischen Spätburgunders auf der Zunge, die Augen geschlossen ... und dann soll meine Seele weit ihre Flügel ausspannen und durch die stillen Lande nach Hause fliegen.

Doch bevor ich abtrete, habe ich noch einiges zu erledigen.

Zuerst muss ich den hysterischen Kläffer der Nachbarin zum Schweigen bringen, denn sonst wird es nichts mit meinem Seelenflug durch stille Lande.

Wie sehr hat mein Neffe Albert den Tag herbeigesehnt, an dem ich diese letzte Reise antreten würde! Er war schon immer zu ungeduldig und ein Gespür für den richtigen Moment hatte er auch nie. Aber alles hat seine Zeit, Albert; leider ist dir diese Erkenntnis verborgen geblieben. Warst immer viel zu sehr damit beschäftigt, dem Geld hinterherzujagen, anderes hat dich nie interessiert. Schon als Dreikäsehoch gab es nichts Schöneres für dich, als Groschen zu zählen, und dein Lieblingstier war ein fettes Sparschwein.

„Der bringt's mal zu was", sagten die einen. „Der wird's zu nichts bringen", dachten die anderen, das kam auf den weltanschaulichen Standpunkt an.

Leider hielt niemand aus unserer spärlichen Verwandtschaft lange genug durch, um Alberts späteren Werdegang verfolgen zu können. Nur ich bin übrig geblieben, ich, die ich mir immer am wenigsten aus ihm gemacht habe. Und ich muss zugeben: Seinen einmal eingeschlagenen Weg hat er ohne Zweifel geradlinig beschritten.

Doch was kümmern mich die Narren, die Geld zusammenscharren? Albert wäre mir auch weiterhin völlig gleichgültig geblieben, hätte er nicht irgendwann angefangen, seine klebrigen Finger nach meinem Hab und Gut auszustrecken.

Plötzlich stattete er mir Besuche ab, ohne Vorwarnung und mit billigen Blumensträußen aus dem Supermarkt bewaffnet.

Er könne die gute alte Elfie doch nicht einfach im Stich lassen. Wir müssten immer schön zusammenhalten, wir zwei Hübschen.

Mussten wir das wirklich, Albert?

Die Besuche häuften sich und mit ihnen die geheuchelten Sorgen, die er sich um mein Wohlergehen machte. Beides begann mir außerordentlich lästig zu werden.

Was denn, keine Damenkränzchen, keine Kaffeefahrten? Da müsse ich altes Mädchen bestimmt sehr einsam sein, so ganz allein in dem großen Haus am Lorettoberg ...

Nein, ich fühle mich nicht einsam, das Alleinsein fällt mir nicht schwer. Wenn ich hin und wieder Gesellschaft vermisse, dann höchstens die meines geliebten Mannes, doch der ist seit über zwanzig Jahren tot. Ach ja, alte Zeiten, linde Trauer, und es schweifen leise Schauer wetterleuchtend durch die Brust ...

Aber das ging Albert nun wirklich nichts an.

Was denn, nicht einmal eine Putzfrau käme ins Haus? Es sei doch wohl eine Schande, dass ich die ganze Arbeit allein tun müsse, in meinem Alter!

Ich habe noch nie eine Putzfrau gehabt, obwohl ich es mir wahrlich hätte leisten können. Den Dreck, den man macht, soll man auch selbst fortschaffen, war schon immer mein Standpunkt. Das ist keine Frage des Alters. Außerdem brauche ich niemanden, der in meinen Schubladen herumwühlt und die Silberlöffel mitgehen lässt.

Albert ließ das freilich nicht gelten. Was denn, bei mir käme nicht täglich eine warme Mahlzeit auf den Tisch? Kein Wunder, dass ich so mager sei! Warum ich keine nette Dame beauftrage, mir jeden Mittag eine Kleinigkeit zu richten?

Als ob ich noch den Bärenhunger einer Zwanzigjährigen hätte! Ich sehne mich auch nicht gerade nach einer netten Dame, die täglich für ihre Kochkünste gelobt werden will und ihre schlechte Laune an mir auslässt, wenn ich mal keinen Appetit habe. Was ich benötige, kauft Friedrich für mich im Feinkostgeschäft ein, und meinen Wein bekomme ich vom Sasbacher Winzer persönlich geliefert.

Aber das war das Letzte, was Albert glauben wollte.

Was denn, mit der erbärmlichen Gehhilfe würde ich mich auf die Straße wagen? Wozu gäbe es diese praktischen Rollstühle, die einem das lästige Laufen ersparen! Und sicher ließe sich eine Schülerin finden, die mich nachmittags ein bisschen am Lorettoberg herumschieben könne.

Ehe ich mich herumschieben lasse, beiße ich lieber ins Gras, mein Guter!

Doch er ließ nicht locker. Für jeden meiner Handgriffe erfand er eine Person, die ihn mir abnehmen sollte.

Ich brauche keinen Hofstaat, Albert, ich bin nicht Queen Mum!

Nein, das sei ich in der Tat nicht. Ausnahmsweise gab er mir einmal recht. Und genau aus diesem Grunde hätte er eine viel bessere Idee: Er denke da an ein exklusives Seniorenwohnheim, in dem ich bekocht und gepflegt würde; ich bräuchte nicht zu putzen und hätte nette Gesellschaft, wann immer mir der Sinn danach stünde.

Nein danke, Albert, deine nette Gesellschaft war mir vollauf genug. Und die exklusivste Seniorenresidenz, die du dir für mich vorstellen konntest, war ohne Zweifel der Friedhof.

Aber das sagte ich natürlich nicht, ich bin ein höflicher Mensch.

Inzwischen kam er so häufig, dass er auf die Blumen verzichtete. Was denn, die vom letzten Mal sind schon verwelkt? Du hast ihnen bestimmt kein Wasser gegeben!

Seine Reden klangen immer vorwurfsvoller und seine Stimme bekam einen angewiderten Unterton. Die staubigen Vorhänge, die stumpfen Fußböden, die feuchten Flecken an der Wand. Und erst die morschen Fensterrahmen, die Wind und Wetter hereinließen! Es sei eine Schande, alles so vergammeln und verwahrlosen zu lassen. Zu einer heruntergekommenen Bruchbude drohe das schöne Haus zu verkommen!

Ja, das schöne Haus. Einzig das Haus war es, dem von Anfang an deine Besorgnis galt. Hast du dir wirklich eingebildet, ich hätte das nicht bemerkt?

Du warst nicht der Erste, der begehrliche Blicke auf diese stolze Jugendstilfassade geworfen hat. Schon oft standen plötzlich fremde Leute vor der Tür und fragten an, ob das Anwesen zu veräußern sei. Ich habe sie alle des Grundstücks verwiesen. Wenn ich das Haus loswerden wollte, würde ich ein Schild an die Straße stellen, oder?

Es war Liebe auf den ersten Blick, als mein seliger Mann mich vor so vielen Jahren über diese Schwelle trug. Die kleine Villa hatte den Krieg ohne ernsthafte Schäden überstanden und das Wohngebiet galt schon damals als eines der vornehmeren. Heute ist die Lage schier unbezahlbar, wie ich weiß, ich lebe schließlich nicht hinterm Mond. Eine exquisite Adresse für deine dubiosen Spekulationsgeschäfte, Albert!

Aber dafür gebe ich mein Haus nicht her. Es ist wie ein beseeltes Wesen für mich, das mir Schutz und Geborgenheit gewährt. Nachts höre ich seinen Atem und lausche seinem Herzschlag, ruhig und kraftvoll wie der eines Mannes. Zwischen uns beiden besteht eine untrennbare Verbindung.

Ich weiß, was Sie jetzt denken: So ganz bei Trost ist die alte Schachtel wohl nicht mehr. Dann können Sie ja sicher auch verstehen, warum ich das Alleinsein der Gesellschaft vorziehe. Und Albert stellte allmählich eine ernsthafte Bedrohung für mein kommodes Leben dar. Immer mehr bohrende Fragen, meine Antworten nur noch Rechtfertigungen. Stets die gleiche Beschwörung: Ich müsse doch einsehen, dass mir alles über den Kopf wachse. Es sei eben alles zu viel für mich.

Aber ich habe doch Friedrich! Seit Jahren kommt er jede Woche und packt überall dort zu, wo ich es nicht kann. Ich kenne durchaus meine Grenzen.

Was denn, diesen verblödeten Gartenzwerg würde ich ernsthaft als Hilfe bezeichnen?

Früher hätte ich meinen unverschämten Neffen mit einer schneidenden Bemerkung in die Schranken gewiesen, hätte ihm nicht erlaubt, so über den armen Friedrich zu sprechen. Nun brachte ich nicht mehr als ein missbilligendes Grunzen zustande, obwohl ich innerlich bebte vor Wut. Auch meine Unterlippe bebte, wie mir ein zufälliger Blick in die spiegelnde Fensterscheibe kaltherzig vor Augen führte. Nicht einmal mehr meine Mimik hatte ich im Griff!

Albert machte mich immer nervöser. Nur wegen seiner inquisitorischen Besuche begann ich die Schränke zu wienern und das Parkett zu bohnern und lief anschließend ständig Gefahr, darauf auszurutschen. Ich wagte mich sogar auf die alte Leiter, um die unzähligen Fenster zu putzen, dabei hatte ich den gedämpften Lichteinfall immer als angenehm empfunden. Ich kochte vorsichtshalber reichhaltige, fette Mahlzeiten für den Fall, dass er um die Mittagszeit auftauchte, doch davon wurde mir übel, und abends fiel ich todmüde und mit wehen Gliedern ins Bett. Bald kam ich mir wirklich vor wie eine bemitleidenswerte, uralte Frau.

Aber was ich auch tat, ich konnte es Albert nicht recht machen. Wegen eines läppischen Kaffeeflecks auf meiner Bluse machte er ein Aufhebens, als hätte er mich aus der Gosse gezogen. Ich solle mich nur einmal anschauen: Einsam und krank sähe ich aus, geradezu verwahrlost.

Immer unverblümter unterstellte er mir geistige Verwirrung und sah sich vollauf bestätigt, als ich ihm nicht auf Anhieb sagen konnte, wie hoch meine letzte Stromrechnung gewesen war.

In jenen Nächten fand ich keinen Schlaf mehr. Ich lag da und versuchte, mich auf die Geräusche des Hauses zu konzentrieren, hoffte auf das beruhigende Rumoren in seinen Eingeweiden. Doch alles, was ich hörte, war grabkalte Stille. Elend und hilflos fühlte ich mich und auch meine geliebten Gedichte konnten mir keinen Trost mehr bieten. Tiefe Gram umwölkt die Stirne, Wahnsinn wütet im Gehirne ... Ich war tatsächlich drauf und dran, den Verstand zu verlieren.

Immer unaufhaltsamer wurde ich zu derjenigen, zu der Albert mich machte.

Als er das nächste Mal kam, empfing ich ihn humpelnd im eigelbfleckigen Morgenrock. Die Kaffeetasse, die ich ihm hinstellte, enthielt noch die eingetrockneten Reste von Honigmilch.

Eine Woche später leerte ich den Mülleimer auf dem Küchenfußboden aus, als ich seinen Wagen hörte, und versteckte mein Gebiss in einer Pralinenschachtel. Ich begrüßte ihn mit meinem schönsten zahnlosen Lächeln, bedauerte aber, nicht viel Zeit erübrigen zu können, da ich das Essen für meinen hungrigen Gatten richten müsse. Und Albert schluckte alles, schockiert und heimlich frohlockend zugleich, wähnte er sich doch bereits ganz nah am Ziel, die verrückte alte Elfie ins Heim abzuschieben und sich in ihrem Haus breitzumachen. Schließlich musste ich ihm die Pralinenschachtel anbieten, damit er sich von meinem Anblick losreißen konnte.

Zwei Tage später rief ich ihn an. Er hätte ja so recht gehabt mit seinen Mahnungen, mir würde in der Tat alles ein bisschen viel. Vor allem das Haus sei allmählich eine große Belastung für mich ... Doch nun hätte sich ein ganz reizender junger Mann von der Sparkasse erboten, die Verkaufsangelegenheiten für mich zu regeln, und sogar um einen schönen Platz in einem Seniorenheim wolle er sich kümmern. Wenn das nicht ein großes Glück sei! – Ja, er wäre gerade hier, um sich alles anzuschauen ...

Keine Viertelstunde später hörte ich Alberts Luxuskarosse die Einfahrt hinaufschießen, dass der Kies nur so spritzte. Er nahm sich nicht einmal die Zeit, den Motor abzustellen, und stürmte atemlos die Stufen hinauf in die Halle. Seine Augen funkelten wie die eines wütenden Raubtiers, doch ich stellte mich blind. Mit naiv-verzücktem Stimmchen erklärte ich, der freundliche Herr habe sich bereits alles angesehen und werfe nur noch einen Blick in den Keller. Er sei allein gegangen, wegen der steilen Stufen ... Albert hörte gar nicht mehr hin. Wie ein aufs Blut gereizter Kampfstier tobte er die Kellertreppe hinab, den langen unterirdischen Gang entlang. Der gelbe Lichtkegel, der an dessen Ende auf den nackten Steinboden fiel, ersetzte ihm das rote Tuch.

Ich musste mich sputen, ihm zu folgen. Schon war er in jenem letzten hellerleuchteten Raum verschwunden: dem Kohlenkeller, in dem die Mauern meterdick und ohne Fenster sind; auch die Schütte hatte man bereits vor Jahren zugemauert.

Die feuerfeste Stahltür jedoch, die jetzt weit offen stand, war nagelneu. Erst vor wenigen Tagen hatte Friedrich sie auf meine Bitte hin eingesetzt. Die beiden Hünen, die ihm dabei halfen, waren dankbar gewesen für ein paar Euro auf die Hand und den Kasten Bier, den ich ihnen spendierte.

Wie leicht sich die neue Tür schließen ließ, als habe sie gar kein Gewicht! Eine gute Handwerksarbeit wusste ich schon immer zu schätzen.

Ich drehte den Schlüssel im Schloss, schob den Sicherheitsriegel vor, und als Albert erschrocken aufschrie, löschte ich das Licht.

Nachdem ich auch die beiden Zwischentüren geschlossen hatte, klangen Alberts Rufe nur noch wie ein fernes Wehklagen aus der Unterwelt, ein gedämpftes Rumoren im Bauch von Mutter Erde.

Als ich wieder in der Halle stand, war auch das verstummt. Und da hörte ich ihn wieder: den ruhigen Herzschlag des Hauses.

Ich ging nach draußen, fuhr Alberts Wagen in die Garage und warf anschließend alle Schlüssel in den Teich. Als Friedrich nachmittags kam, um mir meine Vorräte zu bringen, jubelte ihm der Wiener Opernchor euphorisch „Freude, schöner Götterfunken“ entgegen. So ganz traue ich meinen alten Ohren doch nicht.

Und nun wird es Abend und über allen Wipfeln ist Ruh. Die Sonne geht unter, der Spätburgunder schmeichelt meinem Gaumen, ich schließe die Augen ... und hinter den Hecken schlägt schon wieder der verrückte Hund der Nachbarin an. Morgen werde ich wirklich ein Wörtchen mit ihr reden müssen.

Die Autorinnen und Autoren

Anne Andresen

geboren 1961 in Hamburg, Magister Literaturwissenschaft und Psychologie, Jobs u.a. im Kinderheim, Reitstall, Crêperie und Brokerhaus, ab 1990 Übersetzung und Redaktion für die Unesco, Lektoratsarbeiten, Literatursendungen beim freien Radio, lebt in Freiburg.

Cornelia C. Anken

1967 in Frankfurt geboren, ist studierte Germanistin. Sie gewann verschiedene Literaturpreise und veröffentlicht seit 2001 regelmäßig Kurzgeschichten und Kriminalromane. Mit *Leonora Timms und die Verlorenen Kinder* startete die Autorin 2010 eine Reihe über die Medienpsychologin Leonora Timms. Anken ist Mitglied im *Syndikat* und bei den *Mörderischen Schwestern.*

Wolfgang Burger

geboren 1952 in Oberwihl im schönen Hotzenwald, aufgewachsen in Bad Säckingen. Später Studium der Elektrotechnik in Karlsruhe. Heute Akademischer Mitarbeiter am Karlsruher Institut für Technologie, Leiter einer Forschungsabteilung des Instituts für Produktentwicklung. Schreibt seit 1995 Kriminalromane sowie hin und wieder einschlägige Kurzgeschichten. Bis heute dreizehn veröffentlichte Romane, davon sechs im Piper Verlag.

Gitta Edelmann

wurde in Offenburg geboren und lebte zwischen ihren Aufenthalten in Rio de Janeiro und Edinburgh auch einige Jahre in Freiburg. Nun wohnt sie mit ihrem Mann und vier Kindern in Bonn. Sie schreibt für Erwachsene und Kinder, besonders gerne Kurzkrimis und pfiffige Geschichten für das Erstlesealter. Außerdem leitet sie Schreibworkshops für alle Altersgruppen und liebt Lesungen, bei denen sie direkten Kontakt zu ihrem Publikum knüpfen kann. Gitta Edelmann ist Mitglied der *Mörderischen Schwestern*, im *Syndikat* und im VS (Verband deutscher Schriftsteller).

Helmut Ehls

wurde 1958 in Freiburg geboren, wohin es ihn nach sieben Jahren Berlin (Publizistikstudium, Taxifahren, Amateurfilme) wieder zurückgeführt hat. Freiberufliche Tätigkeit als Journalist und Lektor. Ausgleichende Interessen für Kino, Pop, Literatur. Veröffentlichungen in Anthologien und Magazinen, zuletzt in *Phantastischer Oberrhein* (Schillinger Verlag).

Thomas Erle

geboren in Schwetzingen bei Heidelberg, seit 17 Jahren wohnhaft im Breisgau. Verheiratet, zwei Kinder, Lehrer. Er hat schon immer geschrieben, für sich selbst, für andere: Gedichte, Essays, Kurzgeschichten. Ein Krimi ist in Arbeit. Weitere Leidenschaften sind Lesen, Gitarre spielen, Chorsingen, Vespa fahren und Kater Miro.

Mariam Gensdorff

Jahrgang 1968, wuchs in Niederbayern auf und studierte Theaterwissenschaften in München. Sie jobbte am Theater, beim Film und arbeitete in einem Londoner Museum. Seit der Geburt des ersten Kindes ist sie freiwillig Hausfrau, auch, um weiterhin ausreichend Zeit zum Lesen, Schreiben und für ein Fernstudium Belletristik zu haben. Als begeisterte Krimileserin fand sie 2009 zu den *Mörderischen Schwestern* und schrieb ihren ersten Kurzkrimi, der im gleichen Jahr veröffentlicht wurde.

Anne Griesser

aufgewachsen im Odenwald, studierte Ethnologie, Volkskunde und Germanistik in Freiburg und Köln. Heute lebt sie als freie Autorin und Schauspielerin in Freiburg. Diversen Kurzgeschichten, Theaterstücken und einem Hörspiel folgte 2006 der Tuniberg-Kriminalroman *Trauben rot, Liebchen tot* (Schillinger Verlag). Gemeinsam mit zwei weiteren *Mordsdamen* veranstaltet sie Dunkel-Dinners à la crime sowie schaurig-komische Tatort-Wohnzimmer-Lesungen.

Nicole Haas

ist in der Eifel geboren und zum Studium nach Freiburg emigriert. Hier lebt sie heute als Sängerin und Schauspielerin. Auch führt sie Menschen durch die dunklen Gassen der Stadt und erzählt schaurig schöne Dinge aus der Geschichte. Eigene Geschichten finden seit Kurzem auch den Weg aus ihrem Kopf aufs Papier.

Bettina Hellwig

Die Apothekerin Dr. Bettina Hellwig ist 1963 in Braunschweig geboren und lebt mit ihrem Mann und ihren Pferden in Konstanz am Bodensee. Sie arbeitet als Redakteurin und Autorin für mehrere pharmazeutische Fachzeitschriften und schreibt außerdem längere und kürzere Krimis, in denen es medizinisch und/oder pharmazeutisch zugeht.

Renate Klöppel

ist promovierte Ärztin für Kinderheilkunde, außerdem Diplommusiklehrerin. Nach vier Fachbüchern wechselte sie 1999 zur Belletristik und schrieb unter anderem vier Krimis, in deren Mittelpunkt der Freiburger Professor Alexander Kilian steht. 2003 war sie Stipendiatin des Förderkreises Deutscher Schriftsteller in Baden-Württemberg. Für die bei Rowohlt erschienene Biografie *Die Schattenseite des Mondes* erhielt sie den Horst Joachim Rheindorf-Literaturpreis. Renate Klöppel lebt seit 2007 als freie Schriftstellerin in Freiburg. Letzte Veröffentlichung: *Der Kapuzenmann,* 2009 im Piper Verlag.

Regine Kölpin

geboren 1964 in Oberhausen, lebt in Friesland. Sie hat einige Preise und Auszeichnungen erhalten, zuletzt war sie nominiert für den *Kärntner Krimipreis 2008*, hat 2009 den *E.G.O.N. –Naturgeschichten für Kinder* gewonnen und für das Jahr 2010 das Krimistipendium *Tatort Töwerland* erhalten. Für Kinder und Jugendliche schreibt sie unter ihrem Mädchennamen Regine Fiedler. Sie arbeitet freiberuflich und an Schulen als Dozentin für kreatives Schreiben und ist Mitglied im *Verband Deutscher Schriftsteller,* der Europäischen Autorenvereinigung *Die Kogge*, im *Syndikat* und bei den *Mörderischen Schwestern.* Dort ist sie Chefredakteurin der Website und 2. Vizepräsidentin.

Michaela Küpper

wurde 1965 im niederrheinischen Alpen geboren und ist in Bonn aufgewachsen. In Marburg studierte sie Soziologie, Psychologie, Politik und Pädagogik. Heute lebt sie mit Mann und zwei Söhnen in Königswinter am Rhein und arbeitet als Autorin und Redakteurin. Schreiben ist ihre Leidenschaft, und die Liebe zu Krimis entspringt ihrer dramatisch geprägten Fantasie. Michaela Küpper ist Mitglied des *Syndikats* und der *Mörderischen Schwestern.*

Melanie Lahmer

geboren 1974, lebt mit ihrem Mann, den beiden Töchtern und zwei Katzen in Siegen. Veröffentlicht seit 2006 Kolumnen, Sachtexte und Kurzkrimis. 2009 war sie Stipendiatin der Kunststiftung NRW und wird seit 2010 von der Literaturagentur Thomas Schlück vertreten. Sie ist Mitglied bei den *Mörderischen Schwestern.*

Thomas Nommensen

wurde 1964 in Schleswig-Holstein geboren. Rechtzeitig vor dem Fall der Mauer zog er nach Berlin und arbeitete als Musiker, Tontechniker, Dozent und Software-Entwickler. Er lebt mit seiner Frau vor den Toren Berlins und hat mehrere Kurzkrimis veröffentlicht. 2010 wurde er für den Agatha-Christie-Krimipreis nominiert.

Christine Peters

ist in Stuttgart geboren und aufgewachsen. Nach ihrem Architekturstudium lebte und arbeitete sie acht Jahre als Stadtplanerin in Australien. Nach ihrer Rückkehr nach Deutschland 2001 verbrachte sie jeweils drei Jahre in Freiburg und in Bonn. Seit 2006 lebt sie in Berlin.

Christoph Rück

wurde 1960 in Gießen geboren. Nach dem Abitur war er als Globetrotter unterwegs: Fahrradtour ums Mittelmeer, Olivenpflücker in Griechenland, Deutschlehrer in Damaskus, Erntehelfer auf Sizilien. Seit Mitte der 80er-Jahre lebt er in Freiburg und arbeitet zurzeit für ein Touristikunternehmen.

Barbara Saladin

wurde an einem Freitag, den 13. im Jahre 1976 in Liestal/Schweiz geboren und wuchs in Gelterkinden auf. Heute lebt sie als Autorin, Journalistin und Zeitungsredakteurin in Basel. Sie veröffentlichte neben diverser Kurzprosa in Zeitschriften und Anthologien zwei Zeitungs-Fortsetzungsromane und einen Kriminalroman. Für den Schweizer Dialektfilm *Welthund* schrieb sie das Drehbuch. 2008 kam sie in den Genuss des Krimi-Stipendiums *Tatort Töwerland* auf Juist. Neueste Veröffentlichung 2010: *Sieben Inseln – sieben Krimis*, Kurzkrimiband über die Ostfriesischen Inseln.

Anna Schneider

wurde 1966 in Bergneustadt geboren und lebt heute in der Nähe von München. Erst 2008 begann sie Kurzkrimis zu schreiben und gewann im selben Jahr mit der Geschichte *Wer zuletzt lacht* (ebenfalls im Wellhöfer Verlag erschienen) den Women´s Edition Kurzgeschichten-Wettbewerb. 2009 wurde sie für den ersten deutschsprachigen Krimi-Hörbuch-Wettbewerb nominiert. Mehr zur Person unter www.schneideranna.com.

Sibylle Zimmermann

wurde 1956 in Freiburg geboren. Nach vielen Jahren im Ausland (Schwaben, Bayern, Berlin, Israel, Australien) kehrte sie schließlich wieder in ihre Heimatstadt zurück. Sie arbeitet als Schriftstellerin, Redakteurin und Schreibpädagogin (www.kreatives-schreibtraining.de) und hat zwei Romane und zahlreiche Kurzgeschichten veröffentlicht.